KB267230

독립선언

독립 선언

초판 1쇄 찍은 날 § 2004년 1월   1일
초판 1쇄 펴낸 날 § 2004년 1월 10일

지은이 § 자유빈
펴낸이 § 서경석

편집장 § 문혜영
편집 § 이종민 · 신혜미
마케팅 § 정필 · 강양원 · 이선구 · 김규진 · 홍현경

펴낸곳 § 도서출판 청어람
등록번호 § 제1081-1-89호
등록일자 § 1999. 5. 31
어람번호 § 제5-0006호

주소 § 경기도 부천시 원미구 심곡1동 350-1 남성B/D 3F (우) 420-011
전화 § 032-656-4452 팩스 § 032-656-4453
http://www.chungeoram.com
E-mail § eoram99@chollian.net

© 자유빈, 2003

값 9,000원

ISBN 89-5505-926-4 03810

독립선언

자유빈 지음

도서출판 청람

조선시대 어느 대감님 집 같은 아흔아홉 칸짜리 한옥. 그 시대와 다른 것이 있다면 근래에 새로 한 듯한 깨끗한 청기와 정도이다. ㄷ자 형태로 놓인 집의 한가운데는 왕버들 두 그루가 여인네의 빗어 내린 고운 머릿결 같은 가지를 아래에 있는 작은 연못에 곱게 드리우고 있고, 그 주위에는 손질이 잘된 꽃들이 흐드러지게 피어 있다. 댕기 맨 꼬마들이 당장이라도 뛰쳐나와 놀 것만 같은 집 안은 일요일 한낮이지만 조용하다. 마루가 넓게 자리 잡은 안방에서 사람들 소리만 도란도란 새어 나온다.

"집을 나가서 살고 싶다고?"

허연 백발에 상투까지 튼 할아버지가 아랫목에 앉아 있고, 왼

쪽 편에는 옥비녀로 곱게 쪽을 진 할머니와 그 오른쪽 편으로 아버지와 어머니, 단정한 머리를 한 남자가 둘러앉아 있다. 그 한가운데 긴 생머리를 한 묶음으로 정갈하게 묶은 여자는 무슨 큰 잘못을 저지른 사람처럼 무릎을 꿇고 앉아 있었다.

"네, 할아버지."

"나가려는 이유는?"

"다른 세상에서 살아보고 싶습니다."

"다른 세상?"

"누나, 우리 집보다 더 다른 세상이 어디 있다고……."

"효은아, 할아버님 말씀하시는데."

아버지의 낮게 꾸짖는 음성에 효은은 입을 삐죽거리며 뒤로 물러났다. 누나의 행동이 답답해 죽겠다는 표정이다. 듬직해 보이지만 이런 때만큼은 막내의 본성을 얼굴에 숨기지 못하고 있었다.

"이곳을 벗어나고 싶습니다."

"그래, 차라리 그 말이 더 설득력있게 들리는구나."

"죄송합니다, 할아버지. 하지만 혼자 살아보고 싶어요."

"여자 혼자 살겠다고? 이 험한 세상에 무슨 꼴을 당하려고. 아버님, 절대 안 된다고 하십시오."

아까부터 불만스러운 표정으로 앉아 있던 엄마의 목소리는 거의 애원조였다. 엄마는 다은이 독립에 대한 얘기를 꺼냈을 때부터 드러내 놓고 무조건 반대하고 나섰다.

“다은이, 자신있는 거냐? 네가 일하는 곳은 입소문이 많이 도는 곳이라 혼자 있으면 말들이 많을 텐데.”

“제가 방송에 나오는 것도 아니고.”

절대 그런 일이 없을 거라는 설명을 늘어놓으려다 구질구질한 변명거리가 되어 오히려 역효과가 날 것 같아 얼른 입을 다물었다.

“잘하겠습니다.”

“집은 어디다 구할 거냐?”

“방송국 근처에 작은 원룸을 봐두었습니다.”

“떠날 채비를 모두 다 해둔 게구나.”

할아버지의 목소리에 못내 섭섭함이 묻어 있었지만 다은은 못 들은 척 귀를 닫고 입을 굳게 다물었다.

“음, 그럼 일 년만 지켜보도록 하자.”

“아버지.”

“아버님.”

할아버지의 반대를 확신했던 부모님은 너무 쉽게 찬성해 버리는 말에 놀라 저절로 입이 벌어졌다. 옆에 계신 할머니도 흐뭇한 미소를 머금긴 했지만 놀란 마음을 모두 감추지는 못했다.

“할아버지, 정말 누나를 나가 살게 하실 거예요? 그럼 저는요?”

“이놈, 넌 이 집안의 장손이니라. 그리고 넌 네 누나만큼 책임감이 강하지도 못해. 아직 내 옆에서 더 배워야 하느니.”

“감사합니다, 할아버지. 실망시켜 드리지 않겠습니다.”

혹시 동생이 끼어들어 이미 결정된 일에 다른 번복이 올까 봐 얼른 고개를 깊이 숙여 인사를 드렸다. 생각보다 쉽게 허락이 떨어져 조금 불안하긴 했지만 손발이 떨릴 만큼 기분이 좋았다.

“대신 조건이 있다.”

“네?”

갑작스러운 말에 다은은 눈이 동그래져서 고개를 번쩍 쳐들었다. 기뻤던 감정을 잠시 뒤로 감추고, 할아버지를 바라보는 눈길이 불안으로 흔들렸다. 너무 쉽게 승낙한다 싶었다. 기쁨에 떨리던 손을 꼭 움켜쥐었다. 무슨 조건을 내거실지, 독립을 허락받을 때보다 더 긴장되었다.

“원래 여자가 집을 떠날 수 있는 것은 출가했을 때뿐이다. 그런데 넌 결혼에 관심도 없으니, 일 년 후에도 네게 남자가 없다면 이 할아비가 짝지어주는 사람과 결혼하겠느냐?”

“하, 할아버지, 그런 억지를……”

억지라는 말 외에는 다른 표현이 생각나지 않았다. 하지만 할아버지에게 함부로 쓸 수 없는 말이었기에 급하게 입을 다물었다. 아버지라면 최소한 수십 가지 이유를 들이대 보겠지만 상대는 할아버지였다. 하고 싶은 말이 있다고 줄줄 다 할 수 있는 상대가 아니었다. 아무 대꾸도 할 수 없었다.

“네가 독립을 접고 다시 이 집으로 돌아올 때는 서른이다. 할아비는 더 두고 볼 수가 없구나. 그 조건을 수락하지 않는다면 내보내 줄 수 없다.”

　아버지와 어머니에게 어떠한 도움도 기대할 수 없다는 사실은 알았지만 다급하니 눈길이 저절로 두 분에게 향했다. 다은은 순간 아버지와 어머니의 얼굴에 언뜻 스치는 미소를 보았다. 분명 입가에 머금은 건 미소였다. 당신들을 실망시키지 않는 할아버지에게 고마워하는 미소. 그리고 결혼 얘기만 나오면 무시해 버린 채 도망가던 딸에 대한 복수의 미소였다. 이왕 이렇게 된 바에야 혼자서 맞설 수밖에 없다.

　“사랑없이는 결혼할 수 없습니다. 전 할아버지나 할머니 세대가 아니에요.”

　얼굴도 보지 못한 채 할아버지에게 시집와서 한평생을 종갓집 며느리로 사신 할머니에게 무언가 도움을 요구하는 눈길을 보냈지만 할머니마저 이내 다은에게서 고개를 돌려 버렸다. 평생을 할아버지 말씀에 큰 대꾸 없이 순종만 하시고 사시던 분이었다. 할머니라고 해서 넌지시 말을 건네볼 상대가 아니었다. 더 이상 기댈 곳이 없었다.

　“그럼, 독립은 없던 걸로 하겠다. 나가보거라.”

　“할아버지.”

　“바보. 집 떠나 있는 동안 자유연애나 실컷 해서 남자를 만나란 말이야. 통금 시간도 없고, 전화도 맘대로 쓸 수 있고 좋잖아. 그럼 일 년 안에 남자 하나 못 구해?”

　“효은이, 말조심하거라. 누나한테 바보라니.”

　아버지의 단호한 어투에 효은은 입을 한 발이나 내밀고는 다시 뒤로 물러나 앉았다. 순간을 모면하기 위해 조금만 머리 굴려 그저 알았다고 대답하면 될 것을 자기 생각대로 곧이곧대로 할 얘기 다 하는 누나가 그저 답답할 뿐이었다.

　"효은이 말처럼 그렇게 방탕한 생활을 하라고 나가는 걸 허락하는 건 아니다. 자유는 그런 게 아니라는 걸 다은이 네가 더 잘 알 게다. 그렇지?"

　할아버지의 말에 동의는 하지만 대답하지 않았다. 한참 동안 방 안에는 침묵이 흘렀다. 그 속에서 효은의 숨 막혀하는 한숨 소리가 작게 새어 나왔다.

　"더 할 말 없으면 나가보거라."

　"아닙니다. 알겠습니다. 할아버지 뜻에 따르겠습니다."

　굳게 결심한 듯 힘주어 말했다. 할아버지의 눈을 피하지 않고 마주 보는 손녀의 비장함마저 깃들어 있는 얼굴을 보고 할아버지는 고개만 끄덕거리실 뿐이었다.

　결혼이라, 어쨌든 이 답답한 집을 벗어나는 또 하나의 탈출구일 수도 있겠다고 생각했다. 할아버지가 소개해 주는 사람이면 만나보지 않아도 믿을 수 있다. 할아버지의 사람 보는 눈은 언제나 정확했으니까.

#2 스튜디오 안. 많은 사람들이 바쁘고 복잡하게 움직이고 있지만 모두 제각기 무엇을 해야 하는지 다 알고 있다. 그들의 움직임은 일사불란했다. 카메라를 점검하는 사람, 대본을 확인하며 출연진의 인원을 헤아리는 사람, 구석에는 한 무리의 어린아이들이 자기 집 앞마당인 양 이리저리 돌아다니며 스튜디오를 더욱 분주하게 만들고 있다. 스튜디오 한가운데에서는 서너 명의 사람들이 촬영을 위해 세트를 설치하고 있었다. 아이들을 위한 방송답게 무대에 세워지는 배경 그림이 파스텔 톤의 안정된 색채에 동화 속에서나 나올 듯한 예쁜 집과 숲속 같은 그림이었다. 모든 배경들이 아이들의 눈높이에 잘 맞춰져 있었다.

"거기 너, 똑바로 못해? 방송하기 싫은 거야? 일찍 집에 가기 싫지?"

카랑카랑한 다은의 목소리가 온 스튜디오 안을 쩌렁쩌렁 울렸다. 배경 뒤에서 다은의 목소리가 들리자 아이들이 쪼르르 그쪽으로 달려갔다.

"언니, 언니, 왜 이제 와요?"

"어머, 너희들, 오늘은 일찍 왔네? 연습은 끝났어?"

목소리 하나로 모든 걸 다 휘두를 것 같던 다은의 목소리는 좀 전과 너무도 다른 분위기로 아이들을 맞이하고 있었다. 아이들의 이끌림에 다은이 무대 앞으로 모습을 드러냈다.

"형, 저 여자 뭐야?"

카메라 뒤편에 서 있던 지혁이 턱짓으로 그녀를 가리켰다. 카메라 감독과 앵글을 맞추며 얘기를 나누고 있던 이 프로의 피디인 유태는 지혁의 물음에 흘깃 눈만 들어보다 그가 가리키는 사람이 누구인지 확인하고는 입 끝을 슬쩍 올려 웃어 보였다.

"우리 무대 디자이너. 처음 보냐? 이 방송국만 벌써 십 년쨌데."

"무대 디자인? 여자가 저런 걸 해?"

"아이들 프로잖아. 실력 좋아. 강다은이라고, 일명 깡다구로 통하지. 너네들 가요 프로 무대도 종종 도우러 가는데."

"그래? 다른 건 몰라도 목소리 한번 시원시원하네. 노래시키면 잘하겠다."

“하하하, 목청이야 좋지. 근데 엄청난 음치야. 절대 시키지 마라. 머리 아프다. 뭐, 자기 나름대로는 즐기는 거라고 하니까 상관없기는 하겠지만.”

성질을 바락바락 내던 그녀가 조금 전과는 전혀 다른 얼굴로 아이들과 신나게 떠들며 놀고 있었다. 눈에 띄는 하늘색 머리가 자신에게 말을 거는 아이들 한 명 한 명을 모두 돌아보느라 허공에서 잠시도 멈추지 않고 있었다.

“너, 녹화 있어서 왔다며, 안 가?”

“어? 아, 가야지.”

“근데 넌 왜 맨날 질질 짜는 발라드야? 안 어울리게.”

장 피디는 카메라 작업을 멈추고 허리를 쭉 폈다. 세트만 세워지면 바로 촬영 시작이다. 이렇게 잠시라도 틈이 생기면 버릇처럼 담배 생각이 절로 난다. 장 피디는 담배 하나를 꺼내 불은 붙이지 못한 채 입에 물고만 있었다.

“글쎄 말이야, 음반에 두 곡밖에 안 들어 있는데 그게 좋다네. 뭐, 하는 수 없잖아. 계약을 했으니 시키는 대로 안 할 수도 없고.”

“슬픈 현실이군. 세상이 다 알아주던 록커 강지혁이 눈물 질질 짜내는 발라드나 부르고 있다니.”

“내 눈에는 형이 더 안되어 보인다.”

담배를 피우고 싶어 잘근잘근 물어대는 그를 슬쩍 흘겨보았다.

"너라도 같이 피운다면 살짝 나갔다 오겠지만 곧 방송해야 하니까 억지로 피우라고도 못하겠고."

"나라에서도 피우지 말라고 장소 좁혀 들어가는데 대충 끊지 그래?"

"피울 장소 없어서 못 피울까. 너도 못 끊으면서 그러지 마라."

"형처럼 그렇게 애처로운 짓은 안 하네요."

장 피디는 담배를 손가락 사이에 끼우고 물끄러미 바라보다가 도로 입에 물었다.

"네 얘기 하다가 왜 갑자기 이 녀석한테로 대화거리가 넘어갔냐?"

어차피 피우지 못할 담배였다. 결국 손가락으로 뚝 부리뜨려 버리고는 쓰레기통까지 가기 귀찮아 바지 주머니에 넣어버렸다.

"너무 그러지 마. 이번 계약 기간만 끝나면 이것도 쫑이야."

"뭐야? 소리세상이랑 재계약 안 할 거야?"

"조건이 좀 안 좋아도 내가 하고 싶은 음악을 하고 싶어. 그런 곳만 있다면 계약할 거야."

"유 사장 알면 가만 안 있을 텐데."

"알든지 말든지."

장 피디와 얘기를 나누던 지혁이 무심코 다은에게 눈길을 돌리는 순간 '쿵' 하는 소리가 스튜디오 안의 사사로운 잡음을 덮어버렸다. 곧 이어 아이들의 비명 소리와 함께 몇몇이 '언니야'를 외치는 고함 소리가 쏟아져 나오고 촬영 준비를 하던 사람들이 순식간에 무대 위로 몰려들었다. 촬영을 위해 대기 중이던 세트가 갑자기 아이들이 서 있던 곳으로 넘어졌다. 다은이 재빠르게 아이들을 밀쳐 내어 아이들 두서너 명은 한쪽 옆으로 넘어져 있었고 혼자서 무너진 세트 밑에 깔려 있었다. 만약 촬영 중에 사고가 일어났다면 아이들이 크게 다칠 뻔했다.

"강다은, 괜찮은 거야?!"

뒤늦게 사태를 파악한 장 피디가 얼른 무대 위로 달려갔고 지혁도 천천히 뒤따라 가 모여 있는 사람들 뒤편에 섰다.

"저놈들이, 야!! 니들 나 죽이려고 작정한 거지? 엉? 아냐?! 임마, 니들 내가 싫은 소리 좀 했다고 깔려 죽일 작정이야?! 그럼 나만 죽이지 애들 다치면 어쩔 뻔했어?!"

지혁은 거대한 세트에 깔려서도 쩌렁쩌렁하게 울리는 고함 소리에 놀라 구경하려고 두리번거리던 고갯짓을 흠짓 멈추었다. 그렇게 건장해 보이지도 않는데 무거운 세트에 깔려서도 목소리 하나만큼은 여전히 온 스튜디오 안을 울릴 정도로 우렁찼다. 허공을 돌던 하늘색 머리. 가까이서 보니 짧게 커트 친 머리는 생각보다 좀 더 짙은 하늘색으로 염색되어 있었다. 그 머리색만으로도 그녀의 자유분방함을 충분히 느낄 수 있었다.

넘어졌던 아이들은 엄마 품에 안겨 놀란 가슴을 진정시키고 있었다. 주위에 몰려 있던 사람들이 얼른 세트를 들어 올리고 다은을 일으켜 주었다. 하늘색 풍선이 주인 손에서 벗어나 붕 날아오르는 것 같았다.

"어떤 놈이야, 이따위로 세트 준비시킨 게? 안 나와?!"

넘어졌던 세트를 잡고 서로의 눈치만 보며 우물쭈물 서 있는 남자 셋을 목소리 하나만으로 완전히 제압하고 있었다. 그런 분위기 속에서, 한 여자 아이가 조금 전의 고함 소리에 잠시 주춤해 사고가 난 무대로 가까이 가지 못하고 한 옆에 서 있던 지혁을 알아보고 좋아라 달려왔다.

"강지혁 아저씨다."

다은은 몸에 더 이상 다친 곳이 없는지 확인하기 위해 몸을 이리저리 돌려보다 그에게 달려가는 아이를 힐끔 쳐다보았다. 지혁은 자신을 알아보고 웃으며 달려온 여자 아이의 머리를 쓰다듬어 주었다.

"안소현, 넌 언니가 다쳤는데도 너 좋은 가수 아저씨만 보면 좋지?"

"아냐, 언니."

아이는 해맑은 웃음을 웃더니 머리를 쓰다듬어 주는, 자기가 좋아하는 가수의 존재를 내버려 두고 다시 다은에게 총총걸음으로 달려왔다. 그 모습을 보던 다은은 지혁에게 '너 별거 아니지?' 라는 눈길을 보냈다.

"괜찮아?"

"네, 괜찮아요. 이 정도 가지고 뭘."

다은은 보디빌더처럼 양팔을 들어 힘을 빡빡하게 넣고는 씩씩한 얼굴로 장 피디를 쳐다보았다. 사람들이 다시 세트를 세우는 작업을 시작했다. 행여 작업 중 또 다른 사고가 일어날까, 엄마들은 아이들을 무대 아래로 데리고 내려갔다.

"이봐, 당신 바보 아냐? 머리에서 피나."

지혁은 이마에서 흐르는 피를 보고 다가가 손수건을 대주었다.

"피나요?"

제발 피가 좀 나주기를 기다렸다는 듯 다은의 눈에서 눈물이 주르륵 흘러내렸다. 조금 전까지만 해도 씩씩하게 웃고 있던 다은의 갑작스러운 눈물에 당황하면서도 지혁은 그녀의 볼을 감싸 안고 엄지손가락으로 눈물을 닦아주었다. 다은은 자신의 눈물을 닦아주는 그의 행동에 몸이 굳어 멍청히 서 있기만 했다. 갑자기 스튜디오에 Richie Valence의 'Oh! Donna'가 울렸다.

"어? 내 주제가네? 고마워요, 감독님. 기분이 한결 좋아졌어요."

허공을 향해 고개를 들고 보이지도 않는 음향 감독에게 고맙다는 인사를 하는 다은의 얼굴에 미소가 퍼졌다. 그러다 상처난 곳이 아파 살짝 얼굴을 찌푸려 보인다.

잠시 후, 의무실에서 사람이 달려오고 곧 응급조치를 취해주었다. 그때까지 피가 흐르는 이마에 손수건을 대주고 서 있던 지혁은 그런 틈에 살짝 뒤로 밀려났다. 세트가 무너지면서 튀어

나온 어느 부분이 이마를 찢어놓았다. 이마에 커다란 반창고가 붙여지고 마지막으로 소독약이 묻은 솜으로 얼굴에 묻은 피를 닦아주었다.

"다은 씨, 꿰매야 될 정도는 아니니까 걱정 마시구요. 피는 멎었지만 상처가 아물 때까지 세수할 때나 머리 감을 때 조심하세요. 물 들어가지 않게. 염증 생기면 안 되니까요."

"네."

스튜디오가 진정되고 다시 촬영 준비가 시작되었다.

"이 자식은 인사도 없이 가버렸네. 아무튼."

장 피디의 말에 그녀도 스튜디오 안을 두리번거려 보았지만 그는 이미 어디론가 사라지고 없었다.

두 시간 가까이 이틀 분의 방송 촬영이 끝나고 다음 촬영을 위해서 세트를 다시 정리해 두었다. 아이들은 분장을 지우고 나와서도 집으로 곧바로 돌아가지 않고 스튜디오로 돌아와 있었다.

"언니, 오늘은 거기 안 가요?"

아이들이 다은에게 몰려와서 '거기' 에 가자고 졸라댔다.

"거긴 매일 가는 곳이 아니야. 새 장난감이 나오면 또 데려가 줄게."

"진짜죠? 약속한 거예요."

아이들은 얼마 전 그녀가 데리고 간 장난감 공장에 또 가자고 조르는 중이었다. 그곳에서 곧 출시될 제품을 미리 이용해 볼

아이들을 모집한다는 말을 듣고 열 명이나 되는 아이들을 끌고 갔다. 어리지만 방송에 익숙한 아이들인지라 주위에 많은 사람들이 둘러서서 보고서를 작성하고 있어도 그런 것에 아랑곳하지 않고 마음껏 자신들이 좋아하는 장난감들을 가지고 놀았다. 그리고 그들이 하는 질문에 어린아이들답게 아주 솔직하게 대답했다. 업체측은 그런 아이들의 태도가 마음에 든다고 다음 계절에 출시될 장난감 품평회도 같이 하자고 제의했고 다은도 흔쾌히 응했었다.

"물론이지. 약속했어."

그제야 아이들은 기다리고 있던 부모의 손을 잡고 모두 집으로 돌아갔다. 아이들이 모두 가버리고 난 스튜디오 안은 스산한 기운이 돌 정도로 조용하다. 내일 촬영을 위해 치우지 않고, 스튜디오 안에 둔 세트들을 다시 한 번 살펴본 후 가방을 메고 밖으로 나왔다. 일찍 촬영이 끝났기 때문에 느긋하게 나오면서 영화나 한 편 볼까 하는 계획을 슬며시 세워보았다. 방송국 현관으로 막 나설 즈음 음악 프로를 담당하고 있는 이 피디를 만났다. 이 년 전쯤 그와 같이 일한 적이 있었다. 그의 반가워하는 얼굴을 보고 문득 역시나 편하게 쉴 팔자는 아니라는 생각이 들었다.

"소문 들었다. 머리에 구멍났다며?"

"이놈의 방송국은 왜 이렇게 비밀이라곤 없는 거죠?"

다정한 척 옆에 나란히 걷는 선배의 눈치를 슬슬 보면서 걸음을 빨리 걸었다.

"그게 방송국의 매력이잖아."

"얼어죽을 매력덩어리."

"안 바쁘면 나 좀 도와줘."

이미 예상했던 말이지만 괜히 한번 튕겨보았다.

"머리에 구멍난 사람한테 뭘 바래요?"

손가락으로 반창고가 붙은 이마를 가리키며 걸음을 뚝 멈추었다. 이 피디는 네가 별수있냐는 듯 벌써 승리의 미소를 짓고 있었다.

"까불긴. 임마, 시도 때도 없이 히스테리 부리는 노처녀, 불러줄 때 감사해야지."

"일하는 거 하고 결혼하고 도대체 무슨 상관이라고 맨날 히스테리라는 건지. 언젠 제가 성질 죽여가면서 일했었어요?"

"알았다고요. 제발 좀 도와주시라고요."

"흠흠, 그러죠."

어깨를 으쓱거리며 괜한 헛기침도 해 보였다. 시간이 남아서 다른 프로의 일을 도와주는 경우는 흔치 않았다. 하지만 어린이 프로만 맡고 있어서 가끔씩 새로운 경험을 위해서라도 이런 일이 필요하긴 했다. 일이 겹치지만 않는다면 다은은 도와달라는 다른 사람의 부탁을 거절하는 일은 없었다.

"내가 맡은 가요 프로 알지? 녹화 들어갈 건데 일손이 모자라서 그러니까 가수 두 명만 맡아줘."

"무대 바꾸지도 않으면서 뭐가 그렇게 바빠요? 시간은 얼마나 남았는데요?"

"숫 한 시간 전이야."

"그런데 아직도 아무 준비 안 했단 말이에요? 그렇게 일손이 달려요?"

"나도 열받아 있는 중이니까 제발 토 달지 말고 좀 따라와라. 오늘 둘이나 빠졌어. 게다가 요즘 가수들이 예전처럼 같은 무대, 같은 조명 그냥 보고 있는 줄 알아? 자신들 곡 분위기에 맞춰달라고 얼마나 까다롭게 구는데. 오늘은 야외 촬영까지 있어서 더 바빠."

"꼭 노래 못하는 것들이 그러죠?"

"너만이나 하겠냐? 하하하하하."

"선배!!"

벌써 몇 년이나 얼굴을 마주했고 수없이 많은 회식 자리에서 그녀의 노래를 들었다. 다은의 노래 실력을 누구보다 잘 알고 있기에 신나게 웃어댈 수 있었다. 계속 키득거리는 이 피디를 따라 한참 리허설이 진행 중인 스튜디오 안으로 들어갔다.

녹화 시간보다 몇 시간씩 먼저 방송국에 와서 본무대를 준비하는 리허설을 갖는 가수들이 점점 줄어들고 있었다. 지금도 녹화 한 시간 전인 방송국 안에는 오늘 출연할 가수들의 모습이 거의 보이지 않았다. 대기실이 있긴 하지만 아마 그곳도 아직은 비어 있는 곳이 더 많을 것이다. 가수들을 부르는 프로그램이 많아지고 예전처럼 노래만 하는 프로에 나가는 것도 아니었기에 그들의 스케줄은 거의 살인적이었다. 한창 잘 나가는 신세대 가수라면 방송 시간 안에 제대로 도착해 주는 것만도 감사해야 할 지경이다.

"강지혁하고 플라이, 두 팀 맡아줘. 강지혁은 무대에 별로 까다롭게 참견 안 하는 타입이고, 플라이는 잘 나가도 새파란 신인인데 뭐라 그러겠어. 제 시간에 오기나 하면 다행이지."

이 피디가 들고 있던 대본을 다은에게 건네주었다. 두 팀 모두 제일 뒤 순서에 배정되어 있었다.

"그래도 대충하면 선배가 나 욕할 거잖아요."

"당연하지. 노래는 들어봐서 알 거고 얼른 시작하자."

"드라이 리허설 끝났어요?"

"노래 몰라?"

"노래야 알죠. 그냥 노래 부르는 모습을 보면 뭐 좀 더 좋은 게 떠오를까 싶어서 그러죠."

"강지혁은 피아노하고 바이올린 연주팀이 올 거고, 플라이는 애들 여섯 명 우르르 올라올 거고."

"피아노하고 바이올린? 그 사람 노래 그렇게도 불러져요?"

"노래 들어봤다면서?"

"악기를 뭘 썼는지까지 제가 어떻게 알아요?"

"아무튼 라이브 들어봐. 기가 막혀."

"전에 오케스트라 대동하고 나와서 노래 부르는 건 TV에서 봤어요. 요즘 그거 되게 유행이긴 하던데. 뜻밖이네요, 피아노만 나오는 것도 아니고 바이올린까지. 그 악기 둘에 음색 맞추려면 힘들지 않나?”

“이쪽 무대다. 시간 얼마 안 남았어. 잘 부탁한다.”

세트가 세워질 무대를 둘러보다 객석에서 다른 가수의 리허설을 구경하고 있는 강지혁을 발견했다. 다친 이마를 쓱 문지르다 혼자서 멋쩍은 웃음을 지어보이고는 그의 옆으로 다가갔다.

“아깐 고마웠어요.”

그는 느린 동작으로 다은을 올려다보더니 금세 알아본 표정으로 고개만 한번 끄덕여 보이고 다시 무대 위로 시선을 돌렸다.

“오늘, 어떻게 해드려요?”

다은의 묘한 물음에 지혁이 다시 고개를 들어 갸웃거렸다. 어쩌면 아무것도 아닌 그의 그런 표정과 몸짓이 무척이나 매력적이라는 생각이 들었다. 이런 모습들 때문에 사람들이 그에게 열광하는 건가?

“어떻게 해줄 생각인데?”

“원하는 대로 말해요. 시간이 좀 촉박하기는 하지만 그래도 참고해서 준비할 시간은 돼요.”

“화장도 하고 옷도 갈아입고 오겠다는 뜻이야?”

‘언제 봤다고 말을 짧게 끊는지. 알고 보면 비슷한 또래일 거 같은데. 치사하지만 아까 일도 고맙고 해서 천사 같은 아량으로

내가 참는다.'

건방진 말투가 거슬렸지만 보고 또 보고 할 일이 없는 사람이라 참기로 했다. 다은은 억지웃음을 짓고는 마음을 가다듬었다.

"무슨 말이에요? 무대 설치하는데 내가 왜 화장을 하고 옷을 갈아입어요?"

다은의 대답에 자신이 이제껏 오해하고 있었다는 것을 알고 약간 당황하는 모습을 보였지만 밖으로 나오는 그의 목소리는 여전히 침착했다.

"난 당신이 감사의 뜻으로 데이트라도 해주려는 줄 알았지."

그러면서 손가락으로 그녀의 이마에 반창고가 붙은 곳과 같은 위치인 자신의 이마를 톡톡 두들겨 보였다.

"어떻게 해드려요?"

그가 다은의 목소리를 흉내 냈다.

"충분히 오해할 수 있는 대사 아니었나?"

"좋아요. 그래요, 그랬다구요. 정정하죠. 오늘 무대를 어떻게 해드릴까요? 전 맡은 팀이 두 팀밖에 없어서 충분히 원하는 대로 세트를 만들어 드릴 수 있을 것 같은데요."

'세트' 라는 말을 유난히 강조하면서 말하는 다은의 표정을 그는 수학 시험지에 자신이 아는 문제를 읽어 나가듯 꼼꼼히 살폈다. 의외였다. 그가 기억하는 다은은 쉽게 실수를 인정할 것 같지 않아 보였는데. 물론, 미안하다는 말은 하지 않고 정정이라는 애매하고 그럴듯한 표현을 쓰긴 했다. 정정이라.

그는 무슨 생각을 하는지 짐짓 심각한 척 고개를 끄덕이더니 다시 다은을 올려다보았다.

"노래 부르는 중에 세트가 무너지지 않았으면 좋겠어."

다은은 아랫입술을 꽉 깨물면서 한숨을 내쉬고 천장으로 시선을 들었다. 눈앞에 참을 인(忍) 자 세 개가 어른거린다. 그의 눈에는 열받아하는 다은의 표정이 다 보였다. 표정 관리를 마친 다은의 눈길이 다시 그를 내려다보았다. 다은이 천장을 쳐다보는 동안 웃고 있었던 그의 입매가 금세 굳어졌다.

"또 있어요?"

"난 유아스러운 분위기를 별로 좋아하지 않아."

아이들 프로나 맡고 있는 주제에, 라는 의미를 내포한 그의 말은 드러내 놓고 다은을 무시하고 있었다. 다은이 기분이 상했다는 건 그녀의 꽉 다문 입술을 보고 알 수 있었다. 그는 왠지 다은을 약 올리는 게 점점 재미있어졌다.

"그런데 애들 프로나 맡고 있으면서 내 노래를 들어보긴 한 건가?"

무시하는 게 아예 노골적이다. 다은도 더 이상 참지 않았다.

"눈물이나 질질 짜내려는 발라드 들어봤죠. 이 계절이 되면 누구나 그런 노래 하나쯤 내놓지 않나요? 그리고 돈 엄청 갖다 부은 뮤직 비디오도 질리도록 봤구요."

그의 감정을 자극시키려고 작정하고 한 말이었지만 표정을 봐서는 별로 자극받은 것 같지 않았다.

"당신 같은 사람에게까지 눈물을 흘리게 하다니. 뭐, 그렇게 나쁘진 않군."

자극받지 않았다는 건 알았지만 예상대로 흘러나오는 그의 담담한 어투에 괜히 더 약이 올랐다. 뭐라고 더 긁어줄 말이 없을까 빠르게 머리를 굴려보았지만 강지혁이라는 인물에 대해 아는 게 없었다.

"그럼 그 두 가지 사항만 지키면 어떤 세트를 세우던 다른 말 않을 거죠?"

말 같잖은 그와의 대화를 그만 끝내고 싶었다.

"기대하겠어."

그는 퉁명스럽게 한마디 던지고는 무대 위에서 리허설을 하고 있는 다른 가수들에게로 고개를 돌렸다.

"아무튼 건방져. 좀 잘해주고 싶어도 저런 사람들은 친해질 수가 없다니까. 도대체 뭐가 그리도 잘났는지 나이도 얼마 안 되어 보이는데 말이나 틱틱 낮추고 우씨, 신경질나. 내가 이래서 저런 것들이랑 일하는 이런 프로를 하고 싶지 않은 거야."

강지혁은 돌아서 가며 궁시렁거리는 다은의 말을 모두 들었다. 분명 자신을 욕하는 말들이 들렸음에도 무대 위를 보고 있는 그의 입가에 잔잔한 미소가 머금어졌다.

예상대로 방송 시간이 가까워져서야 나타난 플라이는 리허설 없이 무대에 올라야 했다. 한참 인기 절정이지만 신인답게 보는 사람들 마다 꾸벅꾸벅 열심히 인사를 하고 있었다. 다은은 전에 방송했던 녹음 테이프를 참고로 그들이 노래 부르는 동안 춤출 수 있게 넓은 무대를 준비했다.

녹화가 시작되고 지혁은 그녀가 세운 플라이의 세트를 보고는 저절로 고개를 끄덕였다. 여섯 명이나 되는 젊은 남자들이 연주를 하고, 춤을 추고, 마음껏 활보할 수 있는 충분한 공간을 만들어주면서 그들을 보는 관객들의 시선이 흩어지지 않게 절제된 조명과 세트. 그들의 무대를 보고 있자니 은근히 자신의 무대에 어떤 세트가 세워질지 기대가 되었다.

그는 마지막 순서로 무대에 올랐다. 어둡던 무대에 그를 향한 조명만 비춰지고 잠시 후, 객석에서 짧은 감탄의 소리가 흘러나왔다. 작은 모니터를 통해 그의 뒤로 대형 모래시계가 보였다. 안에는 그를 비춘 조명만으로도 빛을 내는 모래가 들어 있었다. 대체 어떤 모래가 저렇게 반짝일 수 있는지 궁금했다. 연주가 시작되자 모래들이 아래로 쏟아져 내렸다.

한 번도 본 적이 없는 널 이렇게 그리워할 수 있다니
너와 많은 밤을 지새우며 수없이 쏟아냈던 그 많은 말들이
하늘로 올라가 별이 됐나 봐.
너 떠나면 추억할 수 있는 게 아무것도 없을 거라 생각했지.
슬프지 않을 거라고, 아픔은 없을 거라고
길지도 않은 시간을 알면서
우린 왜 그렇게 많은 약속을 했었는지.

그 많은 약속들이 이제 내겐 추억으로 남아.

함께 가보지 못한 그곳도 함께 나누지 못한 그 모든 것들이

마지막 인사를 나누던 밤.

나의 환한 미소를 보고 싶어하는 너에게

담담히도 웃을 수 있었던 내가 이젠 잔인하게 느껴져.

잊어달라 했었지.

네가 좋아하는 따뜻한 날도, 우리가 늘 함께 보던 하늘도

올려다보지도 말라며, 추억하지 말라며

날 마음속에 담고 간다는 널, 내겐 기억하지 말랬지.

스치는 바람의 움직임에 너의 사랑을 느껴.

내게 그리움으로 남은 너.

그의 노래가 끝나자 정확하게 모래시계도 멈췄다. 노래와 너무 잘 맞는 세트였다. 사랑하는 이의 얼마 남지 않은 시간을 대신하듯 흘러내리는 모래시계. 짧은 만남 속에 사랑을 하고, 이별을 하고 그런 사랑을 그리워하는. 모래시계는 그 모든 걸 다 함축하고 있었다. 그를 비췄던 조명이 흐려지면서 모래시계 쪽으로 옮겨졌다. 그 틈에 잠시 모래시계를 돌아보았다. 그의 행동이 연출된 거라 생각한 관객들은 그 작은 움직임에도 강지혁을 외치며 열광하고 있었다. 무대 뒤에서 그의 노래를 처음으로 직접 들은 다은은 그의 감미로운 목소리에 매료되었다. 한 가지 외에는 다른 어떤 말도 생각나지 않았다.

‘정말 노래 잘한다.’

지혁은 무대를 내려와서도 대기실로 돌아가지 않고 뒤에서 계속 녹화를 지켜보고 서 있었다. 이번 주 가요 순위에서 1위를 한다면 그는 다시 한 번 올라가 노래를 불러야 한다. 순위의 결과보다 저 큰 모래시계를 어떻게 뒤집을지가 더 궁금했다. 자신의 키보다 더 큰 모래시계는 단단히 고정된 채 무거워 보였다. 무대의 반대 편에 다른 사람을 도우며 분주히 움직이는 다은의 모습이 보였다. 만약 저 큰 모래시계를 그녀 혼자 뒤집어야 한다면 차라리 1위를 하지 않았으면 좋겠다는 생각마저 들었다.

순위가 결정나고, 그가 다시 무대 위로 올라갔다. 상패와 꽃다발을 받으면서도 시선은 줄곧 뒤를 흘깃 돌아보고 있었다. 출연진 모두가 올라와 무대 위가 북적거렸다. 카메라가 비추지 않는 틈에 다은이 살며시 올라와 회전 거울을 돌리듯 너무나도 간단하게 모래시계를 뒤집어놓고 내려갔다. 그제야 그의 입가에 웃음이 돌았다. 그의 노래가 연주되고 모래시계 속의 모래도 흘러내리기 시작했다.

녹화가 끝나고 자신이 좋아하는 가수들에게 열광하던 관객들과 함께 그 열기도 동시에 빠져나가 버린 스튜디오에는 황량함마저 감돌았다. 곳곳에 청소하는 사람들이 보이고 어수선한 스튜디오가 겨우 정리되어 가고 있었다. 늘 반복되는 일이지만 그어떤 무대보다 사람들의 열기가 가득한 이런 프로를 마치고 나면 무대에서 노래를 하는 가수들만큼 뒤에서 일을 하는 스텝들도 이루 표현할 수 없이 강한 허기를 느꼈다.

"강다은, 수고했어."

이 피디가 대견하다는 투로 다은의 어깨를 툭툭 두들겨 주었다.

"급할 때만 찾지 말고 이젠 제 능력을 순순히 인정하시는 게 어때요?"

그에게서 오래간만에 듣는 칭찬에 어깨가 우쭐거렸다. 모래의 양을 맞추느라 마지막까지 절절매었던 걸 생각하면 아직도 숨이 턱턱 막힌다.

"내가 언제 너 능력없다고 한 적 있었냐?"

"치, 맨날 애들하고 논다고 무시하시면서."

"그 무대 만들기가 제일 어렵다는 거 누구보다 내가 잘 아는데, 뭐 그리 섭한 말씀을. 이번 개편 때는 우리랑 같이 일하자. 튕기지 말고 이번에는 와. 알았지?"

"모여라 꿈동산하고 시간 안 맞으면 안 가요."

"무대 멋있었어."

인사를 건네는 사람을 돌아다보았다. 강지혁이었다. 열창 때문인지, 강한 조명 때문인지 땀에 촉촉하게 젖어 있는 모습에서 생기가 느껴졌다.

"세트 세워주고 가수들한테 이런 인사 받기는 처음이네요. 일부러 그런 말까지 할 필요 없는데."

"정말 좋은 무대였어. 그래서 말인데 괜찮다면 이번 콘서트에 너하고 같이 일하고 싶은데 생각있어?"

자신보다 머리 하나 정도는 큰 그를 기분 나쁜 표정으로 올려다보았다. 도무지 곱게 봐주려고 해도 그럴 틈을 주지 않는다.

"너, 몇 살이야?"

정식으로 인사를 나눈 사이도 아니고 일 때문에 자주 만난 사이도 아닌데 함부로 말을 놓는 태도가 정말 마음에 들지 않았다. 아무리 고마운 짓을 했어도 그건 그거고 이건 이거다. 따지고 보면 그가 치료해 준 것도 아니고 손수건 하나 대준 것밖에 더 돼?

"너보단 많아."

"뭐, 내가 어려 보인다는 뜻으로 들리니까 기분은 그다지 나쁘지 않은데 그래도 초면에 너무 실수하는 거 아냐?"

가르쳐도 안 되는 상대는 똑같이 대해주면 그만이다.

"내가 말끝마다 이랬습니다, 저랬습니다, 그랬으면 좋겠어?"

"나, 서른에서 한끝발 모자라. 너 몇 살이야?"

자신의 입으로 그 많은 나이를 밝히긴 싫었지만, 지혁의 태도가 불쾌해 그냥 넘어갈 수가 없었다.

"내가 좀 낫네. 됐지? 같이 일하자구."

아무리 말해도 알아들을 것 같지 않았다. 다은은 아주 노골적인 표정으로 고개를 설레설레 내젓고는 돌아섰다.

"너 같은 싸가지는 상대 안 하는 게 신변에 좋아. 선배, 나 가요."

갑자기 어제저녁에 먹다 남은 김치찌개 국물에 라면을 삶아 먹고 싶어졌다. 열받았을 때는 그저 먹으면서 삭히는 게 최고다. 얼른 가서 허기진 배나 채워야겠다는 생각을 하며 종종걸음으로 방송국을 빠져나왔다.

"강지혁 씨, 왜 그래? 평소답지 않게."

"반응이 빠르니까 재미있잖아요."

"하긴 다은이가 좀 단순하긴 하지. 저 기분 상한 마음이 내일까지 가긴 하려나? 아마 내일 만나면 푼수처럼 웃으면서 '안녕하세요' 이럴걸?"

"사람 좋아 보이네요."

"사람이야 좋지. 그렇다고 만만하게 보지는 마. 저거 얼마나 독한데."

"지혁아, 뭐 해? 빨리 가자. 라디오 생방이야."

매니저인 영욱이 현관에서 그를 급하게 불렀다. 밖에는 이미 그의 차가 대기 중이었지만 사람들에게 둘러싸인 채였다. 저 길을 또 어떻게 뚫고 나갈지, 매번 겪는 일이지만 막막하니 한숨부터 터져 나왔다.

"알았어요. 그만 가보겠습니다."

"이주영이하고 스캔들났던데 그래도 라디오 방송 같이 하나 봐."

"스캔들이야 뭐, 말 그대로 소문 아니겠습니까? 그거 일일이 신경 쓰면 방송 못하죠."

“결혼할 나이가 됐으니까 그런 소문도 나는 거야.”

“곧 진짜 제 사람이 나타나겠죠. 가겠습니다. 오늘 수고하셨습니다.”

그가 문을 열고 나서자 한 무리의 여자 팬들이 몰려와 그를 둘러쌌다. 그는 영욱의 도움을 받으며 이리저리 피해 겨우 차 문 가까이로 다가갔다. 코디 일을 봐주는 인영이 손을 내밀어 그가 차에 쉽게 오를 수 있게 도와주었다.

방송 일정이 전혀 잡혀 있지 않은 한가한 날이었다. 앨범을 발표하고 활동하는 중에 이런 날은 그렇게 흔하지 않았다. 그런데도 방송국을 찾은 자신이 한심스러워 지혁은 혼자 실실 웃어댔다. 대학 선배인 장 피디에게 무작정 전화를 걸어 괜한 술 약속을 하고 그 핑계로 다시 #2스튜디오를 찾았다.

"웬일이야, 네가 먼저 술 마시자는 전화를 다 하고?"

"오늘은 한가해. 늘 바쁘다가 갑자기 한가하니까 뭘 해야 할지도 모르겠고, 그냥 형이랑 술이나 마실까 싶어서 전화한 거지."

장 피디와 얘길 나누면서도 눈으로는 그녀를 찾고 있었다. 하늘색 짧게 커트 친 머리. 눈에 쉽게 뜨이는 색인데 아무리 찾아

봐도 그녀의 모습이 보이지 않았다. 결국은 궁금증을 겉으로 드러내고 말았다.

"오늘은 그 성질 사나운 무대 감독이 안 보이네?"

"다은이? 저기 있잖아."

대본을 보고 있던 장 피디가 손가락으로 무심코 쿡 찔러대는 곳을 눈으로 따라가 보았다. 어깨 아래까지 내려오는 긴 머리를 한 줌으로 꽉 묶고 청바지에 헐렁한 셔츠 하나를 걸치고 있는 여자의 뒷모습이 보였다. 전과는 너무 다른 모습이라 얼굴을 보기 전에는 믿기 어려웠다. 거기다 오늘은 고함도 지르지 않고, 나긋나긋하게 옆 사람과 말하고 있었다. 그런 모습을 한참 지켜보는데 갑자기 그녀가 같이 일하고 있던 남자의 뒤통수를 한 대 '탁' 치고는 다시 뭐라 설명을 시작했다. 자신을 실망시키지 않는 그 모습을 보고 있자니 절로 웃음이 새어 나왔다. 역시라는 생각이 들었다. 그리고 자신의 기대를 져버리지 않는 그녀에게 고마운 마음마저 들었다.

"두 시간 정도 걸릴 텐데, 괜찮아? 괜히 일찍 나와서 사람 부담 주냐?"

"괜찮아. 애들 하는 거 보고 있을게."

어린아이들과의 녹화는 어른들보다 훨씬 진도가 빨랐다. 자기만의 개성을 내세우려고 들지 않고 대본에 충실하고 시키는 대로 잘 따라하는 아이들의 본성 때문일 것이다. 이틀 분의 녹화가 예정했던 시간보다 삼십 분이나 일찍 끝났다. 스텝들은 서로에게 수고했다는 격려의 인사를 나누면서 스튜디오 안을 정리하기 시작했다.

"여긴 다른 팀들보다 훨씬 단합이 잘되네."

"일, 이 년 알던 사이냐? 이제 대충 눈빛만 봐도 척이지."

은근히 자신감이 담긴 말투였다.

"기다려라, 잠시만. 편집실에 이거 넘겨주고 올게."

편집실에 녹화 테이프를 전해주고 온다는 장 피디를 기다리며 먼저 방송국 로비에 나와 있었다. 그리고 또 한 사람을 기다리는 중이다. 스튜디오에 끝까지 남아 있던 다은이 마지막에서야 나왔다. 좀 전까지는 보지 못했던 야구 모자를 푹 눌러쓰고 있었다.

"일 끝난 거야?"

구석에 박힌 손지갑을 찾느라 가방 안을 이리저리 뒤지고 있던 그녀가 이제는 소리나는 곳을 찾느라 사방을 두리번거리고 있었다.

"너 길치지? 아니면 방향 감각이 둔한 건가?"

다은에게 다가가 남자 친구를 대하듯 다정하게 어깨에 팔을 둘렀다. 그를 확인한 다은은 인상만 잔뜩 찌푸릴 뿐 별다르게 싫다, 좋다 말은 하지 않았다.

"뭐야, 너야? 장 피디님이랑 나간 거 아니었어?"

지갑을 찾아 들고 고개를 옆으로 돌리는 순간, 너무도 가까이에 있는 지혁의 얼굴을 마주한 다은의 가슴이 두근거렸다. 아주 짧은 순간의 느낌이라 정말 자신의 가슴이 그렇게 두근거렸는지 확신할 수 없을 정도였다.

"편집실 갔어. 기다리고 있는 중이야."

"징그럽다. 너무 친한 척하는 거 아냐? 너 같은 버르장머리 싫다니까."

"좋으면서 괜히. 참, 물어보고 싶은 게 있었어."

"뭐?"

"그때 모래시계 안에 어떤 모래를 넣었기에 그렇게 반짝인 거야? 진짜 맘에 들었어."

"그냥 모래야, 공사장에서 흔히 구할 수 있는."

"뭐?"

생각보다 더 가까이에서 그의 목소리가 들렸다. 다은은 고개를 돌리면 다시 그의 얼굴을 가까이서 보게 될까 봐 돌아보지도 못한 채 서 있어야 했다. 어깨에 둘러져 있는 그의 팔이 점점 더 강하게 의식되어지기 시작했다.

"괜히 야광 모래 같은 거 쓰면 그렇게 반짝거리지 않아. 보기엔 약한 조명이라도 조명은 조명이고, 야광은 야광이니까. 기분 나빠하지만 않는다면 다음에도 내가 맡아줄게. 이번에는 아예 위에서 뿌려주도록 하지. 그럼 더 굉장할걸."

얘기를 하다 습관적으로 자신도 모르게 고개를 돌리고 말았다. 코가 닿을 듯 가까이 있는 그의 얼굴을 확인하고 재빨리 고개를 돌렸다.

“그랬구나. 하지만 머리 위에 뿌리는 건 사양할란다. 그건 그렇고 내가 제안한 건 생각해 봤어?”

“같이 일하자는 거?”

그의 품에서 벗어나려 했지만 그는 놓아줄 생각이 없었다. 오히려 다은이 빠져나가지 못하게 어깨에 두른 팔에 약하지만 더 힘을 주어 끌어당겼다.

“응.”

“생각하고 말고도 없어. 그런 일 할 시간 없어. 방송국 일만으로도 충분히 바빠.”

“그러지 말고 이번 콘서트 건만 도와줘. 사례는 후하게 할 테니까.”

“분명히 말했다. 더 이상 말하지 마라. 끝.”

밖으로 나가려고 걸음을 다시 재촉하던 다은은 현관문 바깥쪽에 카메라를 들고 서 있는 남자와 눈이 마주쳤다. 지혁도 그를 본 모양이다. 어깨에 두른 팔이 굳어졌다. 두 사람과 눈이 마주치자 사진을 찍지 않은 척 애쓰는 남자의 표정은 보기에도 안쓰러울 정도였다. 지혁은 그 남자에게 고개를 끄덕이며 인사를 건넸다.

“아는 사람이야?”

다은이 고갯짓으로 카메라를 들고 서 있는 남자를 가리켰다.

“스포츠 신문 연예부 기자야. 알고 지내는 사람은 아닌데, 무조건 인사부터 하고 보는 거야.”

　그에게 들릴세라 입술도 크게 움직이지 않고 귀엣말로 조용히 말하고 있었다. 너무 가까이서 느껴지는 그의 숨결이 온몸을 긴장하게 만들었다.

　"기자라면 너, 이제 어깨에 이 손이라도 좀 치우지 그러냐."

　다은도 덩달아 그 연예부 기자라는 남자에게 인사를 꾸벅해 보였다. 그러자 남자는 맛난 먹잇거리라도 찾은 듯한 웃음 띤 얼굴로 방송국 안으로 들어섰다. 뜻하지 않은 수확거리에 만족하는 눈치였다.

　"보기 좋습니다."

　그때까지도 지혁은 다은의 어깨에 두른 팔을 풀지 않고 있었다. 그 기자가 두 사람 앞에 서자 다은을 앞에 세우고는 두 손을 어깨에 얹었다.

　"한 기자님, 오래간만입니다. 몇 주 전에는 이주영과 엮어주시더니 이번엔 다은이하고 엮어주시려구요?"

　"어째 가벼운 농담으로만 들리는 거 같지는 않습니다. 스캔들 나고도 별말없으시더니."

　"할 말이 있어야 하지요."

　"그럼 지금 옆에 그분은요?"

　"이주영이라는 분보다 더 못한 사이죠."

　다은이 끼어들었다.

　"두 분의 모습이 그냥 친구라고 하기에는 조금 억지스럽습니다."

대박 하나 물었다는 기자의 표정에 다은은 은근히 부아가 치밀었다. 요즘은 만나는 인간들마다 왜 이 모양이지?

"지혁아, 너한테 스토커 있는 거 아직도 모르는 기자가 있니?"

"글쎄 말이야, 소식이 늦는 기자도 있네."

미리 입이라도 맞춘 듯 지혁은 다은의 장난에 가볍게 맞장구를 쳐주었다.

"한 기자님, 저 강지혁 씨 스토커예요. 이렇게 해주지 않으면 내가 죽어버린다 그랬거든요. 알고 보면 착한 남자예요, 이 사람."

다은은 어깨에 놓인 그의 한쪽 손을 '탁탁' 쳐 보였다.

"나더러 착한 사람이래요."

다정하게 웃는 얼굴로 말하는 다은과 지혁을 쳐다보는 기자의 얼굴이 일그러졌다. 두 사람이 자신을 가지고 노는 게 뻔하게 보였다.

"이러지 맙시다. 서로 기분 긁어 좋을 거 있습니까?"

"지혁아, 솔직히 말해야겠다."

사뭇 진지한 표정으로 그를 올려보다 다시 기자를 쳐다보았다. 그러면서 슬쩍 그의 팔에서 벗어났다.

"사실은 지혁이가 스토커예요."

다은의 능청스러운 거짓말에 한 기자는 더 이상 표정 관리를 하지 못하고 한눈에 보일 정도로 인상을 확 구겼다.

“전 이 방송국의 실력있는 무대 디자이너인데요, 자꾸 자기 콘서트 무대를 맡아달라고 해서 거절하는 중이에요. 잘생긴 얼굴로 괜히 이렇게 친한 척하네요. 가슴 떨리게시리. 잘생긴 남자가 이러니까 떨리긴 하지만 한 기자님이 좀 말려주시겠어요?”

“됐습니다. 그만 합시다.”

“정말이에요.”

한 기자가 기분 나쁜 표정을 역력히 드러내며 밖으로 나가자 지혁은 기다렸다는 듯 박장대소를 터뜨렸다. 그 옆에서 다은은 멀뚱한 얼굴로 서 있었다.

“너 진짜 웃겼어.”

“왜 사람 말을 안 믿는 거지? 사실대로 말한 건데. 근데 너, 안 따라 나가도 되는 거야?”

“뭐 하러?”

“저러다 또 스캔들 기사 나면 어떡해?”

“나면 나는 거지. 이제 신경 안 써.”

“난 써.”

“그러면서 그런 능청을 떨었냐?”

“한 건 올렸다는 표정이 사람 기분 나쁘게 하잖아.”

“아무튼 재미있었어.”

“장난은 장난인 거고 가서 붙잡아.”

“이제 와서 걱정되냐?”

“너, 나랑 스캔들나면 진짜 결혼해야 할지도 몰라.”

“왜, 나랑 결혼하고 싶어?”

다은의 말을 그는 여전히 장난으로 받아들이고 있었다.

“농담 아니다. 빨리 가서 잡아, 결혼하기 싫으면.”

“스캔들났다고 결혼했으면 다섯 번도 더 했을 거다. 신경 안 써.”

“이번엔 신경 써야 할걸? 네가 몰라서 그러는데 우리 집안 보통 아니야.”

혹시라도 신문에 대문짝만하게 난 스캔들 기사를 할아버지와 부모님이 보시게 된다면 경악을 하면서도 그 기회를 놓치지 않고 그녀를 결혼시키려 들 게 뻔했다. 강지혁과의 스캔들이 말 그대로 스캔들뿐이라면 그걸 트집 잡아서 집으로 끌고 들어갈 것이다. 그러다가 할아버지가 골라주는 남자와 결혼해야 할지도 모를 일이었다.

“얼마나 대단한 집안인데?”

“헛듣지 마라. 난 분명히 경고했다. 후회하지 마.”

“나야 원래 스캔들에 익숙한 사람이고, 너나 신경 써. 음, 너야말로 방송국에서 일하기 힘들어지는 거 아냐?”

“일하기 힘들어지는 건 없는데, 아마도 내 독립 생활이 끝장날 거 같다.”

“독립 생활?”

“이제 겨우 두 달 조금 지났는데.”

“무슨 말이야?”

“저 기자 누군지 알지? 그러니까 착한 일 하는 셈치고 얼른 가서 잡아라. 나하고 스캔들나면 너 정말 힘들 거야.”

“걱정 마.”

“걱정은 내가 아니라 네가 해야 된다고.”

“넌 여자잖아. 여자가 스캔들나면 시집가기 더 힘들지, 바보야.”

“그래? 그럼 난 다행이네. 너나 마음에 준비해라.”

뜻도 모를 말과 웃음을 남기고 다은은 먼저 가버렸다.

보면 볼수록 흥미투성이었다. 정말 스캔들을 걱정하는 건지 안 하는 건지 모르겠다. 하는 행동으로 봐서는 그렇게 엄하게 자란 것 같지 않은데 스스로를 대단한 집안 운운하며 경고하는 투도 웃겼다. 지혁은 이제는 보이지도 않는 다은의 뒷모습을 눈으로 좇으며 혼자 웃고 서 있었다.

“너 요즘 왜 그렇게 혼자 실실거려?”

장 피디는 지혁이 처다보고 있던 곳에 뭐가 있나 싶어 목을 빼고 두리번거렸다.

“아냐, 아무것도. 그냥 자꾸 실없이 웃음이 나오네.”

다음날, 걱정하던 일이 바로 터졌다. 그 기자가 몸담고 있는 스포츠 신문 일면에 문제의 사진이 대문짝만하게 칼라로 크게 실리고 몇 마디 나누지도 않은 대화는 뻥튀기처럼 부풀려져 있었다. 기사 맨 아래에는 그 기자의 이름이 당당하게 적혀 있었다. 다은은 일면에 나온 사진을 보고는 기사를 채 읽지도 않고 신문을 던져 버렸다. 하지만 그 기사를 읽은, 방송국에서 그녀를 아는 거의 모든 사람들이 축하 인사와 걱정의 말을 건네왔다.

"노처녀가 스캔들도 다 나네?"

별일 다 본다는 듯 말투로 묻긴 했지만 걱정이 되기도 했고, 조금 섭섭하기도 했다. 방송국에서 마주치거나 가끔 안부 전화하는 거 외에는 연락도 없던 녀석이 갑자기 술을 같이 마시자고 전화를 걸고 제 발로 방송국을 찾아오는 것부터가 이상하다는 생각이 들었었다. 하지만 그 관심이 다은에게 가 있는 줄은 미처 몰랐다. 장 피디는 어제저녁 지혁이 혼자 실실거리며 웃고 있던 이유를 이제야 알 것 같았다. 그렇지만 이렇게 신문에 날 정도면 실실거릴 때가 아니지 않나 싶은 생각도 들었다. 어쩌려는 건지 지혁의 속을 알 수가 없었다. 대수롭지 않게 신문을 던져 버리는 다은의 행동에서도 별다른 점을 찾을 수가 없었다.

"오래 살고 볼 일이네. 강다은이 스캔들을 뿌리고 다녀?"

"나 아는 사람 아니면 누군지도 모르겠죠? 모자 덕분에 얼굴이 자세하게 안 나왔잖아요."

일부러 그러는 건지, 정말 그런 건지 거기다 다은도 기사에 대해 별로 신경 쓰지 않고 있었다. 몇 년째 인기 최상가를 달리며 뭇 여성들의 선망의 대상인 강지혁과 스캔들이 났는데 고작

한다는 말이 사진에 얼굴이 자세히 안 나와 다행이라는 거였다.

"증명사진 나오길 바라냐? 누군지 모르긴 뭘 몰라? 너 아는 사람들 다 축하 인사 해오는데. 기사 안 읽어봤어? 방송국 이름에 일하는 부서까지 다 적혀 있잖아."

"이 기자 너무하네. 보통 그런 건 이니셜 써주고 그러지 않나?"

"지금 그게 문제야?"

"네가 무슨 연예인이냐? 스캔들이 뭐야, 쪽팔리게?"

평소에 별로 말이 없던 카메라 감독까지 거들었다. 방송국에서 일하면서도 연예인들에게 별다른 호기심도 보이지 않고 묵묵히 일만 하던 다은이 이런 스캔들을 일으키자 적잖이 실망하는 투였다.

"너, 능력있다. 언제부터 강지혁하고 그런 사이였어?"

다른 프로를 담당하는 동료들까지 일부러 쫓아와 눈앞에서 신문을 흔들어댔다.

"언니, 부러워요."

그나마 다행인 게 다들 별로 심각하게 생각하지 않고 말 그대로 가십거리로 읽고 웃어넘겨 주고 있다는 사실이었다. 이 사람, 저 사람에게서 한소리씩 듣고 있을 때 휴대폰이 울렸다.

"강다은입니다."

[누나야? 나 효은이.]

"웬일이야, 네가 나한테 전화를 다 하고?"

[웬일은 무슨, 개뿔. 신문 봤어. 누나 미쳤어? 아버지가 누나 잡아오라고 난리야.]

"아버지도 스포츠 신문 보시냐?"

[바보 아냐? 오늘 아침 길거리 가판대에 깔린 게 누나 얼굴이야.]

다은은 짧은 한숨을 토해냈다. 직장 동료들은 장난거리로 그냥 읽고 넘어가 주는데 집에서는 그러지 못한 모양이다. 그녀의 예상대로 아마 이걸로 트집을 잡아 집으로 끌고 들어갈 계획을 하고 계실지도 모른다.

[할머니는 주먹만 쥐고 계시고, 아무튼 피해 빨리.]

"피하긴 뭘 피해? 집으로 들어오라고 하면 그냥 들어가야지 뭐."

[그게 문제가 아니라니까. 어머니가 할아버지 모시고 방송국으로 가셨다구.]

"상관없어. 피할 이유 없어. 내가 말씀드릴게. 근데 사진 보고 아무 말씀 안 하시더냐? 모자 쓰고 다닌다고 할아버지 싫어하시지? 그나마 청바지 입고 있는 건 안 나와서 다행이네."

[미쳤어. 진짜 미쳤구나?]

"강효은, 말조심해."

뭐라고 떠들어대는 동생을 무시하고 휴대폰을 끄고는 아무 일 없다는 듯 일을 시작했다. 다른 동료들도 이제 그만 약 올리기로 마음먹었는지 더 이상 다른 말을 하지 않았다.

촬영 준비가 끝나고 막 녹화가 시작되었을 때 스튜디오 안으로 지혁이 달려 들어오는 모습이 보였다. 조금은 길어 보이는 머리카락이 땀에 젖어 있었다. 다른 곳에서 방송을 하다가 왔는지 검은 가죽바지에 여자들의 블라우스 같은 헐렁한 검은 셔츠가 꽤 인상적이었다.

"미안해. 신문 보고 바로 오려고 했는데 일이 늦어졌어. 연락처도 모르고 방송국에 전화하니까 가르쳐 주지도 않고."

장 피디는 별다른 말은 하지 않고 지혁의 뒤통수만 한 대 쿡 쥐어박았다. 지혁이 멋쩍은 얼굴로 머리를 긁적거리자 조용히 하고 나가라는 손짓을 해 보였다. 다은과 지혁은 미안하다는 뜻으로 고개를 숙여 보이고는 스튜디오 밖으로 빠져나왔다.

"이제 와서 미안하긴 뭐가 미안해? 그렇게 잡으라고 해도 말도 안 들었으면서."

"아냐. 어제 그 기자한테 전화했었어. 통화가 안 되더라구."

"성질 긁어놨으니까 그렇지."

스튜디오 문을 붙들고 티격태격하는데 누군가가 다은의 어깨를 톡톡 두드렸다. 방송국 휴게실에서 일하는 아가씨였다.

"강다은 씨, 어머님 오셨어요."

"이런, 정말 오셨네. 고마워요. 죄송하지만 곧 간다고 전해주세요."

다은의 난처해하는 표정에 여자는 무슨 일인지 다 안다는 웃음을 보이고는 지혁과 다은을 번갈아 쳐다보았다.

“두 분 잘 어울려요.”

여자는 엄지손가락을 들어 보이고는 먼저 자리를 떴다.

“젠장, 뭔 소리를 하는 건지. 너, 어디 다른 데 가 있어라.”

“왜?”

“방금 못 들었냐? 우리 엄마 왔다잖아. 할아버지도 같이 오셨어. 너 있으면 일이 복잡해져.”

“내가 말씀드릴게.”

“얘가 아직도 상황파악을 못하네. 너, 결혼 같은 거 하고 싶지 않지?”

“……”

“난 하고 싶지 않아. 그러니까 제발 어디 좀 가 있으라구.”

여전히 무슨 뜻인지 모르겠다는 얼굴로 멍하니 서 있는 지혁을 남겨두고 다은은 휴게실로 향했다. 그곳까지 가는 동안에도 사람들의 흘깃거리는 눈길을 고스란히 받아내야 했다.

할아버지와 어머니는 자동판매기가 늘어서 있는 자리에 앉아 계셨다. 조선시대 영감들의 외출복 차림에 긴 수염과 갓까지 두르고 있는 할아버지는 그 안에 있는 사람들의 시선을 한눈에 집중시키고 있었다. 아마도 사람들은 어느 사극에 나오는 배우인지 마구 머리를 굴리고 있는 중일지도 모른다.

다은은 할아버지의 기분을 더 이상 거슬리지 않기 위해 옷매무새를 가다듬고 크게 심호흡을 하고는 조심스럽게 두 분 앞에 섰다.

“할아버지.”

화난 표정을 조금도 감추려 하지 않고 앉아 있는 엄마보다 조금은 냉정하게 이성적인 자세를 유지하고 계시는 할아버지를 불렀다.

“앉아라.”

하지만 목소리를 들으니 할아버지도 그렇게 담담하신 것 같지는 않았다.

“네.”

“독립 선언 어쩌고 하더니 이게 그 결과냐?”

아무 대답도 할 수 없었다. 방송국으로 오시는 내내 기사가 난 신문을 얼마나 움켜쥐고 계셨는지 할아버지의 주름진 주먹에 잡힌 신문은 그것보다 더 심하게 구겨져 있었다.

“도대체 강지혁이란 사람이 누구냐. 누구길래 이렇게 사진에 기사까지 실린 게냐.”

“그 사람은…….”

“접니다. 죄송합니다, 걱정 끼쳐 드려서.”

늘 그랬듯 두 분에게 되도록이면 담담하게 상황을 설명하려고 했다. 다은은 뒤에서 들리는 지혁의 목소리를 듣고는 두 눈을 꼭 감고 말았다.

‘저 바보, 저건 날 돕는 게 아니라구.’

지혁이 옆에 나란히 앉는 게 느껴져 눈을 떴다. 엄마의 노한 눈동자와 마주쳤다. 지혁이 휴게실로 들어서자 사람들의 관심은 더 집중되었다. 온 사방에서 수군거리는 소리가 들렸다.

"아니에요, 할아버지. 제가 말씀드릴게요."

"이 청년이 말하겠다고 하지 않느냐. 다은이, 잠시 입 다물고 있거라."

머리 속으로 신문에 난 얼굴과 잠시 비교해 본 후 지혁을 확인한 할아버지의 목소리는 조금 전보다 많이 누그러져 있었다.

"신문에 난 얼굴과 같군. 자네가 직접 설명하겠다고?"

"네."

"말해 보게."

"다은이와…… 다은 씨와 만난 건 얼마 되지 않습니다."

할아버지의 옷차림에 그도 새삼 말을 조심스럽게 해야겠다는 생각이 들었다. 자칫 말실수를 했다가는 변명할 기회조차 얻지 못할 것 같았다. 목을 가다듬고 잠시 말을 멈추고는 긴장을 가라앉혔다.

"아직 결혼까지 말을 하기엔 서로에 대해서 잘 아는 것도 없습니다. 기사가 좀 성급하게 나갔습니다."

다은은 지혁의 대답에 놀라 멍하니 그를 쳐다보고만 있었다. 아무리 되새겨 보아도 그건 두 사람이 사귄다는 걸 일단은 인정하고 들어가는 말이었다.

"어떻게 처신을 했기에 이런 사진이 찍힌 건가."

"제가 경솔했습니다. 주위에 사람들이 없다고 함부로 행동했습니다. 다은 씨와 애기를 나누다 기자들이 자주 들락거리는 방송국에 있다는 사실을 잠시 망각했습니다.”

지혁이 계속 멋대로 지껄여 대는 걸 말려야 했지만 모든 걸 자기 탓으로만 돌리고 있는 그를 쳐다보고 있을 수밖에 없었다. 거기다 할아버지는 그의 대답에 흡족해하시는 모습이었다. 그가 하는 말에 동조의 의미로 고개까지 끄덕이고 계셨다.

‘저러면 정말 일이 더 복잡해지는데.’

“강다은, 그만 쳐다봐라. 아무리 좋아한다지만 할아버지 앞에서 너무하는구나.”

“아, 아니에요, 엄마.”

망연자실한 표정으로 지혁을 쳐다보고 있던 다은을 엄마는 오해하고 있었다. 거기다 지혁은 모든 걸 다 이해한다는 순진한 얼굴로 다은의 어깨에 팔을 두르기까지 했다. 엄마의 눈은 노려보다 못해 거의 솟구치고 있었다.

“그건 그렇고 이마에 웬 반창고야?”

눈길과는 달리 지혁을 보고 마음이 조금 풀리셨는지 이제야 딸의 다친 이마가 눈에 들어온 모양이다.

“일을 하다 조금 다쳤어요. 괜찮아요.”

“강 군, 하나만 묻세나.”

“네, 할아버지.”

“우리 다은이와 결혼할 마음은 있는 겐가?”

할아버지의 단순하고도 솔직한 질문에 다은은 거의 쓰러질 지경이었다. 이 상황을 모면하기 위해 그가 무슨 대답을 할지 짐작이 갔기에 다은은 앞이 더 노래졌다.

"아직 다은 씨와 결혼에 대한 얘기를 나눈 적이 없습니다. 그런 대답은 우선 다은 씨에게 청혼한 뒤, 어른들의 허락을 구하고 싶습니다."

할아버지와 지혁이 말도 안 되는 얘기를 나누는 동안 어머니는 그를 쭉 훑어보고 있었다. 표정이 조금씩 풀리는 걸로 봐서는 어차피 할아버지가 소개해 주는 누군지도 모르는 남자에게 시집보내는 것보다 이 남자가 낫겠다는 생각을 하시는 것 같았다.

"전혀 마음이 없는 건 아니란 소리군."

"이런 장소에서 드릴 말씀이 아닌 것 같습니다. 제가 집으로 찾아가 뵈어도 되겠습니까?"

"그러세나. 됐다, 어미야. 일어나자."

"네, 아버님."

할아버지의 말에 자리에서 일어나는 어머니의 표정을 살폈지만, 강지혁이라는 인물에 대해 어떤 결론을 내렸는지는 정확한 답이 적혀 있지 않았다. 할아버지와 어머니가 일어나는 것을 보고 두 사람도 따라 일어섰다.

"강다은."

"네, 할아버지."

할아버지와 다은이 얘기를 나누는 동안 그는 한 발자국 뒤로 물러나 어디론가 급하게 전화를 걸었다.

“너, 그 모자 너무 안 어울리더라. 집안에서와 밖에서의 행동이 일치하지는 않더라도 크게 다르지 않았으면 좋겠구나.”

“이마의 상처 때문에 그냥 쓴 거예요.”

“일할 때 편한 옷이란 변명을 늘어놓겠지만, 너 지금 그 복장도 별로다.”

집 밖에서 일할 때 모습을 처음 본 할아버지였다. 집에서와는 다르게 청바지에 티셔츠 차림인 다은을 언짢은 눈으로 쳐다보셨다.

두 분을 모시고 방송국 문을 나서자 그를 기다리고 있던 몇몇 기자들과 팬들이 몰려들었다. 아직은 이른 시간에다가 음악 프로의 공개 방송도 없는 날인데 방문증을 단 일반 관객들이 많았다. 다른 스튜디오에서 하는 공개 방송 녹화에 왔다가 지혁을 보고 가지 않고 있던 사람들이 대부분이었다. 지혁은 다른 것보다 사람들에게 밀려 두 분이 다치시지는 않을까 할아버지와 다은 어머니의 안전에 신경을 곤두세웠다. 기자들이 무조건 내미는 마이크 폰에 입과 턱이 찔리고 사진을 찍기 위해 무작위로 달려들었다. 결국 그가 앞으로 나와 등을 돌리고 막아섰다. 지혁이 두 분을 감싸고 걷자 곧 그와 같이 일하는 매니저들까지 합세했다.

“이번 스캔들은 진짜인가요?”

“정말 결혼하시는 겁니까?”

기자들은 대답을 들을 생각이 있는 건지 대답할 틈도 주지 않고 질문부터 쏟아 부었다.

"나중에 합시다. 따로 자리를 마련하겠습니다."

단 한 번도 스캔들에 대해 별다른 해명을 하지 않았던 그였다. 기자들은 그런 그가 나중에 따로 자리를 마련하겠다는 말을 믿지 못하겠다는 표정이었다.

"곧 제가 다 말씀드리겠습니다."

지혁의 단호한 말투에 기자들은 조금 뒤로 물러나는 듯 보였지만 그의 팬들은 더 아우성이었다. 맞다, 틀리다 정확한 대답을 하지 않고서는 한 발자국도 물러나지 않겠다는 기세였다.

"오빠, 결혼하는 거 진짜예요?"

"이번 스캔들도 그냥 소문인 거죠?"

"강다은이 누구야?"

"저 여자다. 저 여자야!"

"신문에 같이 난 여자야. 어우, 재수없어!"

"오빠, 행복하세요!"

"오빠 옆에서 떨어져!!"

사람들의 손가락질은 끊이지 않았고 카메라의 플래시들도 연신 터져 댔다. 사람들이 각자 한마디씩 내뱉는 말들이 웅성거림으로 들려왔다. 자신이 좋아하는 연예인의 연인을 반기는 인사에서부터 그 여자를 욕하는 목소리까지 다양했다.

"넌 저런 소리까지 들어가면서 저 남자를 만나고 싶었니?"

옆에서 걷던 어머니가 낮은 목소리로 꾸짖었다. 다은은 아무

대답도 하지 못했다. 할아버지와 어머니는 지혁의 품에서 그와 함께 사람들에게 밀려 그가 미리 대기시켜 놓은 차에 올라탔다. 영욱이 재빨리 운전해 그곳을 빠져나갔다. 두 분이 탄 차가 출발하는 걸 보고 곧바로 돌아서 지혁의 아랫배를 주먹으로 한 대 쳤다. 엄살 부리며 아랫배를 움켜쥐는 그를 보고 뒤에서 지켜보던 여자 팬들이 아우성이었다. 하지만 다은은 그들을 무섭게 한 번 노려보고는 지혁을 끌고 방송국 안으로 들어와 비어 있는 스튜디오를 찾아 들어갔다.

"제정신이야? 지금 네가 어떤 짓을 한 건지 알고나 있어?"

안으로 들어와 문을 닫고는 다짜고짜 고함부터 질러댔다. 여전히 쩌렁쩌렁 울리는 다은의 목소리에 눈살을 찌푸리고 귀를 틀어막는 시늉을 해 보였다.

"무슨 여자 목소리가. 야, 너 나쁜 손녀 안 만들려고 최선을 다한 나한테 이게 무슨 소리야?"

"하, 정말 기도 안 막혀. 사귀고 있다고? 결혼을 말하지 않았지만 청혼한 뒤에 허락을 구하고 싶다고? 그게 나 착한 손녀 만드는 거야?"

"일단 두 분이 더 이상 화 안 내시고 돌아가셨잖아."

별거 아니라는 듯이 말하고 느긋하게 가까이에 놓인 철제 의자를 끌어당겨 앉았다. 다은은 당장 그 의자를 발로 걷어차고 싶은 심정이었다.

"너, 휴……."

　마음을 조금 진정시키려 깊은 한숨을 내쉬어보았지만 별 도움이 되지 않았다. 기자가 그런 사진을 찍어가고, 신문에 대문짝만하게 그런 기사가 나와도 이렇게 화나지는 않았다. 할아버지와 부모님들에게 해명할 자신이 있었다. 도저히 먹혀들지 않으면 집으로 끌려 들어가 조신한 손녀 역할, 딸 역할에 충실하면 그만이었다. 하지만 그가 다 망쳐 버렸다.

　"우리 할아버지를 보고도 그런 말이 나와? 책임감에 목숨이라도 던질 분이야. 난 그 밑에서 그렇게 배우고 자랐고. 우리 할아버지 생각쯤이야, 너에겐 뭐 별거 아닌 걸 수도 있겠지만 난 아니라구. 도대체 어쩌자고 그런 소릴 지껄인 거야? 뒷감당을 어떻게 하려구!!"

　진정하려고 했지만 목소리는 어느새 다시 커져 있었다. 다 망쳐 버렸다. 일이 이렇게 되어버리면 그가 아니라도 당장 할아버지가 선보이는 남자를 만나야 할지도 몰랐고, 어쩌면 몇 달 남지 않은 올해가 가기 전에 시집을 가야 할지도 모를 일이었다. 도저히 분이 삭히지 않았다. 그런 데다가 지혁의 맹숭한 목소리까지 날아들자 다은은 속이 터져 버릴 것 같았다.

　"난 잘못 말한 거 없어."

　"네가 그 자리에 나타난 것 자체가 잘못이야. 가만 있어달라고 했잖아. 난 결혼 같은 거 할 생각이 없다구. 난 지금 이 생활이 좋아. 겨우 독립해 나왔어. 이제 겨우 혼자 두 달밖에 살아보지 못했어. 난 이 자유를 포기하고 싶지 않아."

"혼자 사는 자유는 마음껏 누리게 해줄 테니까 걱정하지 마."

"우리 할아버지를 보고도 그런 말이 나와? 악— 답답해!!"

그가 도대체 뭘 믿고 저런 여유를 부리는지 몰라도 다은은 답답한 마음에 있는 힘껏 고함을 내지르고 말았다.

"넌 우리 집안을 몰라서 그래. 우리 할아버지, 할머니, 그리고 부모님은 아직도 조선시대를 살고 계신단 말이야. 여자는 출가 외에는 집 밖에서 살 수 없다고 생각하는 분들이라구."

두 팔을 부지런히 휘저어가며 방방 뛰고 있는 그녀에 비해 그는 너무도 느긋한 모습으로 앉아 있었다.

"그럼 지금은 어떻게 나와 있는 거야?"

"일 년, 일 년만 독립해서 살겠다고 허락받았어. 정말 온몸에 식은땀 뻘뻘 흘려가면서 겨우 받아낸 허락이야. 근데 내가 너 때문에 이런 자유를 다 망쳐야겠어? 길지도 않아. 고작 일 년이란 말이야, 일 년이었어!"

가느다란 집게손가락이 빳빳하게 세워져 그의 눈앞에서 어른거렸다. 다은의 지치지 않는 고함 소리에 그가 뒤로 넘겨 까딱거리던 의자를 멈추었다. 고함 소리에 질렸는지 그의 목소리가 새삼 냉정해졌다.

"그렇게 일 년이 이 년 되고 삼 년 되고 그러는 거잖아."

"절대 그런 일 없어. 난 아직 단 한 번도 어른들의 뜻을 어긴 적이 없으니까. 그건 앞으로도 그럴 거야."

"웃기지도 않잖아. 그렇게 일 년만 나와 살아봐서 뭘 어쩔 건데. 그런 다음에는?"

"그런 다음에? 젠장맞을, 그런 다음에는 할아버지가 선보여주는 남자와 결혼하는 거야. 그러겠다고 했어."

겨우 다은의 목소리가 밑으로 푹 꺼졌다. 속이 빈 쌀자루처럼 그녀의 몸이 가까이에 놓여 있는 철제 의자에 풀썩 가라앉았다.

"뭐라구? 너야말로 미쳤구나."

반면 지혁이 벌컥 소리를 지르고는 튕기듯 의자에서 벌떡 일어섰다. 그에게 밀려난 의자가 요란한 소리를 내면서 뒤로 나뒹굴어졌다.

"넌 이해 못해. 난 그런 식으로라도, 단 일 년이라도 혼자 살아보고 싶었어. 이따위 기사가 나도 별 상관 안 했던 건 내가 일하는 곳이 그런 뜬소문이 많이 나는 곳이니까, 어른들을 설득시키고 앞으로 더 조심스럽게 행동하겠다고 말씀드리면 될 거라 생각했기 때문이야. 최소한 난 집안에서는 책임감있게 행동하는 손녀였으니까. 어른들은 항상 날 믿어주셨어. 그래도 어른들이 탐탁지 않게 생각하시면 그냥 집으로 들어가면 되는 거고. 한 두어 달 살아봤으니까 그걸로 만족해야지, 생각했어. 하지만 이건 아냐."

바닥을 헤매던 다은의 눈동자가 지혁에게 향했다. 그녀를 바라보고 있던 지혁은 갑작스럽게 날아든 시선에 몸을 움찔거렸다. 조금은 아주 조금은 원망이 담긴 눈동자였다.

"그냥 있어달라고 했잖아. 적어도 우리 가족들만큼은 내가 해결할 수 있었어. 난 할아버지에게 뒤에서 연애질이나 하고 다니는 그런 손녀로 기억되고 싶지 않아."

"그분들이 그렇게 중요하면서 왜 그렇게 나오고 싶어한 건데."

"그래도 갑갑하긴 했거든. 내 속에는 늘 이만한 용수철이 튀고 있는데 집에서 내내 그걸 누르고 있으려니 정말 죽을 맛이었어. 그래서 한 번쯤 마음대로 살고 싶었던 거야."

"그렇다고 아무나 하고 결혼하겠다는 그런 조건에 응하고 집을 나오냐?"

"우리 할아버지, 사람 보는 눈 하나는 정확한 분이야. 그런 할아버지가 정해준 남자라면 그냥 그렇게 평생을 같이 살아도 괜찮을 거라 생각했어. 그렇게 살더라도, 단 일 년 만이라도 난 독립해서 혼자 살고 싶었다구. 그런데 너 때문에 다 망쳤어. 너랑 친한 척하는 게 아니었어."

"그럼, 나랑 살면 되겠네 뭐."

"제발 헛소리 좀 하지 마라. 넌 그렇게 생각도 없이 지껄여 대는데 지치지도 않냐?"

"헛소리 아냐. 너나 나나 나이도 찼고, 그냥 우리 둘이 결혼해서 독립해 사는 것처럼 그냥 그렇게 살면 되는 거잖아."

그가 넘어진 의자를 일으켜 세우고는 다은의 앞에 다리를 꼬고 마주 앉았다. 무대에서 입는 그런 옷차림에 움직임이 큰 그의 동작을 보고 있자니 정말 가까이서 연극 한 편을 보는 기분이었다. 그 흥분했던 와중에도 습관처럼 얌전히 다리를 모으고 앉아 있던 다은은 자신의 자세가 영 마음에 들지 않았다. 하지만 그를 따라 같이 다리를 꼰다거나 다른 자세로 바꾸고 싶은 마음은 없었다. 사실, 이렇게 허리를 꼿꼿이 하고 다리를 모으고 앉는 거 외에는 다르게 앉아본 기억도 별로 없었다.

"복잡하게 생각할 거 뭐 있어. 서로의 일에 간섭하지 않고 다른 사람 눈 의식 안 해도 되고 딱 좋은 조건이잖아."

"좋은 조건 같은 소리 하고 있네. 너, 제정신이냐?"

"좋잖아? 한집에 사는 거야 어쩔 수 없지만 서로 간섭하지 말자구. 내가 처음 계획했던 것과 뭐 많이 비켜가기는 하지만 이것도 괜찮은 방법인 거 같네."

"그 단순한 머리로 처음 계획했던 건 도대체 뭔데? 도대체 무슨 엉뚱한 생각을 하고 나타난 거야?"

"그냥 약혼식만 올리고 있다가 소문이 잠잠해지면 파혼으로 끝내려고 했지. 네가 다른 사람이랑 결혼하면 사람들은 뭐 그냥 '저놈 까불더니 차였군' 하고 생각하고 말 거 아냐."

"어이구, 넌 실연당한 왕자님이고 난 나쁜 년이 되는 거고?"

"네가 그렇게 할아버지를 어려워하는 거 보니까 약혼 뒤에 파혼은 어림도 없겠고, 그냥 결혼하자. 어차피 일 년 뒤에 할아버지가 소개시켜 주는 남자하고 무조건 결혼할 생각이었다며? 적어도 난 아예 모르는 사람은 아니잖아."

"내가 너에 대해서 아는 게 뭐 있다고?"

다은의 눈 흘김에 그가 양팔을 쫙 벌려 보였다.

"이 바닥에 뒹굴면서 내가 뭘 얼마나 숨기고 있겠냐? 아예 속을 다 내보이고 사는 사람이 나야. 이제껏 흘려들은 소문만 모아놓아도 네가 일 년 뒤에 결혼하려고 하는 그 남자에 대해서보다는 더 많이 알겠다."

나이는 서른 즈음일지 몰라도 정신 연령은 완전히 바닥이었다. 어쩜 저렇게 아무 걱정도 없이 단순할 수 있을까.

"시끄러."

"넌 누군지도 모르는 남자와 결혼해서 평생 썩을 필요 없고, 나도 이제 더 이상 스캔들 없을 거고."

"넌 결혼이 장난이니? 결혼한다고 나던 스캔들이 안 나?"

"난 가정적인 남자거든. 그리고 할아버지가 맺어주는 사람과 무조건 결혼한다는 네가 더 결혼을 장난으로 여기는 거 아냐? 난 진지하게 말하는 거야. 서로에게 좋은 조건이잖아. 나 그렇게 못난 놈 아니고, 너도 그렇게 남자한테 의지하고 기대면서 목매어 살 여자로 보이진 않고."

무슨 생각을 하는지 다은은 지혁을 쳐다보며 한참을 조용히 있었다. 거기에 맞장구라도 치듯 지혁은 심사할 거 있으면 해보라는 식으로 다은을 똑바로 바라보고 입 다물고 기다려 주었다. 뭔가 함정에 빠지는 기분은 들었지만 끌리는 조건이기도 했다. 조심스럽게 다은이 입을 열었다.

"진짜 자유는 보장하는 거지?"

“당연하지. 네가 먼저 마누라 노릇 하려고 들지 않는다면, 얼마든지.”

“걱정 마, 절대 그런 일은 없을 테니까.”

“그럼 서로에 대해 좀 알아둘 필요가 있겠군. 저녁에 만나자.”

“너랑 사람 많은 곳에 돌아다니고 싶은 생각 없어. 더 이상 헛소문 도는 거 싫으니까 네가 내 오피스텔로 와.”

“그거 들키면 그 소문 더 감당 못해.”

“가끔은 좀 진지해져 봐.”

그에게 오피스텔의 위치를 가르쳐 주고 녹화가 계속 진행 중인 스튜디오로 돌아왔다. 궁금증을 가득 담은 눈길들이 다은에게 쏟아졌지만 조용히 해야 하는 실내 분위기라 누구 하나 선뜻 입을 열지 못하고 있었다.

잠시 녹화가 쉬는 시간에 다은은 재빨리 무대 도구들을 살피는 곳으로 달려 들어가 숨어 있다가 다시 녹화를 시작한다는 소리를 듣고서야 고개를 빼죽이 내밀었다. 그리고는 녹화가 마치자마자 다른 날과는 다르게 부리나케 퇴근을 해버렸다.

퇴근해 집에 와서도 그가 제안한 결혼에 어떤 결정을 내려야 할지 갈팡질팡하고 있었다. 하지만 그는 제 시간에 나타나지 않았다. 약속했던 시간보다 삼십 분이나 늦게 나타나서도 전혀 미안한 기색을 하지 않고 있었다.

"시간 좀 지켜."

"마누라 노릇 안 한다고 해놓고는 벌써부터 잔소리야?"

"시간 좀 잘 지키라는데 그게 뭐가 잔소리야? 하나를 보면 열을 안다고 했어."

"라디오 방송 녹음이 늦게 끝났어."

넓지도 않은 오피스텔 안을 한눈으로 훑어보고는 마땅히 앉을 만한 자리를 찾고 있었다. 유일하게 하나 있는 식탁용 의자를 눈짓으로 쓱 가리켰다.

"제법 깔끔하게 해놓고 사네. 너 성질 부리는 거 봐선 돼지우리처럼 어질러 놓고 살 줄 알았는데."

은근슬쩍 말을 돌리는 걸 알았지만 입씨름하기가 피곤해 그냥 넘어가 주었다.

"돼지에 대해서 잘 모르는구나? 얼마나 깔끔 떠는 짐승인데."

"그래? 그럼 마구간으로 정정하지."

"어질러 놓고 사는 건 인간뿐이야."

그는 의자에 앉지 않고 계속 어정쩡하게 서성거리고 있었다. 좁은 공간 안에서 딱히 별 할 말도 없이 마주 서 있는 건 무척 어색한 일이었다.

"그 헐렁한 블라우스는 무대용이었어?"

편한 면바지에 헐렁한 스웨터를 걸친 모습이 무척 잘 어울려서 한 말이지만 그는 뾰로통한 얼굴로 다은의 말에 아무 대꾸도 하지 않았다. 그러더니 갑자기 부엌 쪽으로 발걸음을 옮겼다. 지혁이 자기 집인 양 냉장고를 뒤져 잡다한 먹을거리를 찾아먹는 동안 다은은 자꾸만 머리를 긁어댔다.

"왜 그래? 머리 좀 긁지 마. 신경 쓰여."

"너도 이 긴 머리를 한 삼 일 정도 안 감아봐라, 안 근질거리는가."

"뭐야? 너 잘 안 씻어?"

먹던 음식을 품에 감싸고는 갑자기 무슨 냄새라도 나는 양 코를 찡그리며 몸을 뒤로 뺐다. 그 행동이 얄미워 다은은 괜히 긴 머리카락을 한 줌 쥐고는 흔들어댔다.

"에비, 에비야."

"워이, 워이. 저리 가. 비듬 떨어져."

"상처에 물 가지 말게 하라고 해서 안 감은 것뿐이야. 시간도 없었고. 나중에 결혼하면 나 머리 확 잘라 버리는 거나 허락해라. 이젠 이 머리도 지겨워 죽겠어. 감는 데 시간 오래 걸리지, 말리는 데 또 몇 십 분 걸리고 무거워서 목 디스크가 올 지경이야."

"결혼하기로 결정한 거야?"

조금 전 그가 오기 전까지만 해도 해야 하나 말아야 하나 고민하던 문제였다. 그런데 지금은 당연히 하는 쪽으로 얘기가 진행되고 있었다. 다은은 다른 대답은 하지 못하고 계속 머리만 긁어댔다.

"게다가 머리 자르는 것까지 내 허락이 필요해?"

재미있어하는 표정이 역력했다. 지혁의 표정에 슬쩍 약이 올랐다. 만약 결혼을 하게 된다면 얼마나 더 이렇게 허락을 구하고 살아야 할까 생각하니 괜히 부아가 치밀었다.

"너랑 결혼해서 사는 거 재미있을 것 같다."

"너도 서방님 노릇 하려고 하지 마. 나도 안 그럴 거니까. 자유, 분명히 약속해."

"알았으니까 너나 약속 잘 지켜. 따라 들어와. 내가 감겨줄
게."

깨끗이 비운 그릇들을 개수대에 담아놓고 욕실 문을 찾아 활
짝 열고는 다은을 향해 돌아섰다. 전혀 생각지도 않았던 그의
제안에 당황스러웠다.

"안 어울려, 됐어. 전에도 방송국 안에 미장원 갔었어. 혼자
정 힘들면 내일도 미장원에 가서 감겨달라 그러지 뭐."

"그렇게 긁적거리면서 오늘 밤에 잠이나 제대로 자겠냐?"

"됐다구."

"튕기지 말고 들어와라. 감고 나서 고마우면 뽀뽀나 한번 해
주고."

그가 식탁 의자를 챙겨 들고 먼저 욕실로 들어갔다. 다은은
그 앞에 이러지도 저러지도 못하고 계속 서 있기만 했다. 그러
다 다시 모습을 나타낸 그를 보고 웃음을 터뜨리고 말았다. 수
건을 바지춤에 걸고 서 있는 폼이 너무 웃겼다.

순간, 무대 위에서 서 있는 모습을 보았을 때 느꼈던 다른 세
계에 있는 사람인 것 같은 이질감이 들지 않는 것에 가슴이 두
근거렸다. 무대 위에서 노래하는 모습을 보고 있을 때 느꼈던
두근거림과는 또 다른 느낌이었다. 그는 생각보다 재미있고 다
정한 사람이었다. 괜찮을 것 같았다. 그와 이렇게 한집에 살면
서 지내는 것도 썩 나쁜 일은 아닐 것 같았다. 늘 이렇게 친구처
럼 지낼 수만 있다면 그냥 한평생을 그렇게 보내도 지루하지 않

을 것 같다는 생각이 들었다.

　못 이기는 척 머리를 묶은 고무밴드를 풀어 손목에 감고는 욕실로 들어가 세면대 가까이에 바짝 기대앉았다.

　"세상 여자들 나보면 부러워 죽으려고 하겠네. 특히 꽥꽥거리면서 너 쫓아다니는 여자들 말이야."

　"내 마누라 되어준다니까 이런 거 해주지, 아니면 어림도 없어."

　"황송합니다요."

　따뜻한 물이 닿자 머리가 더 가려워 왔다. 골고루 비누칠하고 그가 두 손으로 가볍게 가려운 곳을 긁어가며 감겨주었다. 남자의 손이지만 억세지 않고 제법 조심스러웠다.

　"그쪽에 조금만 더, 응, 긁어. 이제야 좀 살 거 같네. 좀 박박 긁어봐."

　"진짜 머리 길다. 이거 감고 나서 언제 다 말려?"

　"풀어놓으면 알아서 말라. 드라이하고 그럴 시간이 어딨어? 마르는 동안 옷이 좀 젖는 게 문제지."

　"그래서 하늘색 커트머리 그런 가발 쓰고 있었던 거야?"

　"그냥 머리를 자르면 어떤 얼굴일까 궁금하기도 하고, 자르고 싶어도 못 자르는 형편에 대리만족이라도 할 겸해서 소품실 가서 자주 빌려 썼지."

　따뜻한 물이 머리에 부어지고 몇 번의 헹굼이 이어졌다. 이번에는 샴푸질을 시작했다. 늘 맡던 향기의 샴푸인데도 오늘은 색

다른 기분이었다.

"매릴 스트립이 왜 그렇게 행복한 미소를 지었는지 알 거 같네."

"매릴 스트립?"

"아웃 오브 아프리카 말이야. 거기서 로버트 레드포드가 머릴 감겨주잖아."

"그래, 알아."

"음, 좋으네. 누군가가 머리를 감겨준다는 거. 사랑하는 사람이 감겨줬으니 그 여자는 얼마나 행복했겠어? 이제야 그 미소가 이해가 간다구."

"그건 날 사랑한다는 뜻이야?"

장난기가 섞인 듯하면서도 진지하게 묻는 목소리였다. 다은은 기분 좋게 감고 있던 눈을 번쩍 뜨고는 코웃음을 날렸다.

"또 혼자서 마구 앞서 나가네. 머릴 감겨주니 좋다는 뜻이야. 오버하지 마라. 사랑 같은 거 나 몰라. 해본 적 없어."

"해본 적 없어?"

거짓말하지 말라는 경고 같았다. 반창고가 붙은 이마를 손가락으로 살짝 누르고는 이제껏 부드럽게 긁어주던 손에 힘을 주어서는 박박 문질러 비누 거품을 만들었다. 한참 다은이 아프다고 엄살을 떨고 있을 때 초인종 소리가 들렸다.

"누구 올 사람 있어?"

"아니. 여기 이사 오고 온 사람은 네가 처음이야."

“누구지? 설마 기자들은 아니겠지?”

“미행이라도 했으면 모를까 회사에서 내 주소를 쉽게 가르쳐 주지는 않았을걸.”

“그래? 잠깐만, 불편해도 잠깐만 기다려.”

세면대에 물을 틀어 거품이 가득 묻은 손을 헹구었다.

“불편하긴, 잠도 잘 수 있을 거 같은데.”

그가 수건에 손을 닦으며 욕실을 나가고 곧 누구냐고 물으면서 문을 열어주는 소리가 들렸다. 그때까지도 다은은 기분 좋게 눈을 감고 누워서 샴푸 향을 즐기고 있었다.

“다은아.”

밝은 빛에 잘 떠지지 않는 눈을 겨우 열고 조금은 졸린 눈동자로 자신의 이름을 부르는 사람을 쳐다보았다.

“아버지?”

일어날 수도, 그렇다고 계속 누워 있을 수도 없는 상황에 그저 어쩔 줄 몰라 하고만 있어야 했다. 물에 잠긴 머리카락의 무게에 몸이 쉽게 일으켜지지 않았다. 난처한 얼굴로 다시 아버지를 돌아보자 곧 그 뒤로 지혁의 모습이 눈에 들어왔다. 그는 이런 돌발적인 상황에 익숙한 사람처럼 담담한 표정이었다.

“다은 씨가 조금 다쳤습니다. 상처에 물이 닿으면 안 된다고 해서 제가 감겨주고 있는 겁니다. 잠시만 기다려 주시면 곧 끝내겠습니다.”

“천천히 해요. 내 저기서 기다리지.”

욕실 문에서 아버지의 모습이 사라졌다. 다은은 터져 나오는 안도의 한숨을 막을 수가 없었다. 갑자기 아픈 곳이 지끈거리고 시야가 흐려졌다. 물에 담긴 머리카락이 점점 더 무거워져 오고 이제껏 편하게 누워 있던 자세였는데 새삼 목이 저려오기 시작했다.

"미쳐, 내가. 이게 무슨 쪽팔리는 일이야."

다은은 눈을 감아버렸다. 그가 별말없이 욕실로 들어와 머리를 깨끗이 헹구어주었다. 오늘처럼 긴 머리카락이 부담스럽고 싫었던 적은 또 없었던 것 같다.

"아버진 뭐 하고 계셔?"

밖에 있는 아버지에게 들릴세라 조용조용히 물었다. 그는 맑은 물에 헹굼을 마친 긴 머리를 빨래 짜듯 꾹꾹 물기를 짜내고 있었다.

"몰라. 내가 들어올 땐 침대에 앉아 계셨었는데."

"내가 마저 닦을 테니까 먼저 나가봐. 싱크대 오른쪽 선반에 녹차 있거든? 아버지께 타드릴래?"

"알았어."

그가 먼저 나가고 곧 싱크대를 뒤지는 달그락거리는 소리가 들렸다. 그 소리가 마음을 더 조급하게 만들었다. 다은은 수건으로 대충 머리의 큰 물기만 닦고 한번 슬슬 빗질만 해주고 서둘러 의자를 들고 나왔다.

앉을 자리가 마땅치 않은 방에서 아버지는 침대 끝에 걸터앉아 녹차가 든 잔을 손에 쥐고 계셨다.

"죄송해요. 연락이라도 하고 오지 그러셨어요."

"강지혁 군이라고 했나요?"

아버지는 다은의 말을 무시하고 지혁에게로 시선을 돌렸다. 다은에게 실망한 모습인 것 같기도 했고, 아닌 것 같기도 했다. 엄하고 말수가 적은 아버지였지만 거리가 있거나 하지는 않았다. 하지만 지금은 말을 붙이기가 쉽지 않았다. 게다가 당황하고 긴장한 탓인지 아버지의 표정을 제대로 살필 수가 없었다.

"네."

"앉아요."

그는 다은이 들고 나온 의자를 끌어당겨 아버지 가까이에 앉았다. 다른 때 같았으면 다은이 나서서 변명이든 해명이든 했을 테지만 아버지가 눈으로 본 상황이 그런 만큼 쉽게 입이 열리지 않았다. 무거운 분위기 탓에 다은은 감히 끼어들지도 못하고 식탁에 기대어 서서 두 사람의 모습을 가만히 지켜보고만 있어야 했다.

"언제부터 여길 출입했지요?"

"오늘이 처음입니다."

그의 분명한 대답 소리가 거짓일 거라는 의심의 여지를 두지 않았다.

"머리 감겨주러 온 건 아닐 테고."

"물론입니다. 낮에 할아버님을 뵌 일도 있고 해서, 결혼 문제에 대해 좀 더 구체적으로 얘기하고 싶어서 왔습니다."

"결혼 문제?"

"그쪽 사정이 일단 소문이 나버리면 부풀려지는 게 걷잡을 수 없을 정도라 조금 서두는 감이 없진 않지만 해야 할 결혼이면 더 이상 숨기지 말자고 얘기하는 중이었습니다. 지금은 상황이 이렇다 보니 어디 마땅히 나가서 만나기도 힘들고. 그래서 오늘은 제가 이곳에 찾아온 겁니다."

그의 머리 속에는 어떤 상황에 대한 잘 짜여진 대본이 항상 준비되어 있는 것 같다. 아니면 아주 노련한 거짓말쟁이거나. 미리 생각해 두었던 말인지, 즉석에서 꾸미는 말인지는 모르겠지만 어쨌든 그의 말은 아버지를 충분히 이해시키고 있었다.

"할아버지를 찾아뵙기 전에 네게 묻고 싶은 게 있어서 왔다."

이제야 아버지의 시선이 다은에게로 옮겨졌다. 뒤에서 멍하니 지혁의 말솜씨에 감탄만 하고 있던 다은은 놀라 허리를 쭉 펴서 자세를 고쳐 잡고는 아버지와 눈을 마주쳤다.

"네, 말씀하세요."

"두 사람, 다른 생각이 있어서 이러는 건 아니지?"

"다, 다른 생각이라니요?"

"갑작스러운 두 사람의 결혼 얘기에, 아비로서 그러지 말아야 하지만 문득 의심이 들어서 물어보는 거다. 분명 신문에 난 기사 때문에 많이 노하셨지만 어른들 때문이라면 이런 연극 하지 마라. 결혼은 누구에게 떠밀려서 하는 게 아니다."

　뜻밖에 찾아온 더없이 좋은 기회를 놓칠 수 없었다. 모두 해명할 수 있었다. 아버지라면 백 번 이해해 주고 다은의 편에서 할아버지에게 방패막이 되어주실 분이었다. 뭐라 말을 하려고 했지만 그녀보다 지혁이 빨랐다. 잘 짜여진 대본이든 기술 좋은 거짓말이든 그의 말이 먼저 튀어나와 아버지를 설득시키고 있었다.

　“그런 거 없습니다. 믿으셔도 됩니다. 행복하게 사는 모습 보여 드리겠습니다. 물론, 처음 의도했던 것보다 결혼 얘기가 빨리 나온 건 사실이지만 다은 씨를 많이 좋아합니다. 다은 씨의 일도 지켜주고 제가 할 수 있는 한 행복하게 해주겠습니다.”

　준비된 말이 아니라면 혹시 저게 진심은 아닐까 하는 생각이 들 정도로 모든 얘기들을 너무도 술술 잘 내뱉고 있었다. 그의 태도도 분명했다. 하지만 하나하나 꼭 꼬집어봤을 때 크게 거짓인 부분이 있지도 않았다. 좋아한다는 말을 한 적은 없지만, 다은이 싫었다면 그냥 결혼해서 살자는 말 같은 건 하지 않았을 거다. 그리고 이미 그는 그녀의 일을 지켜주겠다고 약속했고, 그녀가 생각하는 행복이라는 조건에 맞는 자유도 보장했다.

　“그래, 그 말이 듣고 싶었는지도 모르지. 밖에서의 모습이 어떤지는 모르지만 나한테는 소중한 딸이라네. 아껴주고 많이 사랑해 주었으면 좋겠군.”

　“그러겠습니다.”

　“됐네. 그리고 다은이.”

“네.”

“할머니와 어머니가 늘 해주셨던 말씀들 잊지 말아라. 혹, 너희들이 오는 날, 나와 얘기할 틈이 없을 것 같아 미리 말하는 거다.”

지혁과 잠시 얘기를 나눈 아버지는 이미 그녀를 결혼시킬 마음의 준비를 끝내고 있는 것 같았다. 어쩌면 다은이 이 제안을 받아들여야 하나 마나 고민하는 동안, 아버지는 이곳으로 오시면서 딸의 결혼을 허락해야 하나 마나 내내 그 생각을 하고 계셨을지도 모른다. 분명한 건 지혁의 당당한 태도가 아버지의 마음을 허락 쪽으로 기울이게 하는 데 확실한 계기가 되었다는 거다. 아버지의 표정이 많이 풀어진 것에서 그 마음을 읽을 수 있었다.

“네, 아버지.”

“그래, 다은이는 책임감이 강하니까 잘할 거야. 그럼 이제 가 보련다.”

“저도 같이 가겠습니다. 모셔다 드리죠.”

“낮에 일도 들었네. 나까지 그럴 필요 없어.”

“아닙니다. 시간도 늦었고 저도 그만 가봐야 합니다.”

아버지와 지혁이 가고 다은은 침대에 누워 천장을 바라본 채 한참을 멍하게 있었다. 문득 그가 감겨주고 간 머리카락을 만지작거렸다. 아직도 촉촉하게 젖어 있었다.

‘가수 강지혁이 내 남편이 된다?’

한 번도 생각해 본 적이 없는 일이었다. 아니, 누군가의 아내가 되어서 산다는 것을 상상해 본 적이 없었다. 종갓집에 시집와서 평생을 맏며느리로 힘들게 사는 엄마의 모습을 보고 결혼은 생각해 보지 않았다. 물론, 할머니와 어머니의 가르침을 거역한 적은 없었다. 바느질도, 음식 만드는 것도 착한 딸의 역할로서 다 배워두었다. 어른들이 보시기에 흡족한 딸이었고 어느 집에 보내도 부족함이 없는 며느릿감이었다.

잠자는 동안 계속 잡다한 생각들이 그녀를 쫓아다녔다. 집에서 독립을 해 나올 때만 해도 이런 계획이 아니었는데, 자신의 행동과 결정이 정말 옳은 것인지 혼란스러웠다.

사무실 분위기는 험악함 그 자체였다. 여차하면 고성에 주먹질이라도 오갈 기세였다. 기획사의 대표인 유 사장은 마주 앉은 강지혁을 몇 대 두들겨 패주고 싶은 심정이었다. 데뷔 때부터 항상 저런 자세였다. 기획사 대표 앞이라고 해서 고개를 숙이거나 기죽어 있는 꼴을 본 적이 없다. 그렇다고 대놓고 너 왜 그렇게 건방지냐고 말할 만큼 행동이 나쁜 것도 아니었다. 그게 더 그를 화나게 했었다. 제발 저 좀 키워주십시오, 해도 모자를 판에 이 녀석은 내 음악으로 너 돈 벌게 해줄게, 그런 식이었다.

기획사에는 요즘 음반 시장을 쥐고 흔들 만큼 큰 대형 가수들이 몇몇 있었다. 하지만 작사, 작곡에 탁월한 가창력과 연주 실력까지 갖춘 가수는 흔하지 않았다. 그리고 무엇보다 그에게는 무대 위에서 사람을 끄는 힘이 있었다. 춤을 추라면 미친 듯 화끈하게 춤 솜씨를 보여줬고, 눈물을 자아내게 애절하게 노래하라면 그는 두 눈에 눈물을 가득 담고는 노래 불렀다. 그 모습에 그를 좋아하는 팬들은 점점 더 골수팬이 되어갔고 스스로를 빠순이라 칭했다.

데뷔 년수가 쌓여가면서 그는 앨범을 낼 때마다 점점 자기만의 음악을 고집했다. 하지만 이쪽에서 무조건 반대하지 못하게 대중들이 원하는 곡들도 함께 내놓았다. 소위, 돈이 되는 노래들이었다. 해마다 음반 시장이 불황을 외쳐도 그의 앨범만은 그런 경제 사정을 무시했다. 음악적인 문제만 아니라면 스케줄을 잡는 데도 별다른 트집을 잡지 않았다. TV에 출연하는 것보다는 콘서트를 더 즐겼지만 유행을 빨리 타는 대중들에게 잊혀지지 않을 만큼 화면에도 그 모습을 드러냈다. 노래를 불러야 하는 프로그램이 아닌 몸으로 부딪치고 웃겨야 하는 오락 프로에도 그는 친구가 있고 관객들이 있으면 서슴없이 카메라 앞에 섰다.

확 드러내 보이는 몸보다 보일 듯 보일 듯 아련한 몸이 더 사람의 시선을 끈다고 했다. 그는 그렇게 대중들 앞에 서는 방법을 잘 알고 있었다. 예의에 어긋나거나 나쁜 행동으로 기삿거리가 되는 일도 없었다. 늘 성실한 모습을 보여주었고 돈을 벌게 해주어 고마웠다. 하지만 친구를 좋아하는 성격에 유달리 스캔들 기사가 자주 났다. 인기 좀 있는 연예인이라면 누구에게나 따라다니는 가십거리였지만 그는 활동하는 오 년 동안 거의 해마다 스캔들 기사가 끊이지 않았다. 그래도 항상 의연하게 대처하고 자신의 바른 행동을 늘 유지해 기획사에서 별다르게 나서지 않아도 가십은 가십으로 끝나 버렸다. 이번에도 그런 줄 알았다.

누군가를 만나고 사귄다는 얘기는 들어본 적도 없었다. 그림자처럼 항상 붙어다니는 영욱조차도 모르는 일이라 했고 방송국을 제 집처럼 들락거리는 다른 동료들도 도무지 아는 사람이 없었다. 강다은이라는 이름은 생전 들어본 적도 없다고 했다. 그런데 그렇게 어디선가 나타난 복병과 스캔들을 떡하니 일으키더니 이제는 결혼을 할 거라고 나섰다.

유 사장은 절대 허락할 수 없었다. 지금 한창 최고가를 유지하는 그를, 여자 문제로 그 가치를 떨어뜨릴 수는 없는 일이었다. 그 한 사람에게 몇 명이 따라 움직이고 있던가. 이번 앨범을 준비하면서 쏟아 부은 돈이 얼마인데, 그리고 앞으로 그가 벌어들일 수익을 생각하면 절대 안 될 일이었다. 그는 시쳇말로 움직이는 중소기업이었다. 혹시 그럴 수도 있을 거라는 생각조차 단 한 번도 계획에 넣고 있지도 않았고, 뜻하지도 않았던 결혼으로 사업을 망칠 수는 없었다.

"절대 안 돼. 지금 한창 활동하는 중인데 결혼이라니, 절대 안 돼."

"제가 하는 결혼입니다."

"몇 년 만 더 기다리라고. 아직 나이도 한창이잖아. 뭐가 급해서 이렇게 갑자기 결혼하겠다고 설치는 거야?"

유 사장은 벌써 몇 개비째 계속 담배를 피워대고 있었다. 원래 담배를 즐기는 사람이었다. 하지만 이렇게 줄담배를 피워대는 모습은 처음 본다. 지혁이 결혼하겠다고 고집 부리는 것이 그의 속을 어지간히 타게 하는 모양이었다.

"설치다니요. 제 인생이 걸린 문제입니다. 좋은 사람 나타났을 때 결혼하는 건 당연하지 않습니까?"

"잠시 동안만 덮어두자고. 그게 뭐 어려운 일인가? 이 바닥에서야 흔한 일이잖아."

"그냥 후닥닥 해치우고 소문 가라앉히는 편이 더 낫지 않겠습니까? 그리고 다은이 곧 서른이에요. 여자 나이 스물아홉하고 서른 차이가 얼마나 엄청난지 잘 아시잖습니까. 여자 연예인들 방송 나이 만들어 줘봐서 잘 아시면서 그러세요."

"도대체 이러는 이유가 뭐야? 왜 한창 활동 중일 때 이런 일을 벌이느냔 말이야."

"제가 벌인 일 아닙니다. 숨어서 잘 만났는데 들킨 거죠. 어차피 이번 앨범 활동 곧 접을 거잖아요. 쉬는 날짜 며칠만 빼주세요."

"이봐, 강지혁, 정말 대놓고 말하는데 너 스캔들날 때마다 내가 뭐라 그러긴 했다만, 그거 사실 홍보 효과도 엄청났었어. 남자 가수한테 스캔들은 해가 되기보다는 가끔 덕이 된다구. 제발 이번에도 그냥 조용히 넘어가자.”

“다은이 부모님께 올해 안으로 결혼하겠다고 말씀드렸어요. 할 겁니다.”

“왜 갑자기 이렇게 결혼을 못해서 안달인 거야?”

“왜 그렇게 결혼을 안 시키려고 안달이신 거예요?”

어처구니가 없었다. 원래 고분고분 말 잘 듣는 성격은 아니었지만 그렇다고 이렇게 자기 고집을 끝까지 부린 적도 없었다. 사실, 유 사장도 무조건 하지 말라고 하기가 조심스럽긴 했다. 다른 일도 아니고 일생이 걸린 인생 최대의 대사(大事)인 결혼 문제가 아니던가. 하지만 시기가 문제였다. 그는 지금 사소한 움직임 하나까지 사람들의 시선을 끄는 위치에 있다. 이런 자리에 오르기까지, 그리고 이 자리를 유지하기까지 그와 다른 사람들의 노력도 있었지만 무엇보다 팬들의 힘이 제일 컸다. 팬들의 사랑을 한몸에 받는 그의 갑작스런 결혼은 배신이었다. 이건 팬들뿐만 아니라 그를 위해 다음 앨범을 준비하고 이미지 관리를 해오던 기획사에 대한 배신이기도 했다.

“인기에 지장있어.”

“그 인기, 저를 계속 데리고 있어야 관리도 할 수 있는 거 아닙니까?”

“뭐야?”

"여기와 이 년 계약하면서 앨범 두 장과 베스트 앨범 한 장을 계약했었죠. 이번에 준비 들어갈 앨범이 마지막인 걸로 아는데요."

"재계약을 미끼로 나랑 흥정이라도 하겠다는 거야?"

"사장님 말씀대로 제 인생이 걸린 최대의 일입니다. 노래를 부르는 일도 결혼 못지않게 제겐 중요한 일입니다. 그런데 감히 그것을 가지고 미끼로 삼느니 흥정이니 그런 말씀 하시면 섭섭하죠."

"좋아, 나도 양보하지. 내년으로 하자."

"올해 안에 합니다."

정말 팔짝 뛰어오르고 싶은 심정이었다. 주먹이 절로 불끈불끈 쥐어졌다. 벌써 몇 십 분째 자세 하나 흐트러지지 않는 저 자식을 흠씬 두들겨 패주면 속이 시원할 것 같았다.

"몇 달만 참으면 되잖아. 이제껏 혼자서 살았는데 겨우 몇 달도 안 돼?"

"그러다 언론에서 이상한 쪽으로 얘기 질질 끌어가고 예전에 터졌던 스캔들 기사 다시 들먹거리기 시작하면 저한테 좋을 거 하나도 없습니다. 어른들 눈 밖에 나고 결혼만 어려워질 뿐이에요. 그쪽 어른들 보통 분들 아닙니다. 저도 너무 조심스러운 분들이에요."

"네가 조심스러워하고 겁먹는 사람도 있냐? 젠장, 부럽군."

"지금하고 달라지는 건 하나도 없을 겁니다. 제 일은 항상 똑같을 거예요. 노래하고, 방송하고, 콘서트 하고.”

“아무튼 골칫거리야, 넌.”

“앞으로는 골치 썩을 일 없을 겁니다.”

“그걸 누가 믿어. 떠들썩하게 결혼해서 살다가 한 달도 안 돼
서 이혼 얘기나 안 나오면 다행이지.”

“하하하. 하하하.”

지혁이 열받으라고 한 말이었다. 그 성질에 실실 비꼬면 열받
아 벌떡 일어설 줄 알았다. 하지만 그는 밉살스럽게 더 웃어 젖
혔다. 정말 자신의 인내력이 놀라울 뿐이었다. 저 웃는 면상에
더도 말고 덜도 말고 딱 한 대만 화끈하게 주먹을 날렸으면 좋
겠다.

“그런 일은 없을 겁니다. 이 여자 저 여자랑 놀아나면서 스캔
들 기사나 잔뜩 일으키던 바람둥이에서 한 여자에 정착한 유부
남으로 조용히 살 거니까요. 앞으로 제 이미지는 가정적인 남자
입니다. 제 이미지 관리를 해주시려거든 그렇게 컨셉을 잡아주
세요.”

유 사장의 허락 아닌 허락이 떨어지자 그는 몸을 편하게 자세
를 풀었다.

“하나만 묻자. 대체 언제부터 만난 거야?”

“오래전부터요.”

“그러니까 그게 언제냐고. 넌 돌아다니는 것도 별로 좋아하지
않았잖아. 기껏해야 잘 가는 술집 몇 군데가 다였는데. 친구들

도 일정하고 말이야.”

“그걸로 저에 대해 다 안다고 생각하신 겁니까?”

“빌어먹을 자식. 결혼식 날짜가 언제인지나 빨리 보고해.”

“물론입니다. 한 일주일 푹 쉬게 해주세요.”

“웃기지 마. 방송 일정 빡빡하게 잡아서 신혼 첫날밤도 못 치르게 해줄 테니까.”

유 사장은 진심이라는 게 확 느껴질 정도로 이를 부득부득 갈아댔다. 하지만 지혁은 될 대로 되라는 심정이었다. 결혼식을 치를 수 있게 날짜만 빼준다면 신혼여행이든 신혼 첫날밤이든 아무래도 좋았다. 어차피 서로의 편의에 의한 결혼이었고 마누라 노릇은 기대도 하지 말라고 경고했었다. 그 마누라 노릇이라는 것에 모든 게 다 포함되어 있었다. 문득, 그녀에게 키스를 하면 어떨까 하는 생각이 들었다. 그러면서 동시에 한쪽 뺨에 싸하게 냉기가 솟았다. 그는 맞지도 않은 뺨을 슥슥 문지르고는 혼자 킥킥거리며 사무실을 나섰다. 밖에는 영욱이 기다리고 있었다. 결과가 이미 뻔한 말싸움이 또 한 차례 기다리고 있었다.

결혼 얘기가 정말 현실가능하게 이루어지고 다은의 집에 인사를 드리러 가는 날짜까지 정해지자 지혁은 시간만 나면 드러내 놓고 다은을 만나러 왔다. 다른 사람들에게 보이기 위한 행동인 게 뻔했다. 하지만 갑자기 나타나 농담처럼 보고 싶어할 거 같아서 왔다는 말을 하고 잠시 얼굴만 보이고 사라지는 그의 행동이 싫지 않았고 쉽게 적응이 되었다. 진심인지 아닌지 몰라도 그는 정말 연인을 바라보듯 항상 웃는 얼굴로 다은을 대했다. 가벼운 농담에 슬쩍슬쩍 손을 잡거나 하는 행동도 서슴지 않았다. 너무나 자연스러운 행동에 다은은 별다른 거부감이 들지 않았다. 때론 그의 접촉을 의식하지 못할 정도였다. 늘 그림자 같은 영욱이 그와 동행했고, 다은이 일하는 방송국에서 방송이 있는 날에는 그와 같이 다니는 코디나 다른 동료들도 함께 만날 수 있었다. 그런 날에는 그녀도 그를 보기 위해 일손을 놓고 잠깐 시간을 내어 객석에 앉아 지켜보기도 했다. 집요하게 쫓아다니는 기자들이 있었지만 그는 늘 노코멘트였고, 다은을 찾는 기자들도 같이 일하는 사람들이 막아주었다.

"이젠 강다은이 경호원 노릇까지 해야 하나?"

장 피디가 장난스럽게 투덜거렸다. 두 사람의 결혼이 사실화되고 지혁의 방문이 잦아지자 그는 다은에게 조심스럽게 물었었다. 정말 좋아하는지, 지혁의 어디가 그렇게 좋은지. 다은의 대답은 간단했다. 버르장머리없이 구는 게 귀여워 보여 데리고 살 만할 것 같다고. 지혁에게도 물었다. 다은을 정말 좋아하는지, 다은의 어디가 그렇게 좋은지. 두 사람은 이미 말을 맞춘 사람들처럼 그도 간단한 대답을 했다. 편하다고, 그래서 같이 살아도 좋을 것 같다고. 마치 몇 년의 연애 기간을 가진 오래된 연인 같았다. 두 사람이 언제 처음 만나고, 또 그 뒤로도 만남의 횟수나 만남의 시간이 얼마나 짧은지 잘 아는 그로서는 그 모습이 이해가 가면서도 또한 이해가 가지 않았다. 다만 불꽃 같은 두 사람의 만남이 오랫동안 계속되길 바랐다.

"처녀, 총각이 결혼해서 잘살아보겠다는데 왜 저리 난리들인지."

"그 총각이 어디 보통 총각이냐? 몇 주 전만 해도 이 나라에서 내로라하는 여자 연예인들이랑 온갖 염문을 뿌리고 다니던 인기 가수잖아. 그런 강지혁이 성질 사나운 무대 디자이너랑 결혼한다는데 보통 특종감이겠냐?"

"내 성격이 어떻다고 맨날."

다은의 중얼거림에 장 피디는 사람 좋은 웃음만 지어 보였다. 늘 다 늙은 처자 어떻게 시집보내냐며, 다은이 좋은 사람 만나기를 누구보다 바라고 걱정해 주었었다. 하지만 막상 그녀가 결혼을 한다고 하자 많이 서운해했다. 행여나 그녀가 잘 나가는 스타와 결혼하면서 일을 그만두지 않을지 내심 걱정하는 눈치였다. 끝까지 일을 하겠다고 하지만 남편의 내조를 위해 언제라도 그만둘 수 있는 문제였다.

구름 한점 없이 맑은 날이다. 이제 본격적으로 큰일 치를 준비를 하는 두 사람에게 힘찬 기운을 가득 실어주는 날씨였다. 그렇게 화창한 주말 한 날에 지혁은 모든 일정을 비우고 다은의 집을 찾았다. 일전에 다은의 아버님을 모셔다 드리기 위해 잠시 와본 기억이 있지만 그때는 늦은 밤이라 집을 제대로 살펴보지 못했었다. 집은 말 그대로 웅장했다. 복잡한 서울 도시 한복판에 이런 기와집이 크게 자리 잡고 있을 거라는 건 생각지도 못했었다. 그는 대문을 들어서면서부터 마당 구석구석까지 살피느라 눈동자를 잠시도 가만두지 못하고 있었다. 다은이 다른 친척들까지 와 있다고 하는 말도 한 귀로 흘려듣고 있었다.

"민속촌에 들어온 기분이다. 도심 한복판에 이런 집도 있었네."

짙은 감색 양복을 말끔하게 차려입은 지혁의 모습이 낯설었지만 무척이나 잘 어울렸다. 하지만 저 긴 머리, 할아버지나 다른 어른들이 보시면 뭐라 그러시지 않을까 걱정스러웠다.

"손본 곳이 많긴 하지만 삼백 년도 더 된 집이야."

간섭하지 않기로 했으니 입대지 말아야겠다고 생각했다. 어차피 그렇게 머리를 기르는 것도 그의 일 중에 한 부분이었으니까.

"그래 보인다. 마당도 무지 넓네."

"뒷마당도 넓어. 나무가 아주 많지. 커다란 나무에 줄이 십 미터나 되는 그네도 걸려 있어. 옛날에는 집이 있었다던데 지금은 뭐 머슴 들여 사는 것도 아니고, 낡고 오래되어서 전부 허물어버렸다나 봐. 쪽문이 있어서 동네 아이들이 가끔 와서 놀아. 하긴 그것도 요즘은 좀도둑이 자주 들고부터는 거의 사용 안 하지만. 방학 때는 할아버지가 애들한테 천자문도 가르치고."

불안한 마음에 쓸데없는 말들을 줄줄 내뱉고 있었다. 그 마음을 아는지 모르는지 집을 둘러보던 지혁의 눈길이 앞서 걸으며 주절거리는 다은에게로 돌려졌다. 머리끝에서 발끝까지 쭉 훑어보던 그의 시선이 다시 발끝에서 올라와 다은의 길고 고운 머릿결에서 멈췄다.

"너 그러고 있으니까 예쁘다. 방송국에서하고는 전혀 다른 모습인데?”

발목까지 내려오는 긴 치마에 머리까지 길게 늘어뜨리고 조신하게 걷는 모습을 보고 지혁이 장난을 걸었다. 마당 한가운데 커다란 버드나무 아래서 걸음을 멈춘 다은이 어깨가 푹 꺼질 정도로 깊은 한숨을 내뱉고는 결국 그를 붙잡고 말았다.

“강지혁, 너 다시 생각해라. 아무래도 이건 안 되겠어. 모두를 속이는 거, 이건 아닌 거야.”

“너무 늦었다는 생각 안 들어? 그리고 속이긴 뭘 속여? 결혼해서 정말 잘살면 되잖아. 잘해줄 테니까 걱정 마. 네 일도 방해하지 않고 내 일도 열심히 하고 그렇게 잘살면 돼.”

“넌 결혼이 그렇게 우스워 보여? 무진장 사랑해서 결혼한 사람들도 잘 이끌어 나가지 못하는 게 결혼 생활이야. 결혼이 쉬워 보이지? 생각해 봐. 이건 집안 대 집안의 결합이라구. 결혼을 한 뒤에 따르는 수많은 부수적인 사항들 넌 생각해 보지도 않았지?”

“집안 대 집안의 결합이라는 거 알고 있으니까 하는 얘긴데, 오늘 저녁에 우리 집 간다.”

“너네 집?”

오늘따라 유난히 검어 보이는 다은의 눈동자가 동그랗게 커졌다. 그리고는 미간에 잔뜩 주름이 잡혔다.

“뭘 그렇게 놀라? 난 부모, 형제도 없는 놈으로 보이냐?”

“봐. 벌써 시작이잖아. 이 집 저 집 일 다 신경 써야 하고, 나중에 고부간의 갈등도 문제가 되겠지? 너야 우리 집에 백년손님 되는 거니까 상관없겠지만, 난 아마 백년노비가 될 거야. 진짜 내 일을 가지고 살 수나 있을까?"

"강다은! 난 약속은 지키는 사람이야. 그리고 널 노비로 부리려고 결혼하자고 한 게 아니라구. 날 못 믿어?"

"솔직히 널 잘 알지도 못하는데 뭘 믿어."

지혁의 눈동자가 번득거리며 화를 뿜었다. 항상 웃는 얼굴, 다정한 모습만 보다 저렇게 화내는 모습을 보는 건 처음이었다.

"그 정도의 믿음도 없이 내 제안에 동의했단 말이야?"

"그 순간엔 집에 다시 끌려 들어간다거나 생각보다 시끄럽게 커진 소문을 잠재울 생각이 더 앞섰지. 그래, 솔직히 이 집안을 벗어난다는 것에만 무조건 기뻤어. 다른 집안에 귀속될 수도 있다는 생각을 못했어. 내가 경솔했어."

"그럼 들어가서 말씀드리자, 아직 결혼까지는 도저히 안 되겠다고. 나도 날 믿지 못하는 여자하고 같이 살고 싶은 생각 없어. 사랑은 아니더라도 최소한 신뢰는 해야지. 도대체 날 뭘로 보고 결혼에 승낙한 거야?"

무지하게 화난 목소리다. 하지만 다은은 안에 계신 어른들이 그 목소리를 들을까 더 신경이 쓰였다. 그러면서도 자신의 목소리를 줄이지 못했다.

"날 잘 알지도 못하면서 어깨에 팔 두르고 친한 척 그런 짓만 안 했어도 이런 일 없었잖아. 아니, 그 기자 잡으라고 할 때 바로 잡으러 갔었다면 이런 일 없었어. 적어도, 적어도 내가 나서지 말라고 했을 때 나서지만 않았어도 이런 일은 없었다고.”

“모든 걸 내 탓으로 돌리려고 하는 거야? 그렇게 둔 건 너도 싫지 않다는 뜻 아니었어? 날 어려워하지 않는 널 보고 적어도 난 좋은 친구는 될 수 있겠다고 생각했어. 그런 네가 편해서 좋았다구. 이제껏 만난 사람들과는 다르게 가식적이지 않은 네 모습이 좋았어. 정말 좋았다구. 그래서 함께 살자고 한 거야.”

지혁의 말을 듣던 다은은 고개를 푹 숙이고 말았다. 그러면서 연신 고개를 끄덕였다. 사랑이 아니어도 최소한 그를 믿어야 했다. 결국, 사랑도 신뢰에서부터 시작되는 게 아니던가. 그렇게 서로의 자유를 누리면서 맞춰 살자고 했으면, 지금은 적어도 그와의 약속을 지켜야 했다. 아니, 이제는 가족들과의 약속을 지켜야 했다.

“미안해.”

“미안해.”

동시에 서로에게 미안하다는 말을 하고 있었다. 지혁이 먼저 낮은 웃음을 보였다. 그 얼굴을 마주 보고는 다은도 따라 웃고 말았다.

“아니야, 내가 미안해. 너 좋은 사람이라는 거 알아. 솔직히 초조해, 신경이 날카로워진 것도 같고. 지금 나 이러는 거 그냥 결혼을 앞둔 여자들이 부리는 신경질 정도로 생각해 줘.”

지혁이 다은을 살며시 안아주었다. 그의 가슴이 낯설어 뻣뻣

이 고개를 들고 있자 그의 손이 머리를 꾹 눌러 가슴에 기대게
해주었다. 세상에 태어나 누군가에게 처음으로 기대었다. 괜찮
았다. 누군가에게 기대어 무거운 머리를, 마음을 기대고 쉬는
것도 썩 괜찮은 일이었다.

"화내서 미안해. 앞으로 이런 일 없을 거야. 내 신뢰를 져버리
지만 않는다면."

"그래, 그럴게."

"나도 그럴 거야. 잘할게."

"사랑없이도 결혼이 가능한 거구나. 결혼을 하는 데 사랑이
전부라고 생각했는데."

"사랑으로 시작한 사람들도 어차피 나중은 그냥 정에 이끌려
산다고 하잖아. 함께 사는 데는 서로에 대한 존중이 더 필요하
다고 생각해."

"그렇지, 존중하면서. 네 말처럼 어쩌면 사랑보다 신뢰가 더
중요한 건지도 모르겠다. 그럼 하나만 약속해 줘."

고개를 들었다. 이제껏 늘 보아왔던 그의 얼굴이 마주하고 있
었다. 장난스럽기도 하고 진지함이 담긴 그의 눈이 웃고 있었
다.

"내가 해줄 수 있는 거면 약속할게. 남편으로서 지켜야 할 거
라면 무엇이든 지킬 거야."

"더 이상의 스캔들 기사는 싫어. 이젠 편하다고 아무한테나
어깨에 팔 두르고 그러지 마라."

“음, 그거 질투지?”

“넌 항상 그렇게 너무 앞서 가는 게 문제야.”

“하하, 질투를 받는 느낌도 괜찮은데? 걱정 마. 나 아무한테
나 그러는 놈 아냐. 넌 처음부터 좋았어. 너한텐 정말 편해서 그
런 거였다구.”

다시 한 번 다은을 꼭 안아주었다. 남자의 품이 이렇게 넓고
따뜻한지 처음 알았다. 벗어나고 싶지 않았다.

“누나, 안 들어올 거야? 아니, 뭐 하는 거야, 어른들 계신 집
에서?”

한참이 지나도 나타나지 않는 두 사람을 데리러 나온 효은이
었다. 지혁의 품에 안긴 채 등지고 돌아서 있었지만 효은의 표
정은 안 봐도 알 수 있었다. 게다가 생전 남자라고는 모르던 다
은이 떡하니 집 안에서 낯선 남자의 품에 안겨 있는 광경을 보
게 될 줄 상상이나 해봤을까. 그의 품에 안겨 있던 다은의 입에
서 헛웃음이 새어 나왔다. 자유연애 어쩌고 맨날 입으로는 떠
들어대도 자신도 변변찮게 연애 한번 제대로 못해본 녀석이었
다.

‘저 녀석도 언젠가는 사랑하는 사람이 생겼다면서 누군가를
데리고 오겠지?’

“연년생인 남동생이야. 우리 집안 분위기가 이렇지 않았다면
저거 분명히 나랑 맞먹으려 들 건데. 때론 이런 분위기가 좋을
때도 있지, 아주 가끔.”

"집안 분위기 좋구만 뭘 그래?"

마루로 올라가기 전만 해도 지혁은 꽤 담담해 보였다. 하지만 문을 열고 방으로 들어선 순간 꽉 둘러앉은 식구들을 보고 긴장하는 모습이 역력했다. 어느 누가 와서 이 많은 식구들을 보고 긴장하지 않을 수 있을까. 식구들 말고도 문중의 어른이신 큰할아버님과 두 분 고모 내외분, 그리고 사촌들까지 와서 기다리고 있었다. 도대체 몇 명이야? 열 명도 넘는 사람들이 자신의 서열에 맞게 둘러앉아 있었다.

"진짜 강지혁이다."

둘째 고모의 딸 어진이다. 고등학교 2학년이었다. 조금씩 커가면서 어른들이 많이 모이는 자리는 무섭고 답답하다면서 명절에도 잘 들르지 않았었다. 그런 어진이 그를 보기 위해 어른들 틈에 끼어 있는 걸 보자 또래의 아이들에게 인기를 얻고 있는 그를 새삼 실감할 수 있었다.

"어진이, 말조심해라. 어디서 어른 이름을 함부로 불러?"

어진이 옆에 앉아 있는 고모의 말에 입을 비죽거렸다. 하지만 호기심 가득한 눈길은 그에게서 거두지 못했다. 그가 내뱉는 말 한 마디 한 마디와 행동 하나하나를 꼼꼼하게 기억해 친구들에게 세세하게 알릴 작정이었다.

"연예인 이름 다들 그렇게 부른다구요. 뭐, 나만 그런 건가?"

"그러려면 어진이 나가 있거라."

"아니에요, 할아버지. 얌전히 있을게요."

효은이 안됐다는 투로 어진의 머리를 퉁명스럽게 쓰다듬자 코를 찡긋거려 보였다. 잠시 짧은 침묵이 흐르고 큰할아버지께서 먼저 말씀을 건네셨다.

"강지혁이라, 우리와 동성이군. 본까지 같은 건 아닌가? 다은이 알아보고 만난 거냐?"

생각지도 않았던 문제였다. 다은에게도 그렇지만 그는 다른 모든 사람들에게 단지 강지혁일 뿐이었다. 그는 그렇게 불리는 사람이었다. 그의 성이 강씨인지 따로 떼어서 생각해 본 적은 단 한 번도 없었다.

다은이 멍한 표정으로 있을 때, 지혁이 주머니에서 흰 봉투를 꺼내 앞으로 쑥 내밀었다.

"그건 음악 활동을 시작하면서 만든 이름입니다. 처음에 부모님이 음악 하는 걸 반대하셔서 다른 이름으로 나왔었습니다. 그러다 보니 계속 그렇게 이름이 굳어져 버렸고. 걱정하실 것 같아 등본을 가지고 왔습니다."

지혁은 다은이 생각지도 못한 부분까지 신경 쓰고 있었다. 그의 철저한 준비 정신에 그냥 옆에서 감탄만 하고 있을 뿐이었다. 이러다 누군가 그녀에게 그의 본명을 물어본다면? 모른다. 사실, 그가 몇 살인지 몇 년도에 데뷔했는지도 몰랐다. 다은이 아는 건 그의 현재의 모습뿐이었다. 봉투는 사람들의 손에서 손으로 건네져 할아버지에게 전해졌다. 내용물을 확인하신 할아버지 두 분이 낮은 음성으로 얘기를 나누시다가 갑자기 기분 좋은 웃음을 터뜨리셨다.

"왜요, 할아버지?"

어진이다. 내일 학교로 돌아가 친구들에게 자랑할 거리를 하나라도 더 건지기 위해 귀를 쫑긋 세우고 눈을 반짝이는 중이었다.

"윤씨 성이군. 그럼 앞으로 결혼 전까지 윤 공이라 부르지. 허허허."

"네."

"그게 뭐가 우습다고 웃으시는 거예요, 할아버진."

등본이 다시 손을 타고 고모들에게까지 넘어왔다. 어진이 고개를 쑥 내밀어 안의 내용을 읽어 내려가느라 눈을 재빨리 굴리고 있었다.

"어머, 외동아들이에요?"

"아닙니다. 누님과 동생은 결혼을 했습니다."

"여동생인가요?"

"남동생입니다."

"형보다 빨리 결혼했네. 나이를 보면 동생 분도 많이 어린데."

"올해 초에 미국으로 가면서 사귀던 여자 친구와 결혼식을 하고 같이 들어갔습니다. 전공도 같고 타지 생활 하는 데 함께 들어가는 게 나을 것 같아서 간단하게 식만 올리고 나갔습니다."

"지후라, 예쁜 이름이네요."

윤지후? 그의 본명은 윤지후였다.

"어머, 다은이보다 두 살이나 어리잖아. 아버지, 그래서 웃으신 거예요?"

큰고모의 말에 다은이도 놀라 눈이 동그래져 그를 돌아보았다.

"다은이 큰일 났네. 평생 가꾸는 것에 신경 안 쓰던 애가 어린 신랑 데리고 살려면 고생 좀 하겠다."

뭐가 좋은지 식구들이 모두 킥킥거렸다. 여간해서는 웃지 않으시는 할머니와 어머니의 얼굴에까지 웃음기가 감돌았다. 어른들이 웃으시는 틈에 어진이 재빨리 등본을 챙겼지만 곧 효은에게 뺏기고 말았다.

"뭐야, 나보다도 어려?"

효은이 툴툴거린다.

"강효은,. 너도 장가가고 싶냐?"

잘 부풀어진 고무공같이 톡 건들면 바로 튀어 오르는 효은의 성격은 고모들에게 언제나 재미있는 장난감이었다. 자기보다 어린 매형이 마음에 들지 않는지 효은의 입이 몇 발이나 튀어나왔다.

"그만 해라. 두 사람만 좋다면 그게 무슨 상관이야. 그래, 윤공, 몇 대손인고?"

"파평 윤씨 소정공파 36대손입니다."

"음, 윤원형 36대군요."

두어 시간을 그렇게 앉아 있었던 것 같다. 어른들의 말씀이 조금 줄어들 즈음 엄마는 다은을 불러내 식사 준비를 거들게 했다. 이미 대식구의 식사 준비에 익숙한 두 사람은 별다른 말 없이 척척 상을 차려내기 시작했다.

"잘살아야 돼."

"네."

"네가 방송국에서 일한다고 해도 그런 직업을 가진 사람과는 절대 인연이 없을 거라 생각했었는데."

"능력있는 사람이에요."

"능력의 문제가 아니잖아. 남자는 그저 아침에 출근해서 해 떨어지면 집에 들어오는 직업이 제일 좋은 거야."

"오랫동안 지켜본 건 아니지만 성실한 사람이에요."

"그래, 야무져 보이더구나."

하지만 결국 엄마의 입에서 한숨이 새어 나오고 말았다.

"넌 장남에게 시집보내고 싶지 않았는데 마음이 별로 좋지가 않구나."

"장손은 아니라잖아요."

엄마가 지혁에게 유일하게 한 질문이 집안의 장손이냐 하는 거였다.

"엄마하고 할머니에게서 배워가는 거 많으니까 잘할게요."

"그래, 넌 잘할 거야."

엄마를 지켜봐 오면서 절대 엄마처럼은 살지 않겠다고 다짐

했었는데, 결국은 자신도 그렇게 살게 될 거란 걸 이젠 느끼고 있었다. 보고 배운 게 그건데 특별히 다르게 살지 않을 거란 걸.

남자들은 할아버지 방에서 식사를 하고, 여자들은 마루에 모여 식사를 했다. 가을의 문턱에 들어선 날씨가 무척이나 시원하다. 식사를 마치고 어른들이 차를 드시는 것까지 기다린 후 지혁은 다은을 자신의 집으로 인사시키기 위해 데리고 나가겠다며 어른들께 양해를 구했다.

그의 부모님을 뵙기 위해 정장으로 옷을 갈아입고 그의 차에 올랐다. 어진이 잠시 그가 혼자 있는 틈을 타 쪼르르 달려와 사인을 해달라고 부탁했지만 그는 정중히 거절했다. 사인은 다시는 보지 못할 사람들에게나 받아두는 거라 설명하면서 삐친 듯 돌아서는 어진을 달랬다. 그는 이제 우리는 가족이기 때문에 이런 종잇조각에 이름 하나 긁적이는 건 무의미하다고 했다. 어진이 아쉬움 가득한 얼굴로 고개를 끄덕이자 효은이 어진의 머리를 헝클어뜨렸다.

쉽지 않은 자리일 거라 각오는 했지만 그래도 차에 올라 집을 벗어나자 저절로 터져 나오는 안도의 한숨은 막을 수가 없었다. 큰 길로 나서면서 지혁은 목을 조이던 넥타이를 풀어헤쳤다.

"두 살이나 어리시다고?"

한껏 비아냥거리는 목소리에도 불구하고 지혁은 웃기만 했다. 웃음을 담은 그의 눈은 그들이 들어설 도로 사정을 파악하느라 정신이 없었다.

"아무 말 안 하고 그냥 지나갈 거라는 행운은 기대도 안 했다."

"나보다 낫다며?"

"너보다 어리니까 낫긴 나은 거잖아."

"괜히 철없이 구는 게 아니었어. 딱 나이값이라니까."

그의 여유있는 웃음이 얄미워 보일 정도였다. 집으로 향하는 차선에 들어서서야 그는 몸을 뒤로 기대어 편하게 운전대를 잡았다.

"되게 어려울 거라 생각했는데 의외로 이해를 잘해주시네. 머리 긴 것도 아무 말씀 안 하시고. 네 얘기만 듣고는 댕기 머리라도 하고 와야 할 줄 알았는데 그렇지도 않잖아?"

"글쎄, 나도 좀 놀랐어. 혼자 살 것 같던 나 데리고 가는 남자라니까 다 예뻐 보이는 건가?"

"문중 어른이시라는 그 큰할아버님은 궁합도 보시는 거야? 바로, 둘이 좋다 그러시대?"

"궁합이나 그런 건 아니고 뭐, 간단하게 사주를 보시는 정도지. 하지만 그분 관상 보시는 건 정말 정확해."

"내 인상이 나쁜 건 아니라는 뜻이구나. 다행이다."

"너네 집은 어때?"

"뭐가?"

"어른들, 내가 뭐 알고 가야 할 거 없어?"

"사람 사는 게 다 그렇지 뭐. 아마 누나네 식구들도 와 있을 거야. 음……."

뒷말을 속으로 삼키고 있는 게 별로 말하고 싶지 않은 일이 있는 것 같았다. 하지만 숨겨서도 안 될 말이었다. 다은은 참을성있게 그의 다음 말을 기다렸다.

"누나하고는 별로 안 친해."

잠시 머뭇거리던 그가 내뱉은 말이다.

"안 친해?"

"집안 전체가 나 음악 하는 걸 별로 좋아하지 않아. 아니, 않았었어. 부모님들은 이제 이해를 좀 해주시는 편인데 누나는 아직도 날 싫어해. 누나 시집가면서 딴따라 동생 있다고 사돈 될 집에서 뭐라 그런 모양이야. 매형이 좀 있는 집안 남자거든."

"데리고 살 여자만 좋으면 됐지 동생 직업이 무슨 상관이야? 같이 살 것도 아니면서."

"사람마다 생각은 조금씩 다른 거니까."

"누나도 그래. 그 일로 아직까지 안 좋을 건 뭐 있어? 자기 동생이 인기없는 삼류가수도 아니고, 저질스러운 노래 부르는 것도 아닌데."

"누나네 식구에게 난 여전히 저질스러운 삼류가수야."

좌회전을 하기 위해 사이드 밀러를 내다보는 그의 모습을 가만히 지켜보았다. 가족들에게 인정받지 못한다는 말을 들어서인지 왠지 슬퍼 보였다.

그의 집은 목동의 한 아파트촌에 위치해 있었다. 입구에는 카메라를 든 몇몇 기자들과 꽃과 선물을 든 여학생들이 군데군데

무리 지어 서 있었다.

"맨날 저래?"

"여긴 잘 모를 텐데 이상하네. 요즘 결혼 기사 때문에 집요하게 파고드는가 보다. 내가 사는 아파트는 더 엉망이야. 조만간 쫓겨날 것 같아."

"산속에다 집 짓고 살아야겠네."

차를 몰고 곧바로 지하 주차장으로 내려갔다. 거기도 몇몇 그의 팬들이 기다리고 있었지만 그는 솜씨 좋게 그들을 따돌리고 엘리베이터에 올라탔다.

문 앞까지 나와 그녀를 맞이하는 부모님은 첫인상이 무척이나 좋은 분들이었다. 하지만 그가 말한 대로 누나는 노골적으로 싫은 표시를 했고, 남편이라는 사람은 아예 무시 쪽인지 아무 말도 없었다.

"오늘도 몇 번이나 기자들이 다녀갔어. 뭐 하는 짓이야? 집에는 안 찾아오게 하겠다고 했었잖아."

"누나 집 아니잖아. 신경 끊어."

"몇 번이나 스캔들 내더니 결국 거기에 지쳐서 결혼하는 거 아냐? 그럴 거면 같은 연예인이랑 할 것이지."

다은을 쳐다보는 시선마저 곱지 않았다. 사람을 무시하는 듯 훑어 내리는 눈길에 기분이 몹시 상했다.

"새삼스럽게 웬 쓸데없는 관심이야? 누가 누나더러 시집가래?"

"두 사람 다 그만둬. 그리고 윤지수, 이럴 거면 오지 말랬지."

단호한 아버지의 목소리에 두 사람은 서로에게서 눈길을 돌렸다. 그 모습에서 오랫동안 묵은 깊은 골이 보였다.

"미안해요. 지후 누나가 지후 음악 하는 걸 아직도 싫어하네요."

그의 어머니가 대신 사과했다. 며느릿감에게 처음 인사받는 자리에 보이고 싶지 않은 모습을 보이게 되어 괜히 미리 기죽어 있었다.

"네."

"식사는 하고 온다고 했었고 과일이라도 좀 들어요."

"감사합니다."

거실의 푹신한 소파에 가족 모두가 둘러앉았다. 그의 어머님이 과일과 차를 내오는 동안 그의 누나는 내내 불만이 가득한 얼굴로 다은과 지혁을 번갈아 흘겨보고 있었다. 부모님들은 차분한 첫인상 그대로 말수가 적은 분들이었고, 누나 부부는 차라리 아무 말 하지 않았으면 싶었다.

"대학은 어딜 나왔어요? 무대 디자인인가 뭐 그런 거 한다던데 대학을 제대로 나오긴 한 거예요?"

"대학에서는 미술을 전공했습니다."

자신이 졸업한 학교의 이름을 눈길 돌리지 않고 똑바로 쳐다보며 말하는 다은을 보고 별것도 아닌 게라는 듯한 표정을 지었다.

“미술을 전공했다면 처음부터 무대 미술을 공부한 건 아니라는 뜻이네요?”

“네, 원래는 동양화가 전공이었습니다. 3학년 때 방송국에서 아르바이트를 시작하면서 전공을 바꿨죠.”

“동양화?”

“네.”

“멀쩡하게 일류대학 나와서 고작 선택한 직업이 딴따라 세트 맞춰주는 거예요?”

“윤지수!”

그의 어머니가 참다못해 버럭 고함을 지르며 다시 한 번 말렸지만 그의 누나는 듣고 있지 않았다. 지혁이 자리에서 일어나려는 낌새를 느끼고 다은은 얼른 입을 열었다.

“가끔 그 일도 하지만 제가 맡고 있는 건 어린이 프로예요.”

“등록금이 아깝다.”

“누님께서는 뭘 전공하셨어요?”

다은의 질문에 모두가 놀란 표정을 지었다. 이제껏 아무도 그녀에게 그런 식으로 덤비는 사람이 없었나 보다.

“같은 대학 어쩌고 하는 형식적인 인사가 없는 걸 보니 저와 같은 대학은 아닐 테고, 어느 대학을 나오셨는지는 물어보면 기분만 더 상하시겠죠?”

“영문학을 전공했어. 왜?”

목소리는 여전히 노골적인 무시를 띠고 있었지만 붉어지려는 얼굴빛으로 기분이 상한 걸 알 수 있었다.

"지금 하시는 일 있으세요?"

"……."

화가 나면 눈썹이 어디만큼 치켜 올라가는 건 남매가 꼭 닮았다.

"아버님, 어머님, 한 번도 등록금 아깝다는 생각 하신 적 없으시죠?"

"이봐요, 강다은 씨."

"대화는 솔직한 게 좋죠. 하지만 상대방의 기분을 조금도 고려하지 않는 건 대화를 나누는 예의가 아니라고 생각해요. 누님의 그런 말투, 기분이 그렇게 유쾌하지가 않습니다."

"여기가 어떤 자리인지 알고 그런 말 하는 거예요?"

"부모님께 인사드리러 온 자리라는 거 잊지 않고 있습니다. 하지만 제가 가만히 있다면 오히려 바보 같은 며느리 들어온다고 걱정하실 거 같은데요. 좋고 싫은 건 분명히 해야 한다고 생각합니다."

"강다은 씨."

"그만 해라, 지수야. 네가 잘못하고 있잖아. 다은 양이 옳아. 그 정도 시비 걸었으면 됐어. 미안해요, 다은 양."

그의 아버지가 다은의 편을 들어주었다. 지수는 아버지의 제지에 끝까지 싸우지 못하자 그 분을 참지 못하고 소파에 폭 꺼져 앉아 혼자 씩씩거렸다. 이제껏 TV에만 집중하고 있던 지수의 남편도 자신의 아내에게 꼬박꼬박 대드는 다은의 모습에 새삼 흥미를 보였다. TV를 끄고 관심없어하던 표정을 지우고는 자세를 고쳐 앉아 뒤늦게 대화에 집중하는 모습을 보였다. 그가 아내의 무릎을 토닥여 주며 싱긋이 웃어 보였다. 그러자 지수도 남편의 얼굴을 봐서 참는다는 낯빛으로 큰 소리를 내어 한숨을 토해내고는 양팔을 가슴 앞으로 깍지 끼우고 허리를 꼿꼿이 세우고 앉았다.

"아닙니다. 참을성없이 굴어서 죄송합니다."

"지후 데리고 살 만한 아가씨겠군. 연상이라는 말을 듣고 조금 걱정이 됐었는데, 무척 맘에 드는 아가씨야. 당신은 어떻소?"

"지후가 좋다는데 제가 뭘 더 바라겠어요. 그리고 저렇게 딱 부러지는 아가씨니 맘이 더 놓이네요. 일하는 곳도 크게 다르지 않으니까 서로 이해하면서 잘살겠죠."

"그래, 그럼 빠른 시일 내에 어른들을 뵙기로 하지. 소문이 자꾸 커지는 게 별로 맘이 편하질 않아."

"네, 지혁 씨 편으로 날짜 전해주십시오."

"지후, 새 사람이랑 지금 사는 아파트로 들어갈 거냐?"

아버지의 말에 이제야 모여 있던 사람들의 눈길이 지혁에게로 향했다. 그는 잔뜩 못마땅한 표정으로 아예 누나 내외를 등지고 앉아 있었다.

"아뇨, 다른 곳을 구해야 할 거 같아요. 소리 소문 없이 이사

해야죠. 혼자 살 때야 나만 귀찮으면 그만이었지만 이젠 상대방의 사생활도 있으니까.”

“내가 알아봐 줄까?”

“아니에요, 아버지. 다은이 아버님께 부탁드릴 생각입니다. 아버지가 알아보러 다니시면 어차피 소문 다 날 텐데요.”

“그렇구나. 그래라, 그럼.”

“혼수는 얼마나 해올 거예요?”

그의 누나가 참지 못하고 또 끼어들었다. 지혁은 노골적으로 누나를 흘겨보았다. 다은은 이젠 그냥 헛웃음만 나올 뿐이었다.

“여보, 다음부터는 지수 절대 부르지 마. 내 딸이지만 정말 싫군.”

아버지의 말에 어머니가 조용한 웃음을 지어 보였다. 지수의 남편이 아내의 옆구리를 쿡 찌르는 모습에 다은은 결국 고개를 돌려 웃고 말았다.

“크게 신경 쓰지 말아요. 준비할 거 없어요.”

그의 어머니 말에 곧 얼굴에 웃음을 지우고 마른 입술을 축였다. 아직도 얼굴에 웃음기가 남았는지 그의 어머니도 그 심정 다 이해한다는 듯 마주 웃어주었다.

“지후가 이제껏 혼자 살았으니까 필요한 거 없이 다 갖추고 있을 거예요. 우리 식구가 많은 것도 아니고. 아무래도 서둘 거 같으니까 조촐하게 해요.”

“결혼식은 다은이네 집에서 했으면 좋겠어요, 전통식으로.”

“뭐?”

“사극에서나 보던 아흔아홉 칸짜리 전통 가옥이었어요. 마당이 무척 넓고 좋던데요? 거기서 하고 싶어요.”

“지혁 씨.”

그의 속의 깊이를 알 수가 없다. 결혼을 생각해 본 적도 없었지만 결혼식을 집 마당에서 한다는 생각은 정말 꿈에도 해본 적이 없었다. 집은 여느 민속촌보다 더 잘 보존되어 있었다. 그곳에서 전통 혼례를 치른다면 어디서 하는 예식보다 훨씬 멋진 결혼식이 될 것은 분명했다. 다만 지금 당장은 어디서부터 어디까지를 미리 생각해 두고 있는지 그의 머리 속을 뒤져 보고 싶은 마음뿐이었다.

“할아버님 방에서 창문 열고 잠시 뒷마당을 봤는데 충분하겠던데?”

다은은 그저 고개만 끄덕였다. 그는 그 고갯짓을 동의한다는 의미로 생각했는지 환하게 웃어 보였다.

“여자는 그래도 웨딩드레스를 입어야 후회가 없을 텐데.”

“야외 촬영 하잖아요. 그때 실컷 입으면 되죠. 그래도 되겠지?”

이미 혼자서 다 결정 낸 사항을 가지고 다은에게 동의를 요구하고 있었다. 그렇다고 다은은 특별히 반대할 생각은 없었다. 아무 생각 없이 있던 자신보다 모든 걸 계획하고 있던 그가 다 옳아 보였다.

  “어른들을 만나면 상의드리도록 하자. 그쪽 어른들은 다른 생
각을 하고 계실지도 모르니까.”
  “네.”

두 주 후, 집안 어른들이 인사를 나눈 뒤에 당장 예식 날
짜가 잡히고 그후 결혼은 그야말로 일사천리로 진행되었다. 그
동안 지혁은 연예 프로와의 인터뷰에 나가 결혼 소식을 알렸고,
그 외 진행 사항은 일체 비밀로 했다. 기자들은 그의 결혼식장
을 알아내는 데 혈안이 되어 있었다. 심심찮게 지수가 투덜거리
며 끼어들어 방해를 하긴 했지만, 혼수는 최소한으로 줄였고 패
물도 두 사람이 하고 싶은 대로 작은 다이아몬드가 박힌 반지를
하나씩 나눠 끼는 걸로 끝을 냈다.

　반지를 고르러 갔을 때 두 사람은 같은 반지를 보고 동시에
손가락을 뻗었다. 별로 예물처럼 보이지 않는 심플한 디자인의

반지라 끼고 생활하는 데 큰 지장을 주지 않아 세팅한 반지를 받은 그날로 바로 끼고 다녔다. 두 사람은 그 반지를 끼고 야외 촬영을 했고, 그는 방송 출연도 했다.

야외 촬영을 해주겠다는 사람들이 몇 명 나섰었지만 지혁은 모두 거절하고 자신과 평소 친분이 있었던 사진 작가에게 촬영을 부탁했다. 신부 화장과 드레스, 턱시도는 모두 그의 코디인 인영이 맡아서 해주었다. 야외 촬영도 사람들의 눈을 피해 입소문이 별로 나지 않은 그런 경치 좋은 지방으로 내려가 촬영했다. 두 사람에게는 형식적이고 도망치듯 나와 하는 촬영이었지만 촬영 내내 한순간의 어색함도 없었다.

"어허, 이봐요, 신랑님, 신부한테 키스하지 마세요. 화장 지워집니다. 그냥 가까이만 다가가요. 신랑이 영 참을성이 없구만. 이거, 이거 안 되겠어."

사진 작가의 가까이 마주 보라는 말에 그가 입술을 닿으려고 하자 다은이 뒤로 살짝 몸을 빼는 것을 본 작가가 핀잔을 주듯이 말했다. 그 말에 촬영장은 한바탕 웃음바다가 되었다.

야외 촬영을 했다는 소문이 뒤늦게 알려지고, 다은이 일하는 방송국에서 거의 반 협박조로 두 사람의 인터뷰를 요청했지만 다은은 끝까지 방송에 나가지 않았다. 하지만 누군가가 몰래 그녀의 일하는 모습을 찍어간 장면이 방송에 나오고, 어떻게 얻어냈는지 야외 촬영을 한 사진 중 몇 장도 공개되었다. 그리고 결혼을 서두르는 이유가 신부가 아기를 가졌기 때문이 아니겠냐는 얘기가 조심스럽게 새어 나왔다. 방송에서 자기네들끼리 우스갯소리처럼 하는 말이었지만 정말 그들의 상상력을 따라가기가 벅찰 지경이었다.

그 방송이 나가고 하루도 지나지 않아 방송국으로 그녀를 찾는 전화가 왔다. 일하던 중에 달려온 다은은 목장갑을 벗고 가쁜 숨을 내쉬며 수화기를 들었다.

"네, 강다은입니다."

[네가 뭔데 지혁 씨랑 결혼을 하는 거야?]

"네?"

다짜고짜 네가 뭐냐는 말에 무슨 대답을 해야 할지 몰랐다. 상대방의 얼굴이라도 되듯 수화기를 들어 멍하니 쳐다보고만 있었다. 저쪽에서 또 뭐라고 하는 말소리가 들려 수화기를 다시 귀에 대고 얘기를 들었다.

[강지혁에게서 떨어지지 않으면 죽여 버릴 거야.]

"아, 네."

[너희 둘이 결혼할 수 있나 두고 보라구.]

"네."

[미친, 너 병신 아냐?]

"네."

"다은 씨, 무슨 전화를 그렇게 받아?"

그녀는 손가락으로 입술을 눌러 '쉿' 하며 전화기 저편에서 하는 말을 다 들어주었다. 상대방의 말이 별로 틀린 것 같지 않다.

미치지 않고서야 어찌 제정신으로 강지혁 같은 남자를 남편으로 맞아들일 생각을 했을까. 결혼 얘기가 나온 그 순간부터 주위 사람들의 시선에 단 하루도 조용히 넘어가는 날이 없었고, 마음 편한 날이 없었다. 한동안 연락이 끊겼던 동창생들과 동문들까지 어떻게 알았는지 휴대폰으로 축하 인사를 걸어왔다. 그들은 한결같이 결혼식에 참석하겠다는 의사를 내비쳤다. 하지만 조촐한 결혼식을 올리기로 그와 약속한 만큼 오겠다는 친구들 모두를 초대할 수가 없었다. 그리고는 그녀의 거절에 매번 안 좋은 소리를 들어야 했다. 강지혁과 결혼하니 사람이 달라졌다나? 그 친구들이 친하면 얼마나 친했고, 자신을 알면 얼마나 잘 알았다고.

이제는 이런 억지 전화에 어지간히 익숙해진 터였다. 울면서 전화하는 여자도 있었고, 죽어 하고 고함 지르며 전화를 끊는 사람도 있었다. 이번 여자는 좀 오래 주절거리는 편이다. 여자의 욕설과 험담은 쉽게 끝날 줄 몰랐다. 이런 사람의 전화는 그냥 먼저 끊을 때까지 다 들어줘야 한다. 그렇지 않으면 전화를 또 하고 또 하는 게 이런 부류의 사람들의 공통점이었다.

[어쩜, 너 같은 하찮은 여자한테 지혁 씨가 걸려들었는지.]

"글쎄 말이에요."

[죽여 버릴 거야.]

"네, 그러세요."

[너도 죽이고 네 뱃속에 든 아기도 죽여 버릴 거야!]

다은의 담담한 어조에 전화기 저편의 목소리는 더 화가 나 있었다. 어처구니가 없다. 방송에서 농담이라는 전제 하에 실없이 떠든 소리까지 저렇게 철썩같이 믿다니. 하루에 몇 통씩 이런 전화를 받고 나면 일할 기운이 쫙 빠져 버린다. 보통은 죽어버리라는 식이었는데 이 사람은 죽여준단다. 속으로는 수고하시네, 이런 생각을 하면서 피곤한 목을 뒤로 젖히고 눈을 감았다. 이제는 될 대로 되라는 식이었다. 여자의 목소리는 그저 귀에 윙윙거리는 잡음이었다.

"너무 길다고 생각하지 않으세요? 그 말 외에 할 말이 없으시면 끊을게요. 지금 일하는 중이라서요. 전화해 주셔서 감사합니다. 앞으로 조심해서 다닐게요."

저쪽에서 악에 받혀 수화기를 집어 던지는 소리를 듣고 다은도 수화기를 놓았다. 옆에서 호기심 가득한 눈으로 쳐다보고 있는 동료들을 무심한 눈으로 건너보았다.

"이런 전화 구분도 못해?"

"또야?"

"이번에는 직접 죽여주시겠다네. 나 같은 하찮은 여자가 강지혁과 결혼하면 안 된대."

"하하하, 너 엄청난 사람과 결혼하는 거 맞긴 맞나 보네. 그래도 나름대로 가려서 바꿔주는 거야. 안 그러면 너 하루 종일 일도 못해."

"우습다, 정말."

"근데 그렇게 놔둬도 돼? 심각한 사람들은 정말 덤비고 그런

다던데.”

“원래 사납고 크게 짖는 개일수록 절대 사람을 물지 않는다잖
아. 시간이 지나면 잠잠해지겠지. 어쩌겠어, 내가 데리고 살겠
다는데.”

정말 이런 사람들이 집요함은 혀를 내두를 정도였다. 발신자
의 번호도 뜨지 않고, 어떻게 알았는지 그 여자는 다은의 휴대
폰으로도 전화를 걸어왔다. 몇 번은 목소리만 확인하고 그냥 끊
어버렸지만 계속 울리는 벨소리에 결국은 폰을 꺼버리고 말았
다.

그날 밤늦게 일을 마치고 집으로 가는 길에 그가 오피스텔에
들렀다. 또 한 차례 두 사람의 인터뷰도 없이 이럴 것이다, 그런
다더라 식의 방송이 나오는 것을 보고 전화를 했지만 부재중이
라며 바꿔주지도 않고 휴대폰도 꺼져 있어서 연락을 할 길이 없
었다고 했다.

“무슨 일 있었던 거야?”

“아니, 그냥 바빴어.”

“그렇다고 휴대폰도 꺼놓고 있냐?”

“촬영 중이었겠지. 좀 전에 전화 받고 보니까 배터리도 다 됐
더라구.”

“방송 봤어?”

“아니, 얘기만 들었어.”

“너 바락바락 고함 지르고 성질 부리는 장면이 아니라 얼마나

다행이야?”

늦은 시간인데도 배가 고픈지 냉장고를 뒤지고 있었다. 이전에도 오피스텔에 두어 번 들른 적이 있었다. 그때마다 그는 매번 들어와서 가장 먼저 냉장고를 뒤졌다. 식사를 제때 못 챙겨 먹는다는 말을 듣고 그 다음부터는 그가 오지 않아도 항상 냉장고에 뭔가 먹을거리를 채워두었다.

“내가 뭐 맨날 고함만 지르고 사니?”

“토크쇼에서 너하고 같이 나오래.”

“웃기지 마. 절대 그런 일 없을 거야.”

냉장고 문을 연 채 안을 살피고 서 있는 그를 밀어냈다. 저녁으로 해먹고 남은 볶음밥으로 아침에 먹기 위해 미리 해두었던 유부 초밥을 꺼내주었다.

“그럴 줄 알고 나도 싫다고 했어.”

“강지혁, 내가 대단한 사람이랑 결혼하긴 하는 건가 보네. 피곤하다, 정말. 방송 보고 몇 년씩 연락도 없던 친구들에게서 전화가 다 온다니까.”

허겁지겁 잘 씹지도 않고 먹어대는 그가 목이 메일까 얼른 물을 끓여 녹차 한 잔을 내밀었다.

“결혼 자체가 대단한 일이지. 두 번, 세 번씩 하는 사람들이 진짜 존경스럽다. 한 번 하기도 이렇게 힘든데.”

“이렇게 물으면 또 화낼지 모르겠지만 너 후회 안 해? 솔직히 네 나이면 너무 젊잖아. 아직 하고 싶은 일도 많을 텐데.”

"강다은, 너 잊었어? 우린 결혼해도 자유인이야. 벌써 계약을 무시하려고 하네."

"내 말은, 그래도 결혼한 사람이라는, 한 가정의 가장이라는 것에 어느 정도 책임감있는 행동은 해보여야 한다는 거야. 봐, 난 벌써 너한테 더 이상 스캔들이 안 났으면 좋겠다는 그런 부탁도 했잖아."

"너야말로 내 말 잊었구나? 남편으로서 내가 해야 할 일은 모두 할 거야. 제발, 내 말 좀 귀담아들어라. 성의가 없어요, 성의가. 그리고 앞으로 날 윤지후로 불러줘. 넌 이제 내 가족이잖아. 직업상 만난 낯선 사람들이 부르는 그 이름으로 불리는 거 싫어."

열네 개나 되던 초밥을 순식간에 말끔히 먹어치우고 남아 있던 녹차마저 한입에 털어 넣었다. 그러면서 하는 말이 밑에 영욱이 기다리고 있어서 얼른 내려가 봐야 한단다. 그는 부른 배를 기분 좋게 내밀고는 돌아갔다.

결혼식 날짜가 점점 다가오면서 이것저것 준비하는 기간 동안 시간은 더 빨리 흘러갔다. 아버지가 찾아봐 준 아파트로 짐을 모두 옮기고 일없는 날을 잡아 삼 일 동안 같이 집 정리를 했다. 둘이 살기에 너무 넓은 평수의 집이라 처음엔 반대했었지만 작업실로 사용할 방과 친구들이 잦을 거라는 그의 생활을 따라갈 수밖에 없었다.

"분명히 하자. 부엌일은 내가 하겠어. 너한테 미루거나 하지는 않을게. 그러니까 이 넓은 집을 나 혼자 청소하라고만 하지 마라."

"힘들 땐 일하는 사람 부르면 되잖아."

"젊은 사람들이 그런 거 부리면 사람들이 욕해. 너 쉴 때 틈틈이 집 안 청소해. 알았지?"

"알았습니다."

"말 잘 듣네. 예뻐."

걸레질하던 손으로 그의 볼을 툭툭 두드리자 그가 소매로 쓱 문질러 닦아냈다.

"이젠 아예 애 다루듯 하네."

"예쁘다고 해주는데 왜 시비야?"

"치. 그나저나 신혼여행을 바로 못 가서 미안하다."

"미안하긴, 괜찮아. 굳이 가고 싶다면 콘서트 끝나고 가면 되잖아. 우리한테 신혼여행이 큰 의미가 있는 것도 아니고."

"그래도 여행이잖아."

"내가 바쁜가? 네가 바빠서 그런 거지."

"아무튼 유 사장 심술 부리는 거 정말 애 수준이야."

"다른 사람들 눈도 있고 하니까 식 끝나고 가까운 데 가서 바람이나 쐬고 오자. 그 정도 시간은 있는 거지?"

"그럼. 그날 하루는 아무 일 없으니까. 어디 가고 싶은 데 있어?"

"특별히 가고 싶은 데가 있어서가 아니라 그날 사람들이 엄청 많을 거잖아. 그냥 일찍 벗어나고 싶어서 그래."

"거기서 자야 된다니까, 여기로 오긴 그렇고."

그는 엄청난 양의 LP판과 비디오테이프를 가지고 있었다. 희귀한 LP판도 많았고, 이상한 제목만 붙은 비디오테이프도 여러 개 눈에 띄었다. 거실장 비좁게 이런 걸 일일이 다 챙겨두고 싶은 생각은 없었다. LP판은 넣고 꺼내기 쉬운 종이박스에 보관하고 비디오테이프는 일반 상자에 차곡차곡 넣어서 노란 박스용 테이프로 마감해 버렸다.

"이건 다용도실에 갈 거야."

"그런 테이프는 버려도 되는데."

"그럼, 나중에 네가 처리해."

쑥스러워하며 건네는 말에 별 관심 없다는 투로 대답했다.

"그래, 우리 놀이공원 가자. 평일이라 사람도 많이 없을 거잖아."

다은은 스스로 생각해도 기막힌 생각이라는 듯 손바닥까지 마주쳐 댔다.

"놀이공원? 사람들 많은 곳에서 벗어나고 싶다며?"

"집에서는 전부 우리 손님이지만 놀이공원은 우리가 손님이잖아. 누가 상상이나 하겠어, 결혼식 마치고 놀이공원에 놀러 갈 거라고? 너랑 같이 가도 그날만은 너도 눈치 안 보고 돌아다닐 수 있을 것 같은데."

그는 박스 두 개를 들어 다용도실에 들여다 놓고 나왔다.

"좋아, 그러자구. 음, 얼마 만에 가보는 놀이공원이지? 결혼 식보다 거기 간다는 게 더 설레네."

"나두."

그런 밀담을 나누고 뭐가 좋은지 둘은 마주 보고 낄낄거렸다.

다은이 살던 오피스텔은 계약 기간이 아직 남아 있었지만 위치가 좋은 곳이라 다음 세입자가 빨리 구해졌다. 결혼 전까지는 다시 집으로 들어가 지내기로 했다.

다은은 퇴근 시간을 이용해서 그곳에 있던 짐들을 새로 장만한 아파트에 다 옮기러 갔다. 들고 온 옷가지들을 정리하려고 안방에 들어서던 다은이 눈살을 찌푸렸다. 곱게 개어두었던 침대 시트가 흐트러져 있고 베개 하나는 저쪽 방 한구석 편에 던져진 채였다. 혹시라도 도둑이 들었었나 싶어 방마다 불을 다 켜두고 창문을 확인했지만 문도 다 잘 잠겨 있었다. 그도 그럴 것이 십칠 층에 위치한 집으로 창문을 통해 털러 들어오는 무모한 도둑은 없을 것이다. 혹시 그가 와서 쉬다 갔나 싶어 나중에 물어봐야겠다고 생각했다. 옷가방을 열어 이것저것 정리하고 있을 때 문이 닫히는 소리가 어렴풋이 들렸다. 혹시 잘못 들었겠지 생각하면서도 불안한 마음에 나가 보았다. 현관문은 잘 잠겨 있었다. 혼자서 있자니 으스스한 기분에 TV를 틀어 코미디 프로를 하는 곳에 채널을 맞춰놓고 옷 정리를 끝냈다.

　결혼식 며칠 전날, 온 동네가 떠들썩하게 함이 들어왔다. 그와 친하게 지내는 동료 가수 두 명과 친구들이 함을 지고 왔고, 그런 그들을 보기 위해 엄청나게 많은 동네 사람들이 구경을 나왔다. 대문 안에 들어오기 전에는 신부 친구들에게 노래를 부르게 하고, 신부 나오라고 고함을 지르며 어지간히도 늦장 부리고 안 들어가려던 사람들이 일단 대문을 들어서자 집안 분위기에 기가 눌려 별탈없이 조용히 따라 들어와 주었다. 그 모습을 보고 다은과 그 친구들은 얼마나 웃었는지 모른다.

결혼식 날, 일기 예보에 흐릴 거라는 얘기가 있어 조금 걱정을 했지만 다행히도 구름만 조금 끼었을 뿐 날씨는 화창했다. 햇살이 따갑게 내려쬐지 않아 오히려 고마웠다.

다은의 집에서 전통식으로 치르기로 한 결혼식은 쉬쉬한 덕분인지 외부 사람들이 적었다. 그의 기획사 사람들과 평소 가깝게 지내던 기자들 셋만 참석했고, 그의 팬클럽 회원이라는 여학생들 몇 명만 보였다. 기획사 측에서 혹시라도 일어날지 모르는 사태에 대비해 경호회사 측 사람들을 불러 군데군데 세워두었지만 그들은 별 할 일 없이 집 안채로 들어가려는 사람들을 제지하는 일을 하고 있었다. 양쪽 집안의 가족들과 친구들이 신랑

측, 신부 측 자리의 구분 없이 편하게 둘러섰다.

"의자도 하나 없네."

지수는 야외 결혼을 한다고 했을 때부터 지금까지 도와주는 것 없이 계속 투덜거리고만 있었다. 이제는 지수를 만났을 때 투덜거리는 소리가 들리지 않으면 괜히 뭔가 잘못된 것은 없는지 미리 불안했다. 차라리 드러내 놓고 입찬 잔소리를 해대면 그거 말고는 다른 건 다 괜찮구나 싶어서 마음이 편할 정도였다.

"전통 결혼식 한 번도 못 봤지? 의자에 앉아서 구경하는 사람이 어디 있어? 있기 싫으면 누나 가."

형의 결혼식에 참석하기 위해 미국에서 온 지후의 동생 지훈이었다. 그와 많이 닮은 얼굴이긴 했지만 나이 때문인지 더 어려 보였고, 어두운 구석이 하나도 없어 보이는 환한 인상이 누구나 호감을 가질 수 있는 그런 얼굴이었다. 그는 일찍 도착해 아내의 손을 잡고 이미 집 안 구석구석을 구경한 뒤라 고(古)저택이 주는 매력에 흠뻑 빠진 상태였다.

말 그대로 잔칫집이었다. 대문은 활짝 열려 있었고 뒷마당에는 음식도 가득 준비되어 있었다. 동네 사람들이 집안의 잔치를 구경하기 위해 들어와도 안채로만 들어가지 않으면 아무도 말리는 사람이 없었다. 식이 진행되고, 사람들이 많이 북적거렸지만 별 소란이 없었다.

초대되어 온 기자 중 한 명이 폐백드리는 것까지 단 한 순간도 쉬지 않고 쫓아다니면서 촬영했다. 그 틈에 어진이도 끼어 친구들에게 자랑할 사진을 찍어대느라 정신이 없었다. 결혼식이 끝날 즈음에는 다은마저 어느 정도 카메라를 의식하지 않고 익숙해져 있을 정도였다. 몇 번을 가족들과 신랑, 신부에게 인터뷰를 시도하던 그들은 사정이 여의치 않자 결국 포기하고 말았다. 식이 끝나고 신랑, 신부가 신방으로 꾸며진 방으로 들어가자 일행 중 한 명은 그날 저녁 생방송에 내보내기 위해 얼른 녹화 테이프를 들고 집을 나섰다.

신방 중간에는 이미 멋진 동백이 그려진 병풍이 놓여 있었고 들어온 두 사람은 병풍에 한 칸씩 나누어 서서 미리 준비해 두었던 편한 옷으로 갈아입었다.

"멋진 그림이네. 네가 그린 거야?"

"아니, 옛날에 할아버지가 그리신 거야. 나 시집갈 때 준다고 그리셨어. 아마 20년 정도 된 거 같다."

"아파트에 들고 갈 거야?"

"왜, 싫어?"

"아니, 좋아서 그러지."

그가 그림을 만졌는지 기우뚱 병풍이 기울어졌다. 미처 옷을 다 갈아입지 못했던 다은은 혹시 병풍이 넘어질까 봐 들고 있던 옷을 꼭 붙들고 잠시 얼어붙은 듯 서 있었다. 다행히 그가 재빨리 병풍을 바로 세웠다.

"놀랐지?"

“장난치지 마.”

“넌 내가 하는 건 뭐든 장난으로 보여?”

“다 갈아입었어. 넌?”

병풍 옆으로 그가 고개를 쏙 내밀었다.

“그 옷차림에 그 머리 모양으로 나갈 거야?”

“풀어서 빗질만 하면 돼. 인영 씨가 올림머리 하기에 긴 머리
가 충분하다면서 무스나 스프레이 이런 거 안 썼거든.”

“이번에 인영 씨가 제일 수고가 크네.”

다은이 비녀를 빼고 머리를 풀어 땋은 머리를 손가락을 넣어
풀었다. 지후가 화장대 위에 놓여 있던 빗을 건네주었다.

“글쎄 말이야, 참 조용한 아가씨야.”

“어떤 때는 닌자 같아. 어디 있지 싶으면 어디선가 소리없이
나타난다니까.”

빗질을 끝내고 고무밴드로 머리를 묶었다. 짙게 발린 입술 화
장만 티슈로 살짝 닦아냈다. 편한 캐주얼 차림으로 갈아입고 밖
으로 나섰다. 가까운 곳으로 여행을 떠나기 위해 나오는 신혼부
부를 사람들은 박수를 치며 반겨주었다. 다은은 한꺼번에 많은
사람들의 시선을 받자 쑥스러움에 고개도 못 들고 있었지만 이
미 이런 상황에 익숙한 그는 밝은 얼굴로 사람들의 인사에 답례
했다.

“대감님, 손녀 분이 좋은 데 시집가서 좋으시겠어요.”

“가서 잘살아요. 다은 아씨.”

　동네 사람들은 할아버지를 대감님이라 불렀고 다은 아씨, 효
은 도령이라 불렀다. 처음 그 말을 들었을 때 지후는 한참 동안
시대에 뒤떨어졌다느니, 동네 사람들이 재미있다느니 하며 웃
었지만 사람들이 지후 서방님이라 부르는 걸 들은 후로는 조심
스럽게 행동했다.
　“전부터 느꼈었지만, 너 그 성격 감추면서 이 동네에 살기 정
말 힘들었겠다. 이거 원, 조심스러워서.”
　“저희 배에 승선하신 걸 축하드립니다.”
　양가 어른들께 간단히 인사를 드리고 다른 사람들의 눈을 피
해 밖으로 나갈 준비를 했다. 간단한 소지품과 차 열쇠를 가지
고 있는 효은이 두 사람의 뒤를 눈에 띄지 않게 졸졸 따라다녔
다.
　“늦게까지 계실 손님들은 많지 않을 거야. 일찍 들어와라.”
　“네.”
　“그래, 힘든 하루였을 테니까 가서 한숨 돌리고 오너라. 다은
이 방에 자리를 볼 테니 늦으면 바로 그 방으로 들어가 쉬도록
하고.”
　“네, 할아버지.”
　“내 미리 일러둔다. 윤 공, 아니지, 이제 윤 서방이지, 허허
허.”
　할아버지는 기분 좋게 너털웃음을 웃으셨다. 자신의 결혼에
저렇게 기뻐하시는 할아버지의 모습을 보자, 이런 결혼이지만

하길 잘했다는 생각이 들면서도 한편으로는 죄송스러웠다.

"다은아, 아무리 너보다 나이가 어리지만 이젠 네가 의지하고 살아야 할 사람이다. 언행을 늘 조심하고 언제나 존중해라."

"네, 할아버지."

"윤 서방도 마찬가지네. 여자라고 무시하지 말게. 자네 아내의 말일세. 서로 존중해야 하네."

"명심하겠습니다, 할아버지."

그의 부모님께도 잘 다녀오겠다는 인사를 드리고 뒷마당의 쪽문을 통해 밖으로 나왔다. 어느새 효은이 미리 나와 차에 시동을 걸어놓고 기다리고 있었다.

"어디 가서 쉴 거야?"

"놀이공원."

"놀이공원?"

"우리만 빠져나가서 미안합니다. 손님들 대접하기 힘드시겠지만 수고 좀 해주세요."

"놀이공원이라구요? 대체 어린애들도 아니고."

"강효은, 누나 간다. 내일 보자."

효은의 볼멘잔소리가 더 길어지기 전에 그를 재촉해 차를 출발시켰다. 중간에 한정식을 잘한다는 식당에 들러 늦은 점심을 먹었다. 다행히도 그를 알아보는 사람은 없었다. 그도 이런 식당에서 조용히 식사해 보는 것이 오래간만이라고 좋아했다.

평일 오후라 사람들이 많이 없어 그 넓은 공원이 한적해 보이기까지 했다. 자유 이용권을 구입해 탈 수 있는 놀이기구는 다 타고 다니면서 신나게 놀았다. 하늘이 어두워지자 건물과 나뭇가지에 걸쳐진 작은 전구의 불이 켜졌다.

"어머, 너무 예쁘다."

"벌써 일곱 시네. 배 안 고파?"

"아니, 괜찮아. 배고파?"

"좀 출출한데 고함을 너무 질러서 그런가 보다. 넌 무슨 여자가 겁도 없냐?"

"재미있게 잘 타줘도 말이 많아요. 그럼 저기 가서 뭐 좀 먹을까?"

"배 안 고프다며?"

"음식을 꼭 배가 고파야 먹니? 가자."

레스토랑이라고 적힌 곳으로 들어가 바깥이 잘 보이는 창가로 자리를 잡았다. 다은이 자리에 앉자 지후가 옆에 나란히 앉았다.

"부부는 대적하듯 마주하는 상대가 아니라 늘 옆에서 지켜주면서 나란히 가야 하는 사람이래."

옆에 나란히 앉는 것을 다은이 웃는 얼굴로 쳐다보자 그가 멋쩍게 설명을 덧붙였다. 결혼식부터 놀이기구를 타던 지금까지 하루 종일 크게 두드러지지 않았지만 세심한 그의 배려에 고마웠다.

"할아버지에게서 들은 말이야?"

"아냐, 책에서 읽은 거야."

그는 다은이 앉은 의자의 등받이 뒤로 손을 쭉 뻗고는 의자에 편하게 기대앉았다.

"책도 읽어? 처음 안 사실이네."

"나에 대해서 처음 아는 게 많을걸? 넌 내가 어느 대학에서 뭘 전공했는지도 모르지?"

"꼭 그런 걸 알아야 해?"

"넌 명문대 출신이잖아. 내가 대학 문턱도 못 가본 놈이면 어떡할래? 어른들 중에 아무도 내 학벌을 궁금해하지 않으시더라."

"장 피디님이 너 대학 선배라며? 그럼 같은 대학 나온 거 아냐?"

"그렇긴 하지. 재미없네."

헛, 입맛을 쩝쩝 다시며 머리를 긁적거렸다.

"가장 중요한 건 그 사람의 됨됨이야. 대학 졸업장은 살아가는 데 필요한 수단일 뿐이라구."

그가 무슨 말을 하려고 했지만 종업원이 주문을 받으러 오는 바람에 대화를 멈췄다. 한참 뭘 먹을 건지에 대해 얘기하며 메뉴판을 들여다보고 있는데 여종업원이 그를 아는 체했다.

"저기, 강지혁 씨 맞죠?"

"네."

오랜만에 주위의 시선을 크게 의식하지 않고 있다가 정작 편하게 식사를 해야 할 자리에서 자신을 알아보는 사람이 있다는 게 그리 달갑지 않은 듯한 목소리였다.

"어머, 맞네. 진짜 강지혁 씨네요."

"네, 빨리 결정해."

다은이 얼른 결정 내리지 못하고 메뉴판을 보고 머뭇거리고 있었다. 그가 메뉴판을 뺏다시피 들고 가 덮었다.

"내가 더 많이 배고프니까 내가 먹고 싶은 거 시켜도 되지?"

지후는 굳은 표정으로 작은 사이즈의 피자와 스파게티를 주문하고 혼자 들떠 있는 종업원을 돌려보냈다.

"어쩐지 아무도 모르고 지나간다 싶었지."

"고작 한 명인데 뭘 그래?"

"차라리 수백 명을 상대하는 편이 더 편해. 그건 일단 무대 위잖아."

"불편하면 나갈까?"

"아냐, 됐어."

먼저 나온 스파게티가 바닥을 드러낼 즈음 작은 팬에 먹음직스럽게 노릇하게 잘 익은 피자가 나왔다. 피자를 먹는 두 사람의 취향이 비슷했다. 두 사람은 치즈가루와 핫소스를 뿌리고 한 조각씩 손에 들었다. 한입 베어 문 피자의 치즈가 쫀득하게 쭉 늘어지는 것을 보고 재미있어하며 신나게 웃고 있을 때 갑자기 카메라의 플래시가 터졌다. 지후는 이런 일에 많이 시달린 사람답게 본능적으로 신경질적인 표정을 지었다.

"두 분 오늘 결혼하셨죠? 축하드려요. 오늘 같은 날 이곳에서 두 분을 뵐 줄 몰랐거든요. 이건 결혼 선물입니다. 행복하세요.”

좀 전의 그 여종업원은 폴라로이드 사진기로 찍은 사진을 조금이라도 빨리 말리려고 부지런히 흔들어댔다. 사진이 조금씩 선명해지는 것을 보고 지후에게 내밀었다. 그녀의 진심 어린 축하에 그의 표정이 조금은 풀어졌다.

“고마워요.”

아무 대답 없이 있는 지후 대신 여종업원이 무안해하기 전에 다은이 얼른 사진을 받아 들었다. 다은의 손으로 옮겨지는 사진만 뚫어지게 쳐다보고 있는 그에게 인상을 펴라는 뜻으로 팔꿈치를 약하게 쿡 쳐주었다. 그는 표정 변화가 참 빠르고 다양했다. 조금 전의 굳은 인상은 어디에도 없고 금세 웃는 얼굴로 돌아섰다.

“한 장만 더 찍어주시겠어요?”

“네? 아, 네.”

지후가 환하게 웃는 얼굴로 사진을 찍어달라고 하자 종업원은 조금 당황한 표정으로 두 사람을 번갈아 쳐다보았다. 이번엔 지후가 다은의 어깨에 팔을 두르고 환하게 웃으며 아주 다정한 모습으로 사진을 찍기 기다렸다. 뒤늦게 사태 파악이 된 종업원이 사진기를 들고 낮게 하나, 둘, 셋을 웅얼거리고는 가볍게 셔터를 눌렀다. 이번에도 그녀가 사진을 빨리 말리려고 잠시 흔들었다가 그에게 사진을 내밀었다. 손에 묻은 기름을 냅킨에 닦고 사진을 받아 든 그는 아직 선명하지도 않은 사진 밑 하얗게 빈

공간에 날짜와 이름을 적고 성의껏 사인을 해주었다.

나의 아내와 첫 여행지에서.

"우리 결혼을 축하해 줘서 드리는 감사 선물이에요. 지금 당장 이런 것밖에 드릴 게 없네요. 진심 어린 축하 인사 고마워요."
"아니에요. 제가 더 고마워요."
그의 친절한 목소리에 얼굴을 붉게 붉힌 그녀는 부러운 눈으로 숨어서 자신을 바라보고 있던 다른 동료들에게 사진을 막 흔들어 보이며 달려갔다. 다은은 지후의 사소한 행동에 정말 기뻐하는 사람이 있다는 것에 멋쩍은 웃음을 지으면서도 그 사실에 괜히 기분이 좋아졌다. 다시 피자 한입을 베어 물고 열심히 먹어대고 있는 지후를 바라보았다. 정말 배가 많이 고팠는지 정신 없이 먹고 있었다.
"지후야."
"왜?"
"아니다, 다시. 지후 씨."
사뭇 진지한 표정으로 다은이 바라보자 그는 우습게도 긴장하고 있었다. 먹고 있던 피자를 내려놓고 콜라 한 잔을 벌컥벌컥 들이켰다.
"왜 그래, 갑자기? 무섭다."

“지후 씨, 나한테 말 막 놓고 하는 거 기분 나빠서 나도 그러긴 했지만 이젠 친구가 아니라 부부니까 내가 이러면 안 되잖아.”

“뭐가?”

다시 짧은 침묵이 흐르고 다은은 조심스럽게 말을 이어갔다.

“할아버지 말씀대로 당신은 이제 내가 존중하고 의지하며 살아야 할 내 남편이에요.”

“다, 다은아.”

다은의 갑작스런 존대에 지후는 당혹스럽기까지 했다. 정말 입이 바짝바짝 말라왔다. 그는 다시 콜라를 잔에 따라 한 모금 들이켰다.

“이 시대에 다른 사람들이 이런 날 보고 비웃을지 모르지만 난 그렇게 배웠어요. 물론, 난 그렇게 살지 말아야지 했지만 나도 별수없네요. 인정하기도 싫고 정말 그러기 싫지만 난 아마 내가 보고 자란 대로 할머니처럼, 엄마처럼 살지 몰라요. 결혼식이 진행되는 내내 그 생각이 지워지지 않았어요.”

다은의 얼굴에 자조적인 웃음이 떠올랐다.

“우리가 서로에 대해 안 지 얼마 되지도 않았고 평범하지 않은 이유로 서로를 많이 알지도 못하는 상황에서 결혼했지만 당신을 존중하며 살게요.”

그에게 이런 말투를 사용하는 게 자신도 어색한지 다은은 말을 하면서 그와 눈도 마주치지 못한 채 계속 음료수가 든 컵을 만지작거리고 있었다.

"사실 처음엔 이렇게 시작한 결혼이 얼마나 오래 갈까 걱정도 됐었어요. 하지만 지금은 얼마든지 이런 결혼 있을 수 있다고 생각해요. 이기적인 마음으로 서로 편해보자고 이런 형식적인 결혼식을 치렀지만 이젠 그렇지 않을 거예요. 마음만은 형식적이지 않을 거예요. 잘할 테니까, 그러니까 앞으로 내가 당신을 존경할 수 있게 우리 서로 그러고 살아요."

"다은아."

"이제 와서 이런 말 미안한데 나, 아마도 당신 마누라 노릇 하려고 들지 몰라요."

그제야 제정신을 차린 그가 다은이 쪽으로 몸을 획 돌려 앉았다. 그의 표정은 이제 그녀만큼 진지했다. 아니, 그녀보다 더 진지했다.

"나이가 많고 적음의 문제가 아니에요. 그건 별로 중요하지 않아. 결혼에 대해 깊이 생각해 본 적 없지만 결혼은 사랑하는 사람과 해야 한다고 생각했어요. 우리, 사랑은 아니지만 당신은 존경할 수 있는 사람이에요. 짧지만 이제껏 내게 보여준 당신 모습은 충분히 그런 사람이에요."

그의 눈동자가 그녀의 눈동자와 마주쳐 한참이나 바라보고 있었다.

"나도 그렇게 하겠어. 나도 널 존중하면서 살게. 편한 마음에 함부로 말을 놓긴 했지만 그렇다고 새삼스럽게 말을 높이고 그러진 못하겠네, 난."

"꼭 그러지 않아도 괜찮아요. 내가 굳이 뒤늦게 어색한 투로 당신을 존대하는 이유는 할아버지의 말씀이 계셔서기도 하지만 내가 이렇게 해야 다른 사람들도 당신을 함부로 대하지 않을 거라 생각해서예요. 혹, 내 친구들을 만나거나 가까이는 효은이도 그렇고."

"말을 높이고 낮추는 것에 상대방을 더 존중하고 덜 존중하는 그런 건 아니잖아. 네 말대로 마음가짐이 중요한 거지. 너에게 존경받는 남편이 되도록 노력할게."

"나도 존경받을 수 있는 아내가 되도록 노력하겠어요. 마누라 노릇도 조금만 하도록 노력할게요. 조심할게요, 당신의 일에 방해되지 않도록."

다은의 입술에 지후의 입술이 닿았다. 사랑은 아니더라도 그의 조심스러운 입맞춤이 얼마나 그녀를 아끼고 있는지 대신 말해 주고 있었다.

밤늦게 집으로 돌아온 두 사람은 어른들이 깰까 조용히 신방으로 꾸며진 다은의 방으로 들어갔다. 보기에도 푸근한 새 이불이 깔려 있었다. 다행히도 그녀의 방은 별채라 조금은 덜 조심스러웠지만 고즈넉한 한 밤에 두 사람이 움직이는 소리는 생각보다 크게 들렸다.

그가 씻기 위해 먼저 욕실로 들어갔다. 원래는 밖으로 나가 사용해야 하는 화장실이었지만, 별채에서 혼자 사용하는 다은을 위해 외부의 문을 막아버리고 안에서 사용할 수 있게 몇 년 전에 아버지가 공사를 해주었다. 간단하게 샤워를 할 수 있는 시설도 함께 되어 있었다. 따뜻한 물로 샤워를 해서인지 쏟아지는 졸음에 그녀가 준비해 준 잠옷으로 얼른 갈아입고 나왔다.

"몇 년 만에 입어보는 잠옷인지, 어색하네."

"시집갈 때 그런 거 해가는 거래요. 그럼 평소엔 뭘 입고 자요?"

"아무거나 그냥 입고 잠들면 그게 잠옷이지."

뒤이어 씻고 나온 그녀가 입은 잠옷은 그와 커플 잠옷이라 디자인만 약간 다를 뿐 똑같은 색이었다.

"하하하, 이렇게 입고 있으니까 우습다."

"웃지 말아요. 내가 고른 거 아니에요. 어진이 짓이라구요. 당신에게 이 색이 잘 어울릴 거라면서 고른 거래요. 평소에 생일 선물을 해도 내 취향은 한 번도 생각 안 해주던 애가."

"특별 대우를 받는 건가?"

"엄청난 특혜죠."

다은이 같이 누울 거라 생각하고 지후는 자리에 들었다. 하지만 그녀는 자리에 들지 않고 옷상자를 열어 한복을 챙겼다. 그 모습에 지후는 몸을 일으켜 앉았다.

"한복은 왜?"

"내일 아침 할아버지께 문안드려야죠."

"문안? 그렇구나. 어쩌지? 일찍 일어날 자신 없는데."

“며칠만 참아요.”

“며칠씩이나? 내일 아침 식사만 하고 집으로 갈 거 아냐?”

“아버님 댁에 안 갈 거예요?”

“거기서도 자야 돼?”

‘오, 하느님 저 애를 어떻게 데리고 살란 말입니까.’

다은은 너무도 철없이 말하는 지후를 보고 헛웃음밖에 웃을 수가 없었다. 그리고 그를 한심한 눈으로 바라보지 않기 위해 최대한 애썼다.

“당연하죠. 어른들이 가라고 하실 때까지 있는 거래요. 어른들이 아무리 그냥 가라고 하셔도 하루 정도는 있어야 해요. 두 분도 새 며느리가 해주는 밥상 받아보셔야죠.”

“꼭 그래야 하는 거야? 괜히 너네 집만 복잡하게 그러는 거 아냐?”

“무슨 소리예요? 신혼여행을 갔다 오지 않아서 이바지 음식 안 해가는 것도 엄마는 죄송스러워하시는데. 그건 어디서나 다 하는거라구요.”

“이바지 음식?”

“누나 결혼할 때 못 봤어요?”

“집에 없었어. 설사, 있었다고 해도 그걸 내가 왜 봐? 결혼식에도 못 갔는데.”

목까지 이불을 끌어 올리고 드러눕는 그에게 뭐라 위로해 줄 말이 필요하다고 느꼈다. 하지만 할 말이 생각나지 않았다. 다은은 결국 다른 말을 해주지 못하고 딴청을 부렸다.

"벌써 열두 시가 넘었어요. 얼른 잠이나 자요. 할아버지는 5시 반만 되면 일어나신다구요."

"난 절대 그 시간에 못 일어나."

"그래서 내가 어른이 되는 건 힘들다고 했잖아요. 결혼은 아무나 하는 게 아니라구요. 아무튼 이틀만 참아요. 우리 집에 가면 실컷 자게 해줄 테니까."

"……."

그녀의 입에서 나온 '우리 집'이라는 단어에 묘한 안도감을 느꼈다. 하지만 곧 그들의 '우리'라는 관계가 여느 부부와 다르다는 걸 실감해야 했다.

"우리의 부부 관계는 여기까지군. 여기서 자. 난 이쪽에 다른 이불 덮고 잘게. 여분은 더 있지?"

이미 자리에 누웠던 지후가 머쓱한 표정을 짓더니 일어나 앉았다. 다은은 할머니와 어머니가 밤을 새워가며 바느질을 해주신 이부자리를 쳐다보았다. 바늘 한 땀을 뜨실 때마다 '우리 손주 잘살게 해주오' 주문을 외우듯 기도하시던 할머니의 모습이 눈에 선했다. 다은에게 항상 바느질을 부지런히 시키시던 할머니셨지만, 이 이불 바느질만은 당신께서 손수 하시겠다며 어머니께는 시부모님 드릴 이불 바느질을 맡기셨다.

"그냥 자요. 괜찮아요. 우리의 부부 관계를 여기까지로 해두죠."

“한이불을 덮고 자겠다고?”

펄쩍 뛰듯 놀라는 목소리를 듣고 그가 덮고 있는 이불 속으로 들어가려던 다은은 놀라 미안한 표정을 지었다.

“아, 미안해요. 당신이 싫어할 거라는 생각을 못했어요. 내가 다른 이부자리를 필게요.”

“아냐, 다은아, 싫은 게 아냐. 그냥, 같이 자겠다는 말에 놀란 것뿐이야.”

다른 이불을 꺼내려 일어서는 다은을 얼른 잡아 자리에 앉혔다.

“그게 그렇게 놀랄 일이었어요?”

“난 단지 네가 불편해할까 봐…….”

“하나하나 따지자면 우리의 모든 상황이 다 불편하죠. 결혼했다는 자체가, 그 사실 하나만으로도 앞으로 불편한 일은 수없이 많을 거예요.”

그녀의 말에 공감을 하면서도 그는 옆에 나란히 누운 다은이 자꾸만 신경 쓰였다. 두 사람은 서로의 땅에 침범하면 큰일이라도 날 것처럼 반듯한 자세로 누워 천장만 뚫어지게 쳐다보았다.

‘이것보다 더 불편한 일이 뭐가 있을까?’

많이 피곤했는지 어느새 옆에서 고른 숨소리를 내며 자고 있는 다은을 고개만 살짝 옆으로 돌려 바라보았다. 잠이 들면서 빳빳하게 누워 있던 자세는 조금 풀어졌지만 여전히 바른 자세였다. 지후는 잠든 다은의 얼굴을 한번 바라보고는 등을 돌리고 누웠다. 새삼 그의 입술에서 그녀의 입술 감촉이 되살아났다. 손을 잡고 싶으면 잡았었고, 어깨에 팔을 두르고 싶으면 거리낌없이 그렇게 했었다. 그래도 다은은 가만히 있었다. 근데 이젠 아무것도 못하겠다. 옆에서 뒤척이는 인기척에 고개를 돌렸다. 다은은 그를 바라보고 누운 채 두 손을 가지런히 베개 위에 올려두고 있었다. 다시 등을 돌렸다. 조금 전만 해도 쏟아지던 졸음은 어디로 달아나 버렸는지 그는 밤새도록 잠을 설쳐야 했다.

아침 일찍, 그녀가 깨우는 소리에 눈을 다 뜨지도 못하고 몸만 일으켰다. 다은의 몸을 뒤척이는 모습이 익숙해지고서야 새벽녘에 겨우 잠을 들 수가 있었다. 조금 전에 눈을 감은 것 같은데 벌써 아침이라며 다은이 그를 조용히 불러 깨우고 있었다.

"음, 몇 시야?"

"일곱 시."

"이십 분만 더 자자."

그가 다시 누우려고 하자 다은이 그의 등을 떠받쳤다.

"그럼 눈이 떠지겠어요? 차라리 찬물에 세수라도 해요."

"다은아, 조금만 더 자자."

“내가 봐줄 수 있는 한 최대로 봐준 거예요. 어른들 다 일어나
셨어요. 얼른 일어나요.”

힘겹게 한쪽 눈만 뜨자 벌써 한복을 곱게 차려입은 다은의 모
습이 눈에 들어왔다. 도대체 언제 일어나서 소리도 없이 옷을
갈아입고 단정하게 머리까지 빗어 올렸는지 신기할 따름이었
다.

“언제 일어난 거야? 옷도 다 갈아입었네.”

“윤 서방, 아직 안 일어난 거냐?”

‘흠흠’ 하는 헛기침 소리가 약하게 들리고 밖에서 두 사람을
부르는 엄마 목소리가 들렸다.

“아닙니다. 윤 서방 일어났습니다.”

엄마의 목소리에 이제껏 반쯤 감겨 있던 눈을 번쩍 뜨고는 후
다닥 일어나 욕실로 달려 들어갔다. 스스로를 윤 서방이라 칭하
는 말에 소리 죽여 웃고 있자니 아랫배가 당겨왔다. 꽉 닫히지
않은 욕실 문에서 새어 나오는 물소리를 들으며 이불을 개었다.
혹시라도 욕실에서 졸지는 않을까 싶어 그가 나오길 기다리던
다은은 그가 나오는 모습을 보고 자리에서 일어났다.

“그럼 얼른 옷 갈아입고 나와요.”

밖으로 나와 안채로 들어가려는 그녀를 그가 불러 세웠다.

“다은아, 대님 좀 매주라.”

문을 빼꼼히 열고 그가 고개를 쏙 내밀었다. 다은은 상쾌한
신혼 첫날의 아침에 또 한 번 시원하게 웃음을 터뜨렸다. 방으

로 들어가 새신랑의 한복 대님을 곱게 매어주었다.

　잠시 후, 두 사람은 옷매무새를 정갈하게 하고 나와 같이 안채로 들어갔다. 할아버지가 계신 방문은 열려 있었고 마루에도 어른들이 나와 앉아 계셨다. 마루에 앉아 계시던 아버지가 두 사람을 보고 흡족한 얼굴로 고개를 끄덕였다.

　"아버님, 애들이 문안드리겠답니다."

　"그래, 올려보내라."

　두 사람이 마루에 올라서자 어른들이 신혼부부의 절을 받기 위해 자세를 고쳐 앉으셨다. 방 안과 밖까지 꽉 들어차 있는 문중 어른들을 본 그는 보기에 안쓰러울 정도로 놀란 표정을 지어 보였다.

　"뭘 그리 놀라나. 이 집안의 첫 경사라 어른들께서 다 돌아가지 않으시고 너희들에게 덕담이라도 한마디 해주시려고 이렇게 남아 계신데."

　"죄송합니다. 문안드리겠습니다. 할아버님, 편히 주무셨습니까?"

　지후는 대님을 매어주며 다은이 일러준 대로 먼저 큰할아버지께 절을 올리고 일어나 가벼운 목례를 드린 다음 무릎을 꿇고 다시 자리에 앉았다.

　"그래, 너희들도 편히 잤느냐. 좋은 꿈 꾸고?"

　"네."

　"어제 폐백드릴 때 모두 인사를 드리긴 했다만 어쩌시겠습니까, 신혼부부의 문안 인사를 따로 받으셔야지요."

할아버지가 주위의 어른들을 돌아보며 동의를 구하자 큰할아버지께서 고개를 저으셨다.

"됐습니다. 이렇게 모두 앉아 절을 받았으니, 그걸로 만족하지요. 어제도 힘들었을 텐데 오늘까지 애들 절한다고 고생시킬 수야 없지 않습니까."

다른 어른들도 모두 고개를 끄덕이시며 두 사람을 보고 모두 넉넉한 웃음을 보이셨다.

"그럼 큰할아버님이 좋은 말씀이라도 남겨주시지요."

"그럴까요? 음, 윤 서방."

"네, 큰할아버님."

"앞으로 자네의 어깨가 무거울 걸세. 혼자 있을 때처럼 하고 싶은 일을 마음껏 하지 못할 수도 있고, 둘이 좋아서 혼인했지만 서로 뜻이 맞지 않은 일도 있을 거네. 하지만 넓은 마음으로 포용하게. 내 손녀딸이긴 하네만, 다은이 좋은 처녀라네. 이런 말을 하는 내 입이 전혀 부끄럽지 않을 만큼 말일세. 우리 다은이 많이 아끼고 많이 사랑해 주게나. 처음 봤을 때도 느꼈지만 자네의 눈빛이 온화해서 참 좋으이. 언제나 그런 눈빛으로 아내를 사랑으로 대해주시게."

"네."

"그리고, 다은이."

"네, 할아버지."

"뜬금없는 혼인 소식에 놀라긴 했었다만, 좋구나. 너무 급하다 싶은 마음이 없진 않지만 우리 시절에야 얼굴도 안 보고 어른들 하시는 대로 혼인을 치렀으니 뭐 그리 이상할 것도 없지."

다른 문중 어른들이 큰할아버지의 말씀에 동의 표시로 모두 고개를 끄덕여 보이셨다. 두 사람을 바라보는 어른들의 표정에 인자함이 넘쳤다.

"너야 내가 늘 지켜봐 왔으니 잘할 거라고 믿는다. 책임감이 강한 아이니까, 남편이 어떤 일을 하던 넌 믿고 따라야 하느니. 언제나 남편 옆에서 어떤 일을 하고, 무슨 일이 일어나도 제일 든든한 후원자가 되어야 할 게야. 너의 내조가 바깥일을 하는데 얼마나 엄청난 힘이 될 건지는 더 이상 긴말을 하지 않아도 알겠지?"

"네, 잘하겠습니다."

"허허허, 말이 길었구먼. 됐다, 그만 일어나거라. 우리 윤 서방, 일찍 일어난다고 힘들었을 게야."

다른 어른들이 소리 내어 웃자 지후는 쑥스러움에 머리를 긁적이더니 얼굴을 붉혔다. 일어설 때도 다리가 저려 조금 비틀거리는 모습에 어른들은 또 한 번 소리 내어 웃으셨다. 방으로 돌아온 그는 엄청난 면접을 본 사람처럼 큰 숨을 내쉬었다.

"어제도 절실히 느낀 거지만 네가 대단한 사람이랑 결혼한 게 아니라 내가 진짜 대단한 여자랑 결혼한 거 같다."

"집안 어른들이 대단하신 거죠."

"이런 곳에서 숨 막히지 않았어?"

아무 말 없이 그의 얼굴을 쳐다만 보았다. 그녀의 눈이 많은 말을 하고 있었다. 가만히 그 눈을 들여다보던 그가 미안한 웃음을 지어 보였다.

"그렇구나. 그래, 단 일 년 만이라도 혼자 살아보고 싶었다는 말 이제 이해가 된다. 내가 정말 방해꾼이었네."

"그런 말 하지 말아요. 방해한 거 없어요. 처음엔 독립 생활 못하게 되어서 화났던 게 사실이지만, 나 이 결혼 후회 안 해요. 어른들이 저렇게 기뻐하실 줄 몰랐어요. 잘했다고 생각해요."

곱게 한복을 차려입고 다소곳이 앉아 있는 그녀를 안아주고 싶어 손이 움찔거렸다. 하지만 감히 손을 내밀지 못했다. 그녀의 모습에 함부로 대하지 못할 거리감이 느껴졌다. 지후는 주먹을 꼭 쥐고 마른침을 삼켰다.

"게다가 자유까지 보장해 준다고 했잖아요."

"응."

겨우 그 한마디 내뱉을 수 있었다. 다은이 일어서며 내는 바스락거리는 천의 부드러운 부딪침 소리가 천둥 소리처럼 크게 들렸다. 그 소리는 잠시 몽롱하게 다은을 바라보고만 있던 그를 번쩍 정신이 들게 해주었다.

"누워서 좀 더 쉴래요? 난 부엌에 가봐야 돼요. 고모들이 계시긴 하지만 다 시누들이잖아요. 엄마 혼자 힘들 거예요."

"다은아."

그의 다정한 부름에 그녀가 싱긋 웃어 보인다. 지후는 자신이 왜 그녀를 불렀는지 이유를 몰랐다. 그냥 그렇게 불러야만 할 것 같았다. 덕분에 웃는 얼굴을 보지 않았는가.

"조금 더 쉬어요. 식사가 준비되면 다시 깨우러 올게요."

고개만 끄덕이는 그를 남겨두고 나와 부엌으로 들어갔다. 다은이 나가자 지후는 벽에 털썩 기대앉아 꽉 막혀 있던 숨을 푹 내쉬었다. 도저히 다시 잠이 올 것 같지 않았다.

부엌에는 이미 큰 상 가득 음식이 차려져 있었다. 그를 데리고 큰방으로 올라가 있으라는 어머니 말에 다은은 다시 별채로 내려와 그를 불렀다.

아침 식사를 마친 설거지의 양은 어느 집 잔치가 끝난 뒤의 그것과 비슷했다. 힘들게 설거지를 마치고 곧바로 다은이 시댁에 들고 갈 음식과 물건들을 챙기느라 또다시 분주했다. 이바지 음식을 준비하지 않았다고 하지만 시댁에 드릴 최소한의 음식과 신혼집으로 갈 밑반찬까지, 들고 가야 할 보따리들이 가득했다.

점심때가 다 되어서야 준비가 겨우 끝났다. 이제껏 조용히 물러나 계시던 할머니가 다은의 손을 놓지 못했다. 차에 오를 때까지 할머니는 내내 손녀의 손을 쓰다듬고 또 쓰다듬었다.

"어른들께 안부 전하고."

"네, 할아버지."

"잘해야 해, 다은아."

“그럴게요. 할머니, 자주 찾아뵐게요.”

어른들의 배웅을 받으며 나선 두 사람은 정중하게 인사를 드리고 차에 올랐다. 어머니는 어른들에게 밀려 저 뒤편에 조용히 서 계셨다. 짧은 순간, 돌아서서 작은 동작으로 눈물을 감추시는 엄마의 모습을 보았다. 엄마와 눈이 마주치자 다은은 희미하게 웃어 보이고는 고개를 끄덕였다. 잘살겠다는 그녀의 무언의 다짐에 그제야 엄마도 마주 웃어주었다.

그의 부모님 댁에 도착하기 직전 들고 온 짐들을 올리기 위해 미리 전화를 해두었다. 아파트의 주차장에 들어서자 지훈과 그의 아내 순주가 기다리고 있었다.

“어? 형, 한복 입은 모습 처음 보는 거 같다. 어릴 때 말고는.”

“어울리지?”

“아주버님이야 뭘 입어도 어울리세요.”

나이 어린 제수씨의 칭찬에 지후는 어린아이처럼 좋아하며 싱긋 웃어 보였다. 네 사람이 나누어 많은 짐들을 한 번에 모두 들고 올라갔다. 부모님이 현관까지 마중 나와 서 계셨고 그의 누나와 남편은 소파에 앉아 TV를 보고 있었다. TV에는 프로 야구가 중계되고 있었다.

“왔구나. 힘들었지?”

“아니에요. 저희들이 한 게 뭐 있다구요.”

안방으로 어른들을 모시고 들어가 절을 올린 뒤 형제들과도 맞절을 했다. 지후는 혼자 있을 때나 다은과 둘이 잠시라도 있게 되면 깊은 숨을 내쉬기 바빴다. 그래도 이젠 자신의 집에 돌아와서인지 잔뜩 굳어 있던 어깨도 풀리고 어딘가 모르게 편해 보였다.

"그래, 어제는 푹 잘 잤고?"

"네."

"그런데 지후는 얼굴이 왜 그렇게 푸석하냐?"

"형, 우리보다 먼저 손주 안겨 드리려고 너무 무리한 거 아냐?"

순주가 키득거리는 남편의 팔을 살짝 꼬집었다.

"아침에 잠을 많이 못 자서 그래요. 어른들도 모두 안 가시고 계시더라구요. 문안 인사 드린다고 덩달아 일찍 일어났더니, 조금 힘드네요."

"그렇겠네. 지후가 아침잠이 많아서 학교 다닐 때도 애 좀 먹었었지."

"지금은 하는 일도 저렇다 보니 밤에 작업을 많이 하지. 애기가 고생 좀 하겠구나."

시어른들의 걱정에 다은은 조용히 웃음만 지어 보였다.

"형수 일하러 나간 후에 형 일어나고, 형수 잠들 때 형 일하고, 그러면 어디 얼굴 볼 시간이나 제대로 있겠어요?"

"지훈 씨, 별 걱정 다 해요. 그건 두 분이서 알아서 할 일이라구요. 아무리 그렇다고 얼굴 마주 보고 얘기할 시간 없을까 봐요?"

“난 진짜 걱정되어서 한 말이야.”

“자식들 다 시집, 장가 보내고 나니 우리도 이제 대식구가 되었네.”

“그러게요, 보기 좋죠?”

두 분의 얼굴에는 자식들을 장성하게 키워 모두 제 짝을 찾아서 기분이 좋은 부모의 넉넉한 여유가 배어 있었다. 어른들을 실망시키고 싶지 않았다. 그와 어떤 명목으로 결혼을 했든 모두 다 잊고 두 분에게 잘하고 싶었다.

“하하하. 지훈이 방 치워놨으니 가서 쉬어라.”

“점심 준비 되면 부를 테니 애기도 같이 가서 눈 좀 붙여라.”

“저희들이 그 방 쓰면 지훈이는요?”

“네 누나 쓰던 방 있잖아. 지훈이는 이미 거기다 짐을 풀었어. 그리고 네 누나는 점심 먹고 바로 집으로 갈 거야. 그렇지, 윤지수?”

아버지의 말에는 쫓아내는 듯한 묘한 강요가 담겨 있었다.

“알았어요. 조용히 사라져 드리죠.”

무슨 일이 있었는지 항상 독기 서린 말을 내뱉던 지수가 오늘은 조용했다. 다른 짐들은 현관에 두고 지훈의 방에는 우선 옷 가방 하나만 들고 들어왔다. 방에 들어서기가 무섭게 지후는 그대로 침대 위로 몸을 던졌다.

“피곤해요?”

“아니, 그냥 졸려.”

그가 눈을 감는 것을 보고 다은은 조용히 방을 나와 부엌으로 들어갔다.

"뭐 하러 나오니?"

"도와드릴게요. 방 안에 멍하니 앉아 있는 것보다 일하는 게 나아요."

"그래도 오늘은 시집온 첫날이잖아. 이런 날은 원래 시댁 식구들이 해주는 밥 먹고 가만히 있는 거야. 평생 이런 날은 오늘 하루뿐이거든."

"그런 건가요?"

"그럼. 친척이 많다면 우리도 여느 집처럼 시끌시끌할 텐데. 지후 아버지가 외동아들이라 형제가 없네. 점심은 우리가 준비할 테니까 너도 옷 갈아입고 좀 쉬어라. 한복 불편하잖니."

"네."

다시 방으로 들어와 이미 잠들어 있는 지후를 쳐다보았다. 참 잘 잔다. 한복이 불편했던 터에 어머니에게 갈아입어도 좋다는 말을 들은 다은은 얼른 갈아입을 옷을 챙겨 들고 나와 욕실을 찾았다.

"옷은 왜 들고 나와요?"

시누, 이제는 손위 시누인 지수였다.

"갈아입으려고요."

"뭘 새삼스럽게 나와서 옷을 갈아입어요? 지후가 뭐라 그래요?"

“아뇨. 그게…… 씻고 갈아입으려고요.”

조심스럽게 지수의 눈치를 살폈다. 혹시라도 두 사람 사이에 관해 엉뚱한 오해를 하지 않을까 내심 걱정스러웠다.

“그래요, 그럼. 방금 우리 그이 들어갔는데 좀 기다려요. 현관 바로 앞쪽 문이 욕실이에요.”

“네.”

“웃겨, 정말. 첫날밤 다 치른 사람들이 새삼스럽게 뭐가 부끄럽다고 나와서 옷을 갈아입어? 조신한 척은.”

지수에게는 혼잣말이었겠지만 다은이 들으라는 듯 충분히 큰 소리였다. 여전히 비아냥거리는 투가 거슬렸지만 지금으로서는 그냥 그렇게 웃기게 생각해 주고 끝나는 게 고마울 따름이었다.

한참 단잠에 빠져 있는 지후를 힘들게 깨워 점심 식사를 같이 했다. 식사를 마치고 지후는 다시 침대로 뛰어들었다. 설거지까지 못하게 막는 어머니에게 밀려 방으로 들어온 다은은 침대 끝에 엉덩이를 걸치고 앉아 멍하니 지후의 잠든 모습만 들여다보고 있었다.

얼마나 그렇게 있었을까? 지수네 부부가 돌아간다는 노크 소리에 지후를 깨웠지만 그는 꿈쩍도 하지 않았다.

“죄송해요, 아무리 깨워도 일어나질 않네요.”

“내버려 둬요. 지후 한번 잠들면 깨우기 힘들어요. 어째 점심 때는 용케도 일어난다 싶었더니. 갈게요, 다음에 봐요.”

“네, 조심해서 가세요.”

그들 부부가 돌아가고, 다은은 방으로 들어와 또다시 자는 지후만 들여다보고 있어야 했다. 아무 할 일 없이 무료한 시간만 보내기도 갑갑했다. 살짝 문을 열어 밖을 살피고는 조심스럽게 거실로 나섰다. 어머니는 TV를 보고 계시고, 아버지는 혼자 책을 보면서 바둑을 두고 있었다. 속으로 '아버님' 이라는 말을 몇 번이나 반복해서 내뱉으며 연습을 한 다음 조심스럽게 말을 꺼냈다.

"아버님, 바둑 좋아하세요?"

"어, 그래. 심심해서 나왔구나?"

"네. 바둑 좋아하시면 저 한 수 가르쳐 주세요."

슬며시 바둑판 앞에 마주 앉았다.

"바둑 둘 줄 아는 거냐?"

"네."

"그래? 어허허허, 이제야 나도 친구가 생겼구나. 좋다, 같이 한 판 두자."

아무리 져주려고 애를 써도 힘들었다. 바둑을 시작한 지 얼마 되지 않았는지 도저히 눈치 채지 않게 질 수가 없었다. 결국 첫 판은 엉뚱한 쪽으로 힘겹게 다은이 이겼다.

"실력 좋은데?"

"아버님, 일부러 져주신 거죠? 저, 이 정도 실력은 아닌데."

"아냐, 내가 잘 못해서 그런 거야. 바둑 시작한 지가 이제 겨우 일 년인걸. 넌 언제부터 바둑을 뒀었냐?"

“초등학교 들어가면서부터요.”

“그럼 그렇지. 어쩐지 보통이 아니라 생각했어. 그래도 같이 둬준다고 고생했다. 앞으로는 내가 너한테 부지런히 배워야겠어.”

“시간이 나면 언제든지요.”

“한 판 더 둘까?”

“네.”

“당신도. 새 애기 힘든데 왜 붙들고 그러세요? 들어가서 쉬어라.”

“아니에요, 어머니. 지후 씨는 계속 잠만 자고 할 일 없이 멍하니 있는 게 더 힘들어요.”

굳이 시아버지는 한 수 배우겠다며 다은에게 흰 바둑알을 넘겼다. 바둑을 두는 중간중간 다은은 몇 집씩 물리면서 계속 판을 연결시켰다. 두 사람은 바둑에 열중하느라 지후가 깬 것도, 동생네 부부가 나와 구경하는 것도 모르고 있었다.

“이런, 이번에도 스무 집 넘게 졌네.”

“아직 판을 읽으시는 요령이 부족해서 그러신 거예요. 제가 자주 놀러 와서 같이 두어드릴게요.”

“그래. 하하하, 이제 기원에 안 나가도 되겠네.”

“괜찮으시면 제가 좋은 바둑 친구 소개시켜 드릴까요?”

“좋지. 나랑 어울릴 친구가 있냐?”

“제 동생 효은이요. 효은이도 바둑이라면 밥도 굶어가면서 하

거든요. 저하고 다르게 바둑 두는 법도 공격적이지 않고 꼼꼼해
서 정말 많이 배우실 거예요."

"사돈 총각이 바둑을 좋아한다 말이지. 근데 나하고 놀아줄
까?"

"컴퓨터 붙들고 있는 것보다는 아버님과 두는 게 그래도 더
재미있을걸요?"

"음, 그래. 사돈 총각이 좋다고만 한다면…… 연락해다오.
젊은 친구와 놀면 나야 좋지. 왜 내 자식들은 아무도 바둑을 안
좋아하는 거지?"

"너무 그러지 마세요, 아버지."

불쑥 튀어나온 지훈의 목소리에 두 사람 다 깜짝 놀라 어깨를
움찔거렸다.

"어이쿠, 너희들 언제 나왔냐?"

"신선놀음에 도끼자루 썩는 줄 모른다더니, 딱 당신을 두고
하는 말이네요."

어머니의 말에 모두 웃음을 터뜨렸다.

"지훈아, 우리도 알까기 한 판 할까?"

지후가 바둑판을 자기 쪽으로 끌어가더니 바둑알을 정리하면
서 동생을 불러들였다.

"좋지."

"됐어, 이놈들아. 바둑알 아깝다."

아버지가 바둑알에 흠집나서 안 된다고 말렸지만 두 아들은

굳이 뺏어서 알까기 판을 벌였다. 두 사람이 신나게 날려대는 바둑알들이 거실 바닥에 떨어지면서 떼구르르 구르는 소리를 냈다. 아버지는 조금 세게 떨어진 바둑알들이 행여 상처가 나지 않았을까 하나하나 살펴가며 다시 통에 담아두었다.

"어머니, 저녁은 뭘로 준비할까요?"

"글쎄다. 어제저녁하고, 오늘 아침까지 식은 밥이 많이 남았는데 밥을 새로 또 하자니 그렇구나."

"나물 몇 가지 넣어서 비빔밥 할까요?"

"엊저녁 밥은 냉장고에 있어서 너무 굳었을 텐데."

"그럼 어머니, 식은 밥은 식혜 담궈요."

"식혜?"

"네."

"어머, 형님, 그런 것도 할 줄 아세요?"

집에서 늘 해놓고 마시던 거라 별 뜻 없이 담그자고 한 건데, 순주는 식혜 담글 줄 아는 것에 무척 놀라는 표정이었다.

"새 아기 한번 해보련? 둘째는 저녁 준비하고."

"네, 어머니."

두 며느리가 함께 부엌으로 들어가 맡은 일을 시작했다. 지훈의 처는 참 활달한 성격이었다. 저녁을 준비하면서도 '형님네 집 정말 멋있었어요'를 시작으로 잠시도 쉬지 않고 말을 하고 있었다. 다은도 만만치 않게 말이 많은 사람이었지만 그녀에게는 못 당할 것 같았다.

"언제 맛볼 수 있는 거예요?"

"조금만 더 팔팔 끓이고 나서 식혀야 해요. 내일 아침이나 되어야 맛볼 수 있을 거 같네요."

"형님, 말 놓으세요."

"차차 괜찮아지겠죠."

"저희들 모레 나가고 나면 언제 또 볼지도 모르잖아요. 지금 마음껏 친해지자구요."

"그래요."

맏며느리인 자신보다 먼저 시집을 와 눈에 보이지 않는 텃새를 부릴 만도 한데 쾌활한 모습으로 자신을 대하는 순주가 고마웠다.

저녁 식사 후 설거지를 마치고, 다은은 시아버지와 다시 바둑판을 마주하고 앉았다. 한 판을 끝내고 조금 전의 판에 대해 이런저런 얘기를 나누며 바둑알들을 정리했다.

"한 번 더 할까?"

"아버지, 그만 하세요. 지겨울 거예요. 저, 다은이하고 산책 나갈래요."

"벌써부터 챙기는 거야, 형?"

"지 안사람이 얼마나 심심하고 무료해하는지 모른 채 하루 종일 잠이나 퍼질러 잔 녀석이 뭐라구?"

"맞아요. 아버님이 저랑 놀아주신 거예요."

"그러니까 이젠 내가 놀아주겠다구. 나가자."

바둑을 잘 둘 줄 몰랐기에 옆에서 지켜보고만 있자니 자신이 더 지겨웠다. 일어날 기미를 전혀 보이지 않는 다은을 그가 잡아끌었다.

"저 녀석 보게."

"아버님, 잠깐만 나갔다 올게요. 들어와서 다시 하죠."

"으흠. 그래, 그래라."

아들의 행동이 괘씸하면서도 아버지의 얼굴에는 미소가 가시질 않았다.

연예계에 발을 들여놓으면서부터 단 하루도 편한 모습을 보인 적이 없던 아들이었다. 인기가 점점 더 올라가면서 그것에 대한 부담감과 긴장감은 지켜보는 사람마저 피를 말리게 할 지경이었다. 게다가 작은 행동 하나하나에도 사람들의 시선을 끌었기에 늘 소문에 소문을 끌고 다녔었다. 처음에 누구누구와 사귄다는 소문이 났을 때 집에서도 정말 사귀나 싶었다. 그런 소문이 한 번 두 번 늘어나기 시작하면서 만나는 사람들이 점점 한정되어져 갔다. 그러면서 아들은 점점 더 사람들 입을 통해 바람둥이가 되어갔다. 그러다가 또다시 누구를 사귄다는 기사가 나면 이번에는 차라리 진짜였으면 싶은 심정이었다. 같은 세계에서 일을 하는 여자를 며느리로 보고 싶은 마음은 없었지만 겉도는 아들을 잡아줄 수만 있다면 누구라도 좋겠다는 생각이었다. 영화배우 누군가와 사귄다는 소문이 나고 그 소문이 잠잠해지기도 전에 또다시 일어난 스캔들에 사실 기대하지 않았다.

늘 그랬듯 그러다 말겠지. 이젠 아들뿐 아니라 당신도 지쳐 있었다. 또 한 번 바람둥이가 되고 말겠지, 하는 생각에 기사를 제대로 읽어보지도 않았었다. 하지만 이번은 달랐다. 아들이 결혼을 서둘렀다. 내심 불안했지만 당돌하리만큼 똑 부러지는 며느릿감을 보고 어쩌면 아들을 휘어잡고 잘살아줄 것 같았다. 오래간만에 보는 모습이었다. 누군가에게 기대고 어리광 같은 투정을 부리고. 한 사람을 만나 그 곁에서 긴장하지 않고 편안한 모습을 보이는 아들의 모습이 행복해 보여 흡족한 마음에 그저 고개가 끄덕여졌다.

밖으로 나와 손을 잡고 한참이나 걸었다. 언제부터인가 그는 항상 다은의 손을 잡고 다녔다. 너무도 자연스럽게 그랬던 터라 언제부터였는지조차 기억나지 않는다.

"어디, 목적지가 있는 거예요?"

"아니."

"그럼 왜 나왔어요?"

"그냥."

"아버님이랑 바둑 두는 게 더 재미있겠네."

"정말 바둑 두는 게 더 좋아?"

의외라는 듯 믿을 수 없다는 투였다. 아마도 이제껏 바둑 두는 게 더 좋다는 말을 어른들 비위를 맞추기 위해 한 말이라 생각했는가 보다.

"무작정 걷는 것보다 낫잖아요."

“이것도 다 운동이야.”

“저녁 시간 내서 이런 운동 안 해도 괜찮아요.”

“다리 아파?”

“아뇨, 그 정도는 아니고.”

“돌아가자.”

“정말 왜 데리고 나온 건데요?”

“산책이지 뭐.”

“옷도 얇게 입었으면서 감기 걸리겠어요. 목 상하면 어떡해요.”

“안 추워.”

한참을 걸어 아파트 근처의 공원까지 나왔다. 작은 놀이터가 갖춰진 공원에는 저녁 식사를 마치고 산책을 나온 가족들의 모습이 간간이 눈에 띄었다. 결혼식을 치르고 나니 두 사람이 얘기를 나눌 만한 공통된 소잿거리가 없었다. 특별히 할 얘기가 없어 지나가는 사람들만 구경하고 있었다.

지후는 잡고 있는 다은의 손을 계속 붙잡고 있어도 되는지 놓아줘야 하는지 고민이었다. 쓸데없는 걱정인 줄 알면서도 아무 생각 할 거리도 할 일도 없는 상황에서는 별게 다 신경 쓰였다.

“내일 방송있어요?”

“아니.”

“못 쉰다고 하더니 생각보다 오래 쉬네.”

이렇게 말을 걸어주는 다은이 얼마나 고마운지. 지후는 잡고 있던 다은의 손을 위아래로 통통 튕기며 장난질을 시작했다.

"이게 복수래. 당장 결혼식 다음날부터 일 있다더니 뻥이었어."

"그럼, 언제부터 나가는 건데요?"

"형이랑 연락을 안 해봐서 잘 모르겠는데 아마 주말부터는 나가야 되지 않을까 싶어."

다은은 무심히 고개만 끄덕거렸다.

"이게 마지막일지도 몰라. 결혼을 뒤로 좀 늦추라는 걸 바락바락 우겼더니 유 사장이 화가 머리끝까지 났어. 각오하라던 걸."

"결혼식장 에서는 그런 내색 전혀 없던데."

"그 젊은 나이에 얻은 별명이 늙은 여우야."

"여행 가고 어쩌고 하면 더 피곤할지도 모르는데 잘됐네. 그냥 푹 쉬어요."

"푹 쉬어라. 넌 이제 죽었다, 그런 거지."

이제는 다은의 손가락에 깍지를 끼어 적당히 힘을 주었다 뺐다 하면서 주물러 주고 있었다. 손가락 마디마디가 시원했다.

"무명 시절에야 물론 고생을 좀 했지만 다행히 그리 길지 않았기에 가수라는 직업을 가지고 이렇게 쉬어보는 게 처음이야. 요즘이야 가수가 노래만 잘 부른다고 되는 세상이 아니니까."

"오락 프로에 나오는 거 한 번도 못 봤는데."

"TV를 잘 안 보니까 그렇겠지."

"그런가?"

“개그 프로에도 나가봤고, 드림팀에서도 뛰어봤고, 퀴즈 프로도 나가고 많이 했는데. 난 시키는 건 다 해.”

“그래요? 그런 거 별로 안 좋아할 거 같아 보이는데.”

“드림팀 같은 방송은 좋아해. 운동하는 것도 좋아하고, 사람들과 가까이서 만날 수 있고. 다른 분야의 사람들도 만나서 친해질 수 있으니까. 세 번 정도 나갔었는데, 거기서 만난 사람들과는 친분이 오래 가더라구. 모두 좋은 친구로 지내고 있지. 결혼식에 초대하지 않아서 아마 많이 섭섭해했을 거야. 휴대폰을 아직 켜지 않았는데. 음, 켜기가 조금 무섭네.”

며칠 동안 휴대폰을 챙기는 사실조차 잊고 있었다. 항상 부적처럼 쥐고 다니던 휴대폰 대신 지금 그의 손에는 다은의 손이 쥐어져 있었다.

“시간 괜찮을 때 한번 초대해요, 집들이도 할 겸.”

“그래도 괜찮겠어?”

“사람 사는 게 다 그런 거 아닌가요? 지후 씨 친구들인데 어때요.”

“귀찮으니까 그렇지. 그리고 음식도 해야 하고, 늦게까지 놀다 갈 거라 쉬지도 못할 거야.”

“하루 잠시인데 뭐. 음식 하는 거 도와줄 거죠? 쉬고 있을 때 초대해요. 그래야 장 보러 같이 가고 그러죠. 음, 잘됐네. 말 나온 김에 내일 전화해 봐요.”

“그렇게 빨리?”

“같이 쉴 때 하자구요.”

잠시 생각을 해보고는 고개를 끄덕거렸다.

“아무래도 주말에는 불안하고 목요일로 하자.”

“좋아요. 준비할게요. 몇 명이나 올 건지 그것만 가르쳐 줘요. 무슨 음식 좋아하는지도 가르쳐 주면 좋구요.”

“음식 잘하나 봐? 식혜 만들 줄 안다고 했을 때 사실 조금 놀랐어.”

“그거 집집마다 다 담가 먹는 거 아닌가? 난 순주 씨 놀라는 모습 보고 더 놀랐어요.”

“혼자서 할 수 있겠어? 어머니한테 도와달라 그럴까?”

“아뇨, 혼자 해요. 그 정도는 할 수 있어요. 내가 괜히 장손집 안 맏딸이겠어요? 그 정도 손님은 많이 치러봐서 괜찮아요.”

“우린…….”

그렇게 말을 꺼낸 지후는 한참이나 아무 말이 없었다. 다은의 손을 가지고 장난치던 것도 멈추고 그 손을 물끄러미 내려다보기만 했다.

“이건 말이야, 그러니까, 우리 결혼 말이야.”

“우리 결혼?”

다은은 혹시라도 그가 결혼을 한 뒤에 오는 많은 사소한 일거리들에 벌써 싫증을 느낀 건 아닌지 덜컥 겁이 났다.

“형식적인 결혼이었잖아. 그런데…….”

무슨 말을 하려고 저렇게 뜸을 들이는지 궁금했다. 버럭 소리지르다 평소의 어투가 나오고 말았다.

"빨리 말해. 답답해."

얼마 되지는 않지만 이제껏 겪어봤던 그는 하고 싶은 말을 질질 끌거나 하는 성격이 아니었다. 그런 그에게 이미 익숙해진 다은은 지금 그의 행동이 마음에 들지 않고 불안하기만 했다.

"그런데 너한테 그런 수고를 끼치려니 미안하네. 처음에 너도 그랬었잖아. 난 백년손님이고 넌 백년노비일 거라고. 그런 일은 없을 거라 장담했었는데, 겨우 이틀 지났는데 벌써 그렇게 되어 버린 거 같아."

"난 또 뭐라고."

속에서 저절로 안도의 한숨이 새어 나왔다.

"아직은 내가 좋아서 하는 거야. 힘들면 말할게. 그러니까 내가 힘들다는 말 하지 않게 많이 도와줘."

그녀는 어느새 예전의 다은으로 돌아와 있었다. 그렇게 말하고 행동하는 게 다은, 자신도 편했지만 그녀를 대하는 지후도 훨씬 편하고 좋았다.

"잊었니? 남편으로서 해야 할 일 다 해주겠다고 했었잖아. 나도 그럴 거야. 다른 어떤 여자보다 잘할 거야. 그러고 싶어. 우리의 결혼이 어떻게 이루어졌든 이미 우린 부부야. 그게 중요한 거 아냐?"

"다은아."

그가 다은을 꼭 안아주었다. 가슴이 두근거렸다. 어제부터 이

렇게 꼭 한 번은 안아주고 싶었는데 그런 다은을 품 안에 안을
수 있어서 좋았다.

"나 지금 행복해. 서로 죽어라 사랑해서 결혼한 사람들도 아
마 나처럼 행복하다는 생각 하지 못할걸? 하지만 난 지금 정말
행복해."

"그 마음 절대 변하지 않게 해줄게."

그의 품에서 고개를 들어 눈을 들여다보았다. 오래간만에 보
는 진지한 눈동자인데 웬일인지 다은은 웃음이 터져 나오려고
했다.

"당연하지. 그러니까 내가 너 존대하며 얌전하게 있을 수 있
게 다음부터는 그렇게 겁주지 마. 나, 착하게 살고 싶은 사람이
야."

"힘들면 그냥 그렇게 말해. 억지로 그럴 필요 없어. 사실 듣고
있는 나도 힘들어."

"그래도 어른들이 계신데 어떻게 그러냐?"

"괜찮아. 편한 대로 말해."

"허락한 거다. 혹시 할아버지가 나중에 뭐라 그러셔도 너 말
잘해야 돼."

"알았어."

집으로 돌아오는 길에도 두 사람은 손을 꼭 마주 잡고 있었
다.

아무리 피곤해도 여섯 시만 넘으면 눈이 떠졌다. 버릇처럼 잠자리에서 일어난 다은은 개어놓은 한복을 꺼내 챙겨 입었다. 어제 저녁 식사 때 아버님이 가게를 이틀이나 비워두었다며 오늘부터는 출근할 거라는 말을 기억하고 부엌으로 나가 아침 준비를 시작했다.

그의 아버지는 전자 대리점을 하고 계셨다. 일하는 직원을 몇 명 두고 있었지만, 바쁠 때는 큰 짐들을 직접 나르시곤 했다. 그런 모습이 장성한 아들들의 눈에는 안쓰러워 보여 이제 그만 일을 쉬고 다른 취밋거리를 가지라 말씀드렸었지만 꿈쩍도 하지 않으셨다. 일을 그만두기에는 아직 너무 젊은 나이라는 게 이유였다.

부엌에서 혼자 분주하게 움직이며 식사 준비를 거의 마쳤을 즈음 어머니가 나오셨다.

"벌써 일어난 거냐?"

"네."

"어제도 푹 못 잤다면서 좀 더 자두지 그랬니."

"전 일찍 일어나는 것에 더 익숙한걸요. 저보다 지후 씨가 힘들었을 거예요."

"힘들었겠지. 그 일 시작하고는 열두 시 전에 일어나는 걸 별로 못 봤으니."

"아버님도 일어나셨어요?"

"그래, 일어나셨다."

“그럼, 지후 씨 깨워서 문안 인사 드릴게요.”

“그냥 놔둬. 푹 자라고 해.”

“그래도 시집와서 첫날 아침인데 인사는 드려야죠. 어머니도 들어가세요.”

“아휴, 깨우기 힘들 텐데.”

지후를 깨우기 힘들 거라는 말을 하면서도 예절을 지키려는 새 며느리의 행동에 만족해하는 표정이었다. 입가에 미소를 드리운 채 못 이기는 척 방으로 밀려 들어가시는 모습을 보고, 다은도 방으로 들어와 지후를 깨웠다. 자기 집이라 그런지 어제보다 더 깨우기 힘들었다.

“일어나.”

“몇 시야?”

몇 번을 흔들어댄 뒤에야 잠이 덜 깬 목소리로 겨우 입을 열었다.

“몇 시면 뭐 하게? 일어나야 할 시간이니까 깨우지.”

“몇 신데?”

“일곱 시 삼십 분 넘었어.”

“아, 오늘이 마지막이지. 음, 그래, 참고 일어난다.”

“어른들이 더 있다가 가라고 하시면 며칠 더 있어야지.”

큰맘먹고 자리를 털고 일어나려던 지후는 다은의 말에 몸이 들썩거릴 정도로 쓰러지듯 침대에 털썩 누웠다. 그러더니 다시 벌떡 일어나 애원하듯 다은의 손을 부여잡았다.

“무슨 소리야. 난 오늘 갈 거야. 아침 먹고 바로 가자. 나 이렇게 푹 쉬는 게 몇 년 만인 줄 알기나 해?”

“어른 되는 거 쉬운 거 아니랬잖아. 결혼이 둘만 좋으면 다 되는 건 줄 알았어? 내가 분명히 말했었잖아.”

“몰라, 무조건 오늘 갈 거야.”

‘에구, 이럴 때는 꼭 어린애 같다니까.’

한복을 챙겨주고 대님 매는 법을 기억하는지 다시 한 번 확인한 후에 먼저 밖으로 나왔다. 잠시 후, 옷을 갈아입고 아직 잠이 덜 깬 눈을 비비고 나오는 지후와 같이 부모님 방으로 들어갔다. 절을 올리고 잠시 일어섰다가 두 분 맞은편에 앉았다.

“하하하. 지후도 어른이 되긴 됐나 보네. 아홉 시 전에 일어나는 거 보는 게 몇 년 만이냐?”

“내일도 이래야 되는 거 아니죠?”

아버지의 말에 이렇다 저렇다 대답도 없이 지후는 대뜸 따지듯 물었다. 지후의 그런 행동을 이해하시는 아버지는 느긋하게 인상을 찌푸리면서 뒤로 몸을 기대셨다.

“음, 우리가 하라고 하면 해야지.”

“아버지—”

억지를 부리려는 그를 참다못해 다은이 살며시 그의 옷자락을 잡아당겼다.

“당신도 참.”

어머니도 아버지께 곱게 눈을 흘기시며 웃음을 보이셨다.

“됐어. 오늘은 너희들 집으로 가야지. 니들도 좀 쉬었다가 일 시작해야 되잖아.”

“그래, 애기는 언제부터 출근이냐?”

“이번 주까지 휴가예요. 월요일부터 출근입니다.”

“넌?”

아버지의 목소리는 다은에게 말할 때와 지후에게 말할 때 목소리의 부드러움이 달랐다. 퉁명스러운 아버지의 목소리에 그도 똑같은 투로 대꾸했다.

“내일부터 연습실에 나가봐야죠. 방송은 주말부터 있구요. 콘서트 준비 때문에 아마 앞으로는 매일 바쁠 것 같습니다.”

잡혀 있지도 않은 일정을 술술 잘도 둘러댔다. 아무래도 그는 능숙한 거짓말쟁이 쪽인가 보다.

“집에 자주 오기 싫다고 아예 못을 박아두는구나.”

“형, 벌써 일어났어?”

안방 문을 살짝 열고 안을 들여다보던 지훈이 한복을 차려입고 앉은 형의 내외를 보고 들어와 옆에 앉았다.

“네 댁은?”

“부엌예요.”

곧 그의 처도 어른들께 간단한 문안 인사를 드리며 방으로 들어와 앉았다.

“어머님이 준비하신 거예요?”

“아니다. 새 애기가 차린 거야.”

“어머, 형님, 저도 깨우지 그러셨어요.”

순주의 말에 다은은 어색하게 옅은 미소만 지어 보였다. 어제 하루 종일 듣기는 했지만 아직은 형님이라는 소리가 낯설었다. 순주는 얼마나 자연스럽게 그 말을 내뱉는지 신기할 정도다.

“그럼 오래간만에 둘러앉아서 아침 식사를 들어볼까?”

지후는 한복이 불편하다며 옷을 갈아입고 나와 식탁에 앉았다. 식사를 마치고 미처 상을 치우기도 전에 아버지는 가게에 나가시길 서두르셨다. 순주가 내놓은 식혜를 시원하게 들이키고는 나갈 채비를 마쳤다.

“천천해 해요.”

“사흘이나 비워뒀어. 빨리 나가봐야지.”

“조심해서 다녀오세요, 아버님.”

“그래, 일 마치고 오면 니들은 가고 없겠구나. 자주자주 들러라.”

“네.”

“아버지, 저희도 오늘은 처가에 갑니다. 내일 올게요.”

“알았다.”

가족 모두가 아버지의 출근을 배웅하러 문 앞까지 나갔다. 아버지가 나가시고 집 안은 잠시 조용한 정적이 흘렀다. 아직은 모두가 서로에게 사소한 거리까지 잡담을 떨 만큼의 사이가 아니었다. 어색한 침묵 속에 어머니와 두 며느리는 아침상을 치우러 부엌으로 들어가고 지후가 동생과 거실 소파에 나란히 앉아 신문을 펼쳐 들었다. 보고자 한 건 아니었지만 우습게도 연예란에 자신의 결혼 소식이 실린 것을 보게 되자 저절로 씁쓸한 웃음이 걸려 나왔다.

"니들은 언제 들어갈 거야?"

"화요일 비행기야."

"그럼, 나도 내일 다시 한 번 들를게."

"억지로 시간 낼 필요는 없어. 내가 형 사정 모르는 것도 아니고."

"결혼식 한 번 보자고 하루를 날아왔는데 고작 몇 시간 정도 틈 못 내겠냐."

읽고 있는 신문에서 시선 한 번 떼지 않고 말하는 형을 물끄러미 건너다보았다. 결혼식을 마치고 곧장 미국으로 들어가 십 개월 가까이를 보지 못했었다. 서로 바쁘다는 핑계로 전화 통화도 거의 없었지만 형의 팬 사이트에 가끔 들어가거나 인터넷을 통해 소소한 뉴스거리까지 찾아가면서 읽었기에 어지간한 형의 소식은 다 알고 있다고 생각했다. 그런데 밑도 끝도 없이 날아든 결혼 소식에 놀라지 않을 수 없었다. 못 읽고 놓쳤는지 몰라도 누구와 사귄다는 기사를 읽은 적이 없었다. 아버지에게서 좋은 사람이라는 얘기는 들었지만 궁금했다. 결혼식이 아니면 몇 년 뒤에나 볼 수 있을 형수였기에 바쁜 학기 중에도 무리하게 시간을 내서 결혼식에 참석했다.

의외의 사람이었다. 이제껏 형과 스캔들이 났던 사람들이 모두 연예인이어서인지 몰라도 화려한 예복 차림을 한 형수를 보면서도 정말 평범한 사람이라는 생각이 들었다. 하지만 어머니에게서 지수 누나와의 일을 듣고는 저절로 고개가 끄덕거려졌다. 문득 형을 지켜줄 수 있는 사람이라는 확신이 섰다. 십 개월 전과 지금의 형의 모습을 비교해 보면 확실히 형은 무언가 많이 달라져 있었다. 우선은 전처럼 예민하거나 날이 서 있지 않았다. 편해 보이는 형의 모습이 좋았다.

"형수 정말 좋은 사람이야. 형, 장가 잘 간 거야."

"알아."

"사실, 갑작스럽게 결혼한다고 해서 가십거리 때문에 밀려서 결혼하는 건 아닌가 많이 걱정했었는데 고운 사람이라 다행이라는 생각이 들어."

"걱정할 건 또 뭐 있어? 그리고 네가 아직 본모습을 못 봐서 그래. 일하는 모습이나, 나하고 둘이 있을 때는 얼마나 무서운데."

활짝 펼친 신문으로 얼굴을 가리고는 낮게 깔린 과장된 목소리로 형수를 흉보는 형이 마냥 좋은 어린아이 같았다. 지훈은 형의 그런 모습이 낯설기도 하면서 한편으로 행복해 보여 큰 소리로 웃음을 터뜨렸다.

"하하하. 정말 딱이네. 그래야 형을 감당하지. 아침에 일찍 깨울 때부터 뭔가 능력이 남달라 보였어."

"시끄러, 임마."

"아버지, 어머니 기쁘시게 손주나 빨리 안겨 드려. 우린 아무래도 늦을 거 같아. 아직 해야 할 공부들이 있으니까."

지후는 동생의 말에 신문을 접었다. 부엌에서 일을 하고 있는 다은을 바라보며 한참 생각하던 그는 조금 풀 죽은 목소리로 입을 열었다.

"다은이도 일이 있잖아."

두 사람이 아기를 가지는 것에 관한 문제로 얘기를 나눈 적은 없었다. 애초에 서로의 자유를 보장하고 시작한 결혼이었기에 그런 문제의 얘기를 나눌 필요도 없었다. 남들에게 보이기 위해 그런 것까지 요구할 수는 없는 문제였다.

"그래도 형수는 적은 나이도 아닌데 너무 늦어지면 그렇잖아."

"네 형수 앞에서 그런 말 해봐라."

"형도 참."

지훈도 부엌에서 부지런히 움직이고 있는 다은을 쳐다보았다. 가수라는 직업을 선택한 후 사람 좋아하는 성격 때문인지 유난히 스캔들이 많았던 형이었지만, 단 한 번도 거기에 대한 언급이 없었고 특별히 누군가를 사귄 적도 없었다.

그랬던 형이 선택한 여자다. 일을 할 때는 어떤 모습인지 모르지만 지금의 모습은 너무도 차분하고 가끔 보여주는 미소가 없다면 함부로 말도 못 붙일 만큼 행동이 바르다.

'참한 사람이라고 해야 하나? 저런 사람을 형이 선택하다니.'

지훈은 전혀 어울릴 것 같지 않은 두 사람을 번갈아 돌아보았
다.

"그만 쳐다봐."

옆에서 다시 신문을 들추는 것 같더니 곁눈으로 지훈의 행동
을 본 모양이다.

"우리 둘이 그렇게 안 어울리냐?"

"무슨 말이야?"

"너 지금 표정이 그래. 도대체 내가 왜 저런 여자를 선택했을
까 하는, 딱 그런 표정이야."

"저런 여자라니? 형보다 훨씬 낫구만. 내 표정은 왜 형수가
형 같은 사람하고 결혼했을까 하는 의문을 나타내는 표정이야."

"내가 왜? 자기보다 나이 어리지, 인기 많지, 돈 잘 벌지, 노
래 잘하지, 착실하지, 잘생겼지. 뭘 더 바래?"

지후는 손가락까지 꼽아가며 꼼꼼히 자신의 나은 점을 나열
해 갔다.

"그 말 형수 앞에서 해봐."

"난 오래 살고 싶은 사람이다."

부지런히 꼽아놓았던 손가락을 슬그머니 내렸다.

"어린 거 별수없다 그럴걸, 아마. 도대체 그게 같이 사는 것과
무슨 상관인데? 그러고 보면 형은 데리고 다니기에는 폼날지 몰
라도 남편으로서는 별로일 거야. 난 그게 걱정이라고."

"내가 해야 하는 일이면 최선을 다해서 할 거야."

"그렇다고 그렇게 무거운 의무감 같은 거 가지지는 마. 너무 잘하려고 애쓰지도 말고. 그럼 정말 힘들어져. 대화를 많이 나눠. 내가 형보다 조금 일찍 결혼 생활을 해봐서 하는 말인데 싸울 때 싸우더라도 무슨 일이든 대화를 나누는 것보다 더 좋은 건 없더라구."

"오냐, 명심해 두마."

늦은 점심 식사를 같이 하고 동생네 식구들과 같이 집을 나섰다. 네 사람이 집을 나서자 배웅 나온 어머니 뒤로 보이는 거실이 더 휑해 보였다.

"저희들 모두 가버려서 어머니 적적하시겠어요."

어머니를 혼자 남겨두고 가는 게 못내 걱정이 되었다. 괜찮다면 휴가가 끝나는 날까지 같이 있고 싶었다. 지후에게 그러자고 말을 하고 싶었지만 이미 엘리베이터 앞에 서서 아래로 내려가는 버튼을 누르고 있는 모습을 보고는 차마 그런 말을 꺼낼 수가 없었다.

"괜찮아. 이제 나도 좀 쉬어야지. 아무 한 일도 없지만 나이가 들어서인지 자꾸 눕고 싶어져."

"자주 찾아뵐게요."

"자주 못 와도 되니까 연락이나 자주 해."

"네, 어머니."

"엄마, 우리는 내일 올게요."

"알았다. 사돈 어른들께 안부 잊지 말고 전해라."

“네.”

네 사람이 탄 엘리베이터의 문이 닫히고 안에는 정적이 감돌았다. 모두 아래로 내려올 때까지 허공만 바라보고 있었다. 지하 주차장에 내려와 각자의 차에 올라타서는 언제 만날지도 모르는 다음을 기약했다.

옷 정리를 하러 온 뒤 처음 들어와 보는 집은 마지막으로 보았던 모습 그대로였다. 이번에는 침대 시트도 깨끗했고, 베개도 제자리에 놓여 있었다. 그때는 지후가 잠시 와서 쉬었다 간 거라 단정 지었다. 두 사람 모두 구질하게 장식을 많이 하는 인테리어를 싫어하는 까닭에 넓은 거실에는 그가 좋아하는 겨자색 소파와 소모품들을 넣어둘 수 있게 상자식으로 만든 테이블, 옅은 체리 목의 거실장이 전부였다. 거실장 위로 그가 사용하던 화면 큰 TV와 빵빵한 음량을 자랑하는 오디오 세트가 놓여 있었다.

“힘들었지? 들어가서 좀 자.”

“너 잠 오니까 괜히 나한테 그러는 거 아냐? 너나 들어가서 자. 난 됐어.”

다은은 정리해야 할 짐들을 부엌 입구에 밀어두고 와서는 테이블 위에 놓인 수화기를 들었다.

“어디다 전화하는 거야?”

“어머니한테.”

“거긴 왜?”

“잘 도착했다고 전화드려야지.”

“차타고 고작 20분 거리인데 무슨 일 있다구.”

“그래도 그러는 거 아냐. 어른들 걱정하시잖아. 눕고 싶다고 말씀은 그렇게 하셨어도 우리들 한꺼번에 다 나와 버려서 아마 허전하실 거야.”

다은이 어머니와 통화하는 모습을 가만히 지켜보았다. 어머니와 방금 헤어지고 왔으면서도 꽤 긴 얘기를 나누고 있었다. 통화가 끝나고 다은은 다시 전화벨을 눌렀다. 성북동, 다은의 집이었다.

“엄마, 나예요. 응, 잘 왔어. 어른들이 안부 전해드리래요. 그럼, 잘했어. 걱정 마. 응, 알았어. 자주 연락할게. 그래요. 응.”

그 뒤로 끝없이 어리광 같은 ‘응’이 이어졌다. 전화 통화를 하는 다은은 마치 엄마를 마주하고 얘기하는 사람처럼 얼굴을 찡그렸다가, 웃다가 표정이 다양했다.

“할아버지도 잘 계시지? 응. 알았어. 그래, 끊어요.”

엄마와 통화를 끝낸 다은의 눈가가 조금은 젖어 있는 듯했다. 그 모습을 가만히 지켜보던 지후는 괜히 미안한 마음이 들었다.

“왜, 뭐 해? 안 자?”

수화기를 내려놓고 일어서던 다은은 문가에 기대어 자신을 내려다보고 있는 지후를 보고는 눈을 동그랗게 떴다. 울려고 했던 눈을 감추기 위해서 그랬지만 눈물은 쉽사리 감춰지지 않았다. 손등으로 눈두덩을 비벼댔다.

“그래, 힘든 거구나. 결혼이라는 거, 여자에게는.”

“다시는 그런 말 하지 않기로 했었다, 윤지후.”

붉어진 눈을 들키지 않기 위해 그와 눈을 마주치지 않으려면 분주히 움직여야 했다. 제자리에 잘 놓인 전화기 자리를 다시 잡아주고 먼지 하나 없는 소파를 털어보기도 했다.

“그리고 안부 전화 한 통 드리는 게 뭐가 그렇게 힘든 거야? 시집간 친구들 얘기 들어보면 시댁 식구들 참견하고 그러는 거 정말 황당할 정도더라. 적어도 난 아직은 그런 불만은 없잖아. 어머니, 아버지 앞으로도 그러실 분들 같지도 않고.”

“하지만, 누나는…….”

“걱정 마. 어차피 누나도 출가외인이야. 좀 더 두고 보다 진짜 너무 심하다 싶으면 나도 내 할 말 다 하고 인연 끊을 거야. 막말로 너한테나 누나지 나하고는 골치 아픈 시누, 올케 사이일 뿐이잖아. 연락 안 하고 안 만나면 그만인 거야.”

“너 그럴 자신 있어?”

“왜, 내가 못할 거 같아? 하긴, 어제 보니까 싸울 일도 없겠더라. 처음 봤을 때하고 많이 다르던데?”

그에게 등을 돌려 부엌 쪽으로 향한 다은이 짐을 풀기 시작하면서 손을 부산스럽게 움직이기 시작했다. 부엌으로 가져가야 할 물건과 욕실로 들어갈 빨랫감들을 따로 나누고 집에서 미처 가지고 오지 못했던 옷들도 한쪽 옆에 챙겨두었다.

"아버지가 야단치셨겠지."

"그건 차차 닥칠 때마다 해결할 문제야. 미리 걱정할 필요 없어. 그렇게 멀뚱히 서 있지 말고 들어가서 쉬어. 너 쉬고 싶어했잖아."

"넌?"

"짐 정리마저 끝내고 가져온 빨랫감 있으니까 음악이라도 들으면서 세탁기 돌려야지. 참, 너 1집 앨범 어딨어? 정리할 때 여기 어디 뒀었지? 한번 들어보자."

"거기 CD꽂이에 다 있어. 넌 내 음악 한 번도 들어본 적 없는 거야?"

"히트한 곡들은 알지만 CD 사서 듣지는 않았거든."

"그런 명곡을 소장하지 않았다구?"

지후의 잘난 척에 다은은 대꾸하지 않고 입만 야무지게 다물어 보일 뿐이다. 지후가 CD를 찾아 음악을 틀어주고는 침실 손잡이를 꼭 쥐었다.

"그럼 나 여기서 자도 되는 거지?"

"다른 데 잘 데 있어?"

작업실에도 침대를 들여놨다. 그가 작업을 하다가 피곤하면 그곳에서 그냥 잠든다는 이유를 붙여두긴 했지만 실제로는 두 사람의 잠자리 문제를 해결하기 위해서였다. 지후는 뭔가 말을 하려다 마른 입술만 축이고는 방으로 들어가 버렸다.

그는 평소에 소리를 크게 틀어놓고 음악을 듣는 편인가 보다.

머리를 윙윙 울릴 정도의 음악 소리에 볼륨을 조금 줄여놓고 일
을 시작했다. 세탁기를 돌리고 시댁과 친정에서 가져온 밑반찬
을 정리했다. 샤워까지 마치는데 거의 두 시간이 지나 있었다.
세탁이 끝난 빨랫감을 베란다에 놓인 건조대에 널어놓고 깨끗
이 정리가 되어 있는 거실을 흡족한 눈빛으로 돌아보고는 방으
로 들어갔다.

지후는 엎드린 채 베개 밑으로 두 손을 밀어넣고 잠들어 있었
다. 그는 참 얌전히 잔다. 이틀을 한이불 밑에서 잤었지만 그는
늘 엎드려 잤고 몸을 별로 뒤척이지도 않았다. 반면, 몸부림을
많이 치는 쪽은 다은이었다.

포근해 보이는 침대에 깊이 잠들어 있는 그를 보자 그녀도 잠
의 유혹을 받았다. 며칠간의 긴장이 한꺼번에 몰려오는 듯했다.
다시 거실로 나와 벌써 몇 바퀴째 돌고 있는 오디오를 끄고 CD를
제자리에 꽂아두었다. 그러다 '첫 번째 콘서트'라고 적힌 비디오
테이프를 발견했다. 자려던 걸 잠시 뒤로 미루고 비디오를 틀었
다. 전문가의 솜씨는 아니었다. 화면이 좀 흐렸지만 지후의 모습
은 분명히 알아볼 수 있었다. 화면 속의 지후의 모습은 지금과 별
로 달라 보이지 않았지만 머리가 더 길어 있었고 볼에도 조금 살
이 붙은 모습이다.

TV에서 볼 때와는 또 다른 모습의 그가 있었다. 소규모 콘서
트 장을 꽉 메운 관객들을 사로잡는 그의 무대는 열정적이었다.
다행히 몇 번 반복해서 1집을 미리 들었던 터라 그가 부르는 노

래가 전혀 낯설지 않고 따라서 콧노래를 흥얼거릴 수 있을 정도
였다. 소파에 앉아 비디오를 보다 어느새 누워 잠이 들었다. 잠
결에 테이프가 다 감겨 지지거리는 TV를 꺼버렸다.

　몇 시간이나 잠들어 있었을까, 지후는 코끝에 가벼운 한기를
느끼고 자리에서 일어났다. 창밖은 이미 어두워져 있었고 낮 동
안 보일러를 틀지 않아서인지 방 안 공기가 차가웠다. 보일러의
전원을 찾아 켜서 실내 온도를 맞췄다. 물이 마시고 싶어 방을
나오다 소파에 웅크린 채 잠들어 있는 그녀를 보았다.

　'그래, 결국 이게 우리 결혼의 본모습인 거야.'

　순간 머리끝까지 화가 치밀었다. 어차피 이런 거였다. 이렇게
살기로 했었고 두 사람 사이에는 이 모습이 정답이었다. 화를
낼 이유가 없었지만, 그래도 막상 저런 모습으로 있는 다은을
보게 되자 짜증이 밀려왔다.

　'제기랄, 침실에서 자라는 말을 하지 말던지.'

　해가 지면서 떨어진 기온 때문에 몸을 잔뜩 웅크리고 자고 있
는 다은의 모습에 더 화가 났다. 방에서 이불을 가져다 덮어주
었다. 다은은 따뜻한 기운을 찾아 더욱더 이불 속으로 파고들었
다. 그런 다은의 모습을 뒤로하고 지후는 간단히 옷을 챙겨 입
었다. 다시 또 돌아보아도 화가 난다. 지후는 보일러 전원을 꺼
버리고는 밖으로 나왔다. '쾅' 하고 닫히는 문소리에 다은은 눈
을 살며시 떠보다 주위가 어두운 걸 보고 다시 잠 속으로 빠져
들었다.

친구들과 만나 새벽까지 술을 마시고 돌아온 지후는 여전히 그 자리에서 잠에 빠져 있는 다은을 내려다보았다. 거실의 공기가 더 차가워져 있었다. 몸부림을 제법 치는 편인데도 얼마나 추웠으면 이불을 꽁꽁 끌어안은 채 꼼짝도 않고 잠들어 있었다. 안방에 들어가 다시 보일러를 켜고 침대에 누웠다. 슬금슬금 또 울화통이 치밀어 올랐다. 이게 아닌데, 이게 아닌데. 뭔가 생각을 하고 싶었지만 누적된 피곤과 술기운 때문인지 쉽게 잠에 빠져 들었다.

침대에서 뒤치락거리던 지후는 젖혀진 커튼 사이로 들어오는 햇살에 눈이 부셔 잠에서 깼다. 하지만 눈은 여전히 감은 채였다.

"뭐야?"

"벌써 일어났어? 더 자도 돼."

사람 기분도 모르고 종달새마냥 맑게 대답하는 다은의 목소리에 어젯밤 일이 생각나 다시 화가 끓었다. 잔뜩 찌푸린 얼굴로 슬며시 눈을 떠보았지만 밝은 햇살 때문에 창가에 서 있는 다은의 실루엣만 보였다.

"그러면서 커튼은 왜 여는 거야?"

퉁명스러운 목소리였다. 다은은 단지 아침잠을 깨워서 그러는 줄 알았다.

"여기 바깥 경치가 너무 좋네. 아직 단풍이 있을까? 단풍 구경이라도 갔으면 좋겠다."

"갔다 와."

지후는 이불을 머리끝까지 덮었다. 그러자 다은이 이불을 살며시 끌어 내려 지후의 어깨를 살짝 흔들었다.

"아직 일정 잡힌 거 없다며. 아까운 시간인데 우리 놀러가자."

"혼자 가."

다은의 손에서 이불을 확 뺏어 다시 머리 위까지 끌어당기고는 등을 돌리고 돌아누웠다.

"이렇게 잠만 잘 거야? 시간 아깝잖아. 오래간만에 쉬는 거라며."

"난 자는 게 쉬는 거야. 그러니까 혼자 가."

"지금 너, 열두 시간도 더 잤어. 허리도 안 아파? 배 안 고파?"

"제발 좀 혼자 놔둬줄래?"

지후의 이유없는 짜증에 다은도 슬슬 부아가 치밀었다. 자는 걸 깨웠다는 미안함에 짜증을 부려도 끝까지 좋은 말로 상대하려고 했지만 그렇다고 부리는 짜증치고는 정도가 너무 심했다.

"실컷 잘 잤으면서 왜 짜증 내는 건데?"

"……."

"윤지후."

“…….”

“지후…….”

“넌 내가 그렇게 싫은 거야? 결국 어쩔 수 없이 가까이 하는 것뿐이냐고!”

갑자기 벌떡 일어나 돌아보고는 대뜸 고함을 질렀다. 그 기세에 움찔 놀라 몸을 뒤로 뺐다.

“무슨 소리야?”

“너!! 네가 그랬었잖아. 우리 부부 관계는 최소한 한이불을 덮고 자는 거, 거기까지라고.”

그게 왜? 도대체 그가 무슨 말을 하려는지 알 수가 없었다. 무슨 말을 하는지도 모르는 판에 앞도 뒤도 없이 고함부터 질러대니 머리 속이 더 멍하기만 했다.

“그런데, 그런데 그렇게 지내는 것도 싫었던 거야?”

“…….”

“무슨 말이든 해보라구.”

“내가 아무 말 안 하는 건 도대체가 무슨 소릴 하는지 알아듣지를 못해서 그런 거야. 너랑 같이 있기 싫었다면 내가 왜 이틀이나 너랑 같은 이불 속에서 잤겠니?”

“어른들이 계시는 집이었으니까. 넌, 넌, 네가 말한 우리 집에, 여기 와서는 내 옆에 오지 않았어.”

이제야 무슨 말을 하는지 알 것 같았다. 자신이 거실에서 잠든 걸 본 모양이다. 다은은 호탕하게 웃어대고는 지후의 머리를 끌어안았다.

"이거 놔!!"

악 다문 입술 사이로 말을 씹어뱉으며 머리를 비틀어 빼고는 다은을 노려보았다.

"너 무지 귀여운 거 알아?"

"……."

"아무튼 애라니까."

"너보다 나이 어리다고 이젠 무시까지 해?"

"그렇게 하루 종일 말꼬리만 물고 늘어질 거야?"

아무것도 아닌 일로 토라져 시비를 거는 지후의 행동이 재미있었다.

"내가, 내가 싫으면 싫다고 말해. 솔직하게 말하란 말이야. 나 혼자 오해하게 만들지 말고."

"뭘 오해했는데?"

지후는 화가 나 정신을 못 차릴 정도인 것에 비해 다은의 목소리는 그를 쓰러지게 만들 정도로 장난스러웠다.

"제길, 날 갖고 놀 생각이라면 그만둬."

"윤지후, 뭘 오해했다는 거야?"

"어제, 어제 잠들기 전까지 너의 행동. 난 조금이라도 네가 날 좋아하는 줄 알았어. 남편으로서든 친구로서든 날 좋아하는 줄 알았어."

"이렇게 귀엽게 구는데 어떻게 널 싫어하니?"

이젠 지후의 볼을 두 손으로 당기기까지 했다.

"까불지 마."

볼을 당기는 다은의 손을 쳐내려 했지만 이미 다은이 볼을 놓은 뒤라 허공만 가로질렀다.

"내가 소파에서 잔 것 때문에 화난 거야? 그럼 깨우지 그랬어. 너야말로 나 별로 안 좋아하는구나? 그 추운 데서 자게 내버려 두게."

"이불 덮어줬잖아."

추운 데서 잤다는 말에 심술 부린다고 보일러를 꺼버리고 나간 일이 생각나 조금 미안하기도 했다. 그렇지만 지금은 자신이 미안해야 할 입장이 아니었다. 지후는 자신이 얼마나 화나 있는지 똑똑히 보여주기 위해 더욱더 눈썹을 치켜세웠다.

"깨워서 방에 들어가자 그러지. 너 콘서트 녹화해 둔 거 보다가 깜빡 잠이 든 건데 깨어보니까 아침이더라. 하는 일이 그렇다 보니까 워낙 아무 데서나 잠을 잘 자서."

"……."

"CD 꽂다가 테이프가 눈에 띄더라고. 그냥 네 콘서트 한 번도 본 적 없고 해서 조금만 보고 들어와서 자려고 했었는데 나도 피곤했었나 봐. 그냥 잠들어 버린 모양이네. 그래도 잠결에 TV는 끈 모양이다, 야. 아님 네가 껐냐? 하하하, 그게 뭐가 그렇게 화날 일이야?"

혼자서 북 치고 장구 치고 한 꼴이 되고 말았다. 그렇다고 바로 꼬리 내린 채 미안하다는 말을 할 수도 없었다.

"너라면 상대방이 옆에 오는 것도 싫어할 만큼 날 안 좋아하는 게 느껴지는데 기분 좋을 거 같아?"

"느낌? 너 둔하구나? 내가 좋아하지도 않는 사람 옆에 두고 살 만큼 착해 보이니?"

"앞으로 또 그러면 정말 화낼 거야."

짐짓 이해하고 용서해 주겠다는 근엄한 표정을 지어 보였다. 하지만 호락호락 고개를 끄덕여 줄 다은이 아니었다. 다은은 아직도 화난 표정으로 있는 지후를 안아주었다.

"그럼, 지금은 정말 화난 거 아니라는 거야? 예쁘네. 윤지후, 참 예쁜 사람이네."

"강다은."

에라, 이제 모르겠다. 입 다물고 가만히 있어봐야 오해만 생기고 속만 부글부글 끓을 뿐이라 했었다. 이렇게라도 털어내고 오해가 풀려 다행이다. 지후는 다은의 몸을 확 끌어당겨 침대에 눕히고 위에서 가만히 내려다보았다.

"왜, 왜 그래. 안 웃을 테니까 이거 놔."

갑작스레 진지해진 지후의 표정에 조금 당황했다. 다은을 내려다보는 그의 눈동자가 점점 흐려졌다.

"너, 괜히 미안해서 그러는 거지?"

조금은 붉어진 얼굴을 보고 키득거리며 웃으려는 다은의 얼굴에 그의 입술이 조용히 내려와 닿았다.

“술 마셨어?”

“시끄러.”

퉁명스럽게 한마디 던지고 조용히 내려앉은 그의 입술은 오랫동안 그곳에 머물러 있었다.

시댁과 친정에서 얻어온 밑반찬들로 아침 식사를 하고 오후에는 단출하게 도시락을 싸들고 가까운 산에 올랐다. 벌써 단풍들은 낙엽이 될 차비를 끝내고 있었다. 바깥에서 저녁을 먹고 들어온 두 사람은 일찌감치 잠자리에 들 준비를 마치고 나란히 침대에 누웠다.

“오늘이 진짜 우리 집에서의 첫날밤이네.”

다은이 푸훗, 하고 웃음을 뱉어내자 그도 무작정 따라 웃기 시작했다. 서로 같은 생각을 하고 있었던 모양이다.

다음날은 그의 동생 내외를 배웅하기 위해 공항에 들렀다가 시댁에서 저녁까지 먹고 집으로 돌아왔다. 그리고 다음날, 지후는 뜬금없이 다은의 집에 가고 싶다며 식구들을 보고 싶어하는 그녀에 대한 배려를 잊지 않았다. 집들이를 하는 날도 번거롭게 손님 두 번 치르지 말자며 다은의 친구들도 같이 부르기로 했다.

이른 저녁부터 들이닥칠 친구들을 맞이하기 위해 두 사람
은 아침부터 분주하게 움직였다. 도와주겠다고 따라나서는 지
후와 함께 근처 마트로 장을 보러 나갔다. 카트기를 끌고 얼마
가지 않아 한두 명씩 그를 알아보고 인사를 건네는 사람들을 만
났다. 웃는 얼굴로 마주 인사해 주던 그는 어느새 그는 많은 사
람들 틈에 둘러 싸여 있었다. 고맙다는 답례를 하고 얼른 빠져
나오려고 했지만 쉽지 않았다. 많은 사람들에게 결혼을 축하한
다는 인사를 받는 동안 다은은 무리에서 저만치 밀려나 혼자 서
있어야 했다.

"다음부터 너랑 장 보러 안 다닐래. 한 시간이면 될 걸 이게

뭐야?"

다은은 잔뜩 골이 나 있었다. 사람들에게 가수 강지혁의 아내로서 얼굴이 알려지고 싶은 생각은 애초에 없었고, 앞으로도 그러고 싶지 않았다. 처음이나 지금이나 그 마음은 변함이 없다. 하지만 참 무심한 사람들이었다. 결혼을 축하한다는 말을 건네면서 그의 아내 되는 사람은 안중에도 없었다. 게다가 지후마저 굳이 사람들에게 자신을 내보이려 하지 않았다. 정말 괘씸한 생각이 들었다. 결혼은 혼자 하는 건가.

게다가 사람들이 건네는 축하 인사에 일일이 답하느라 장 보는 데 세 시간이나 걸렸다. 화가 나는 건 나는 거고, 당장 사람들을 초대한 시간이 촉박해지자 다은은 마음이 조급해졌다.

"누가 그럴 줄 알았나?"

"몰랐다는 핑계가 먹혀들 거 같아?"

새된 목소리가 튀어나왔다. 잠시 숨을 가다듬고는 스스로를 안정시켰다.

"빨리 가자, 늦었어. 이거 언제 다 하냐구. 너 옆에서 심부름 잘해야 돼. 알았어?"

"알았습니다."

집으로 돌아와 장 봐온 물건들을 정리하고 요리를 시작했다. 그는 조금의 투덜거림도 없이 다은이 시키는 대로 옆에서 도와주었다. 그가 고분고분 말을 잘 듣고 시키는 일을 제대로 처리하는 모습에 어느 순간 기분 나빴던 감정은 스르르 녹아 사라져 버렸다.

"사람들이 보면 놀라겠다. 너 이렇게 가정적인 남자인 줄 알까? 흔들어."

탕수육을 만들기 위해 썰어놓은 고깃 덩어리들을 튀김가루가 담긴 위생 비닐에 넣고 지후에게 내밀었다.

"알든 말든. 나도 그냥 남자야. 내 가정을 충실히 지키려는 사람이라구. 그래서 이렇게 노력하는 것뿐이야."

"자신의 가정을 지키려고 충실히 노력하는 남자들, 대한민국 전체 가정 중에 몇 프로나 될까?"

"다른 남자들이 어떻게 사는지 그건 나하고 상관없어. 내가 중요한 거야. 나만 잘하면 되는 거 아냐?"

"그렇긴 하지. 그런데 벌써 너하고 같이 보낸 시간이 일주일이 되어가지만 아직도 낯설어. 무대 위에서 화려한 모습을 하고 있는 강지혁과 연결이 안 돼."

"굳이 그런 모습은 기억해 내지 않아도 돼. 너와 함께 있는 윤지후만 생각하란 말이야."

위생 비닐을 신나게 흔들어대던 그는 고기가 어느 정도 가루옷을 입자 하나하나 손으로 떼내어 달걀을 풀어놓은 그릇에 담았다.

"어제 너 홈페이지에 들어가 봤었어."

"거긴 뭐 하러?"

밀가루가 묻은 손으로 코를 문지르다 그의 콧잔등에 하얗게 튀김가루 덩어리가 묻었다. 저걸 떼어줘야 하나 말아야 하나 잠시 망설였다.

"네가 어떤 사람인지 궁금하기도 하고, 다른 사람들이 강지혁에 대해 어떻게 생각하는지도 궁금하고. 강지혁 말이야, 의외로 괜찮은 사람이더라."

튀김 젓가락으로 달걀옷을 입은 고기들을 기름이 가득 담긴 튀김 팬에 넣었다. 하나 둘 셋 넷, 그의 콧잔등에 묻은 튀김가루를 닦아줘야겠다고 마음을 잡았다. 차마 기름 묻은 손으로 닦아주지 못해 키친 타올을 들어 코에 묻은 덩어리를 털어내고 남은 가루를 닦았다.

"그걸 이제 알았어?"

타올로 닦은 곳이 간지러워 손등으로 코를 문지르고는 어깨를 으쓱거려 보인다. 덩어리는 아니지만 튀김가루가 또 묻었다.

"아무튼 겸손할 줄을 몰라."

"거기서의 난 가수 강지혁일 뿐이야. 난 네 남편 윤지후라고. 세상 모든 여자들이 다 남편이 직장 생활을 어떻게 하는지 궁금해하지는 않잖아."

"직장 생활이라. 음, 대화방에도 들어갔었는데 다섯 명이서 대화를 하고 있더라구. 나더러 누구냐길래 강다은이라고 했더니 한참 만에 지혁 오빠 부인이세요? 그러더라."

"믿어?"

"아니, 처음엔 안 믿더니 내가 결혼식에 혜영이라는 사람이

왔었는데 아냐고 물었더니 어떤 애가 자기가 혜영이라면서 아는 척하더라구."

"김혜영이라구 팬클럽 회장이야."

"알아. 그때 잠깐 소개받았었잖아. 거기서 얘기 조금 하다가 나와서 너한테 올라온 질문들 내가 간단히 답변해 줬는데, 괜찮지?"

"나중에 오빠 고마웠어요, 하는데 내가 저 애 누구지? 그럼 어떻게 해?"

"강지혁 마누라라고 말했으니까 그럴 리 없을 거야. 튀김가루 좀 더 골고루 묻혀. 그리고 답변해 준 사람들 나도 다 기억 못해. 기억하면 뭐 해? 나도 그냥 내가 아는 부분만 답해줬는걸."

튀겨진 고기들을 채로 건져 내고 달걀옷을 입은 고기들을 집어넣었다. 다은의 손은 잠시도 쉬지 않고 바지런히 움직이고 있었다.

"친구들 다섯 시에 올 건데 그때까지 다 할 수 있는 거야? 혼자서 너무 무리하는 거 아냐?"

"네가 끝까지 잘 도와주면 괜찮아. 지금도 잘하고 있고. 참, 술은 배달시켰지?"

"응."

"일찍 좀 보내주지. 냉장고에 넣었다가 시원하게 마시게."

"내가 다시 전화해 볼까?"

"그래 주면 감사하죠."

지후가 튀김가루가 묻은 손을 툭툭 털자 주위에 뿌연 가루가
날렸다. 튀겨놓은 고기를 입에 하나 물고 거실로 나갔다.

그는 홈페이지에 잘 들어가 보지 않는 모양이다. 처음에 접속
해서 사람들이 올려놓은 그의 공연 사진들을 보면서 이리저리
뒤적거리다 그와 처음 스캔들이 일어났던 날짜로 넘어가 보았
다. 모두들 놀라는 눈치였다. 강다은이라는 인물에 대해 궁금해
하고 있었다. 그러다 하루쯤 뒤에는 그냥 전처럼 스캔들로 끝나
고 말 거라는 나름대로의 결론을 내리고 있었다. 하지만 결혼을
발표하고 난 뒤로 게시판은 정말 가관이었다. 사람들은 이미 그
녀에 대한 조사를 마친 상태였다. 어느 학교를 나오고, 대학은
어디를 나오고, 전공이 무엇인지까지 다 올라와 있었다. 누군가
는 한동안 그녀조차 보지 못했던 대학 졸업 사진까지 올려놓고
있었다.

더 이상 읽고 싶지 않아 축하해 주세요, 라고 적힌 다른 방으
로 건너갔다. 생일이거나 시험을 잘 봤거나 하는 소소한 일상의
내용들이 적혀 있었다. 그곳이 한결 마음이 편했다. 그래서 답
글을 몇 개 달고 사람들이 지금은 그녀를 어떻게 생각하는지 궁
금한 마음에 대화방을 들렀던 것이다. 짧은 시간이지만 얘기를
나누는 동안 자신을 적대시한다는 느낌은 받을 수 없었다. 하지
만 다시는 들어가 보고 싶지 않은 곳이었다. 알아서 좋은 일보
다 몰라서 좋을 일들이 더 많은 곳이었다.

네 시가 조금 넘어 영욱과 인영을 시작으로 손님들이 좁은 시

간차 간격으로 도착하기 시작했다. 여자 손님들은 보통 빈말이라도 '뭐 좀 도와드려요?' 하는데 그의 코디네이터인 조인영은 소파에 앉아 철저히 손님 노릇을 하고 있었다. 잠시 앉아 있던 그녀는 슬그머니 일어나 거실 구석구석을 살피기 시작했다. 인영은 꼭 집을 구하러 온 사람처럼 베란다에까지 나가 이곳저곳을 꼼꼼히 둘러보았다. 그들보다 늦게 도착한 다은의 친구들이 부엌으로 들어와 바쁘게 움직이고 있는 그녀를 도와주었다.

손님 중에는 다은과 같이 일하는 장 피디도 있었고 그와 스캔들이 났었던 여배우 이주영과 김소희도 있었다. 모두 방송국에서 스침으로라도 한 번씩은 본 사람들이었지만 다은에게는 TV로 보는 것에 더 익숙해져 있는 일명 '스타'라는 사람들이었다. 그런 그들이 보통 사람들처럼 눈앞에서 웃고 떠들며 술을 마시고 즐기는 모습이 신기했다. 다은마저도 그렇게 낯설게 느끼는 그들을 다은의 친구들은 더 어려워하고 있었다. 너무 좋아서 화면에 나온 모습만 보고도 꺅, 소리를 지를 만큼 좋아하는 가수를 옆에 앉혀두고 술을 마시자니 어지간히 불편한 모양이었다. 하지만 그 불편한 시간도 오래가지는 않았다. 술이 긴장을 풀게 하고, 시간이 지나 사람들이 눈에 익숙해지고 또 그들이 편하게 대하자 서로 잘 어울려 즐겼다.

한참 동안을 먹고 마시는 것에만 열중하던 사람들이 어느 정도 배가 불러오는지 서서히 자세를 조금씩 흐트러뜨리고 자기들의 일 얘기로 화제를 돌렸다.

"넌 이번에 나한테 곡 안 줄 거야? 왜 이렇게 느려?"

"내가 무슨 도깨비 방망이야? 뚝딱하면 곡이 나오냐구. 좀 기다려 봐."

화면에서는 늘 라이벌처럼 극과 극에 서 있던 가수 김도일도 그와 친한 친구였다. 서로의 곡을 주고받을 만큼 두 사람은 친분 관계가 두터웠다. 함을 들고 오는 날도 그랬고 결혼식에서 신랑 대신 손님을 맞으며 제일 부산하게 뒷일을 봐주던 사람도 그였다.

"강다은, 집들이에는 안주인이 신고식도 하고 그러는 거 아니냐?"

"신고식이라뇨?"

하루 종일 음식 준비를 하느라 식사를 제대로 챙기지 못해 배가 고파 있던 다은의 입에는 음식이 가득 들어 있었다.

"노랫가락이라도 울리라는 거지."

음료수를 벌컥 들이켜 입에 있던 음식들을 꿀꺽 삼켰다. 한꺼번에 너무 많은 양을 삼켰는지 목이 아팠다.

"손님 모셔놓고 저 봐라, 먹성 좋은 거."

"장 피디님, 내 노래 실력 몰라서 그러는 거예요? 손님들 다 내쫓아 보내고 싶으신가 봐요."

"그래도 듣고 싶네. 해봐요. 우리 제수씨, 노래 한번 들어봅시다."

시작도 하지 않은 노래에 미리 박수까지 쳐주며 영욱이 거들었다.

“가수들 앞에서 노래를 하라구요? 이러지 마세요, 들. 저 그렇게 강심장 못 됩니다.”

“우와, 천하의 강다은이 저런 말을 다 하네.”

“제가 왜 천하의 강다은이 되었게요. 하지 못할 일에는 절대 덤비지 않고 잘하는 일만 악착같이 하니까 못하는 게 없어 보이는 거라구요.”

“새신부라 좀 얌전 떨 줄 알았더니 변한 게 없어.”

평소에는 다은에게 고집스럽게 뭘 요구하는 적이 없었다. 특히나 노래를 부르는 일은 절대 그러는 법이 없었다. 술을 같이 마시다가 2차로 노래방을 갈 때 다은이 슬그머니 빠져도 눈 감아 주던 사람이었다. 하지만 지금은 어지간히 술기운이 올라서인지 장 피디는 포기를 몰랐다.

“한번 그러면 평생 얌전 떨면서 살아야 되잖아요. 그런 짓 못해요, 저.”

“지혁 씨, 다은이 저런 모습에 반했나 봐. 그렇죠?”

“하하하, 다은이야 뭐, 다 예쁘죠.”

다은의 친구가 짓궂게 묻자 지후는 넉살 좋은 대답으로, 주변에 둘러앉은 열 명이 넘는 사람들에게서 터져 나오는 야유를 한 몸에 받아야 했다.

밥도 부르고 술도 불러오자, 사람들은 모두 편한 자리로 끼리끼리 옮겨 앉아 두런두런 얘기꽃을 피우기 시작했다. 신혼부부의 야외 촬영 사진과 결혼 사진들을 구경하고 있을 때 다은은 지후와 함께 부엌에서 설거지를 하고 있었다.

"엄청나네. 아무래도 사람 부를 걸 그랬다."

"이 정도로 무슨 일하는 사람을 불러?"

"앞으로도 내 친구들 자주 올 건데, 그럴 때마다 이럴 거잖아."

"무슨 소리, 자기들이 먹은 건 다 씻어놓고 가라 그래. 안 그러면 다음에는 절대 집에 못 들어오게 한다."

"하하하. 알았어. 저놈들도 당해봐야 빨리 장가를 가겠지?"

아직 결혼하지 않은 친구들이 당하는 모습을 상상만 해도 신이 나는 모양이다. 옆에서 헹군 그릇들을 챙겨놓으면서 신나게 웃어댔다.

"이것 봐, 새신랑. 그렇게 옆에 꼭 붙어 서서 신혼인 거 표를 내야겠어? 우와~"

영욱이 짓궂게 농담을 걸면서 들어오다 싱크대 위에 터져 나올 듯 쌓인 설거지 거리를 보고는 탄성을 내질렀다.

"설거지 장난가 아니네. 도와드릴게요."

"아니에요. 그러실 필요 없어요. 저희 두 사람이 충분히 할 수 있어요."

"형은 날 본받아서 형수나 잘 도와드려."

"나도 잘해, 임마."

"이제 거의 다 한걸요. 지후야, 모시고 나가. 이제 뒷정리는 나 혼자 할게."

"그래도 되겠어? 아직 저만큼이나 남았잖아."

젖은 손으로 세제 거품을 머금은 그릇들이 쌓여 있는 곳을 가리켰다.

"괜찮아. 천천히 할게. 손님들 모셔놓고 우리 둘 다 여기 있으면 안 되잖아."

"알았어."

지후가 나가자 곧 그녀의 친구들이 들어와 도와주었다.

방송이나 녹화가 있는 친구들은 먼저 자리에서 일어나고 나머지 사람들은 새벽녘이 되어서야 모두 집으로 돌아갔다.

그들을 만나기 전까지 모두 남이 만들어준 노래나 꼭두각시처럼 그 잘난 목소리로 부른다고 생각했었다. 하지만 그들의 애기를 들으면서 그들이 가진 음악에 대한 열정과 사랑을 충분히 느낄 수 있었다. 지후는 또 다른 필명으로 여러 동료 가수와 선후배들에게 작곡을 해주고 있었다. 애기를 들으면서 문득 가수 활동보다도 그 일에 더 애착을 가지고 있는 듯한 느낌을 받았다.

친구들이 모두 돌아가고 나머지 뒷정리까지 끝낸 후에 침실로 들어왔다. 지후는 벌써 씻고 잠옷으로 갈아입고 있었다.

"피곤하지?"

"응."

다은이 나른한 어깨를 빙빙 돌리며 침대에 걸터앉자 그가 다가와 어깨를 주물러 주었다.

"후후."

"왜 웃어?"

다은이 낮게 웃는 소리를 들었나 보다.

"이러고 있으니까 행복이 정말 별거 아니라는 생각이 들어. 전에는 이런 생각 별로 안 해봤었는데 이런 게 행복일 거라 싶어."

"고작 어깨 주물러 주는 것에 행복해?"

"그러니까 우습지. 참, 내일 몇 시에 나가?"

"오후에 나갈 거야. 두 시부터 녹음이야."

"이주영 씨가 DJ 보는 그 프로?"

"응."

이주영과의 스캔들은 이제껏 났던 기사 중에 제일 사실적이었고 소문도 무성했었다. 하루하루 올라오는 기사들을 종합해 봤을 때, 그들은 벌써 살림을 차려 같이 살고 있다는 결론을 얻을 정도였다. 하지만 두 사람 다 입을 다물어 버리자 그저 그렇게 관심이 시들해지고 또 하나의 말도 안 되는 웃긴 가십이 되어 신문 조각은 쓰레기가 되어 있었다.

"나도 놀랐어."

짧은 침묵이 흐른 후 그가 꺼낸 말이다.

"뭐가?"

"주영이 하고 소희가 올 줄은 몰랐어. 연락 안 했는데."

"친구들이라며? 다 같은 일하는 사람들인데 서로 연락해서 온 거겠지. 뭐 어때."

"너 기분 상할까 봐 그래도 걱정되던데? 너 아무 내색도 안 하더라."

그가 목 뒤를 주무르자 나른한 신음이 새어 나올 만큼 시원했다.

"그럼 쫓아내기라도 할까 봐? 아, 시원하다. 그 많은 스캔들을 내고 다녔어도 어쨌든 결혼은 나랑 했잖아. 넌 내 차지라구."

"하지만……."

"그래, 하지만."

돌아앉아 그를 마주 보았다.

"나 지금 네 마누라로 너하고 살고 있는데 바보 만들지는 말아줘. 또다시 스캔들 같은 거 나고 그러면 아마 마누라 노릇 무섭게 하려고 들지도 몰라."

"잊지 않고 있어. 하하, 지훈이 말이 옳았어."

그가 다은을 돌려 앉혀놓고는 다시 어깨를 주물러 주었다.

"뭐가?"

"무슨 일이든 속에 담고 있지 말고 대화를 하라더라. 그래야 오해도 안 생기고 싸움도 안 일어난다고."

"옳은 말 했네."

"그게 그래도 말처럼 쉬운 일은 아니야."

어느 정도 어깨의 피로가 풀리자 다은은 슬그머니 자리에서

일어나 갈아입을 옷을 들고 욕실로 향했다. 한참 후 나온 그녀
는 지후와 똑같은 잠옷을 입고 있었다.

"우리 내일은 늦잠 자자."

"듣던 중 반가운 소립니다요."

서로의 일에 묻혀 얼굴을 마주하고 같이 식사할 수 있는 날은
거의 없었다. 지훈의 염려대로 아침에 다은이 나올 때 그는 자
고 있었고 퇴근해 들어가면 그는 녹화에 공연에 연습으로 나가
서 한밤중에나 집으로 들어왔다. 하지만 늘 전화로 서로의 안부
를 확인했다. 여러 명이 함께 움직이는 그의 주위는 항상 떠들
썩했다. 그가 늦게 오는 날이나 지방 공연과 다음 앨범 준비로
집에 들어오지 못하는 날에는 틈틈이 시댁에 가서 어른들과 시
간을 보냈고 가끔 집에도 들러 할아버지와 부모님을 만났다.

효은에게 시댁 어른이 바둑 두기를 좋아한다며 친구로 소개
하자, 처음에는 사돈 어른과의 바둑 두기를 거북스러워하던 그
가 지금은 하루가 멀다 하고 만나 거의 매일을 바둑판을 끼고
살고 있었다. 가끔 시댁에 들르는 날이면 어김없이 효은이 시아
버지와 바둑을 두고 있었다.

"넌 여자 친구도 없어?"

"애기는 사돈 총각이 나랑 노는 게 싫으냐?"

"아니에요, 아버지. 하지만 눈치도 없이 매일 와서 너무 귀찮
잖아요."

"사돈 총각, 우리 아들이잖아. 공부한답시고 외국 나간 놈이 나 얼굴 보기도 힘든 지후보다 훨씬 낫다."

효은이 혀를 날름 내밀고는 손가락 두 개를 들어 브이 자를 그려 보였다.

"아버님도……."

"하긴 사돈댁에서 딸도 데려가더니 아들마저 뺏겼다고 싫어하시긴 하실 게야. 하하하."

그녀가 시댁에 자주 들르는 것만큼은 아니지만 지후도 일정 중간에 비는 시간이 있으면 처가를 찾곤 했다. 물론, 주로 배가 고플 때. 장모님이 해주시는 음식을 먹어야 기운이 난다는 말에 그의 장모는 정성껏 식사를 대접했고 그는 맛있게 먹었다. 그것이 장모가 사위를 아끼는, 사위가 장모에게 보이는 애정의 표현 방법이었다.

낮에 일찍 집에 들어올 거라는 그의 전화를 받았다. 오래 간만에 마주 보고 저녁 식사라도 하자는 말에 다은은 평소보다 일찍 방송국을 나섰다. 녹화가 빨리 끝나기도 했지만 보통은 텅 빈 큰 집에 혼자 있기가 싫어 다음 촬영 준비를 미리 해놓고 오거나 다른 촬영팀을 돕곤 했었다. 오늘은 드라마 촬영팀의 도움 요청에도 불구하고 장을 보기 위해 일찍 나섰다. 밑반찬이 거의 떨어진 터라 나물 두어 가지와 얼큰한 것을 좋아하는 그를 위해 전골 재료를 준비했다.

양손 가득 장을 본 짐들을 들고 가벼운 발걸음으로 아파트로 올라왔다. 장을 본 물건들을 식탁 위에 올려놓고 옷을 갈아입으러 안방으로 들어서던 다은은 기겁할 듯 놀라 뒷걸음질쳤다. 인영이었다. 붙박이의 옷장을 열어놓고 너무 놀라 파랗게 질린 다은을 무표정한 얼굴로 쳐다보고 있었다.

"이, 인영 씨?"

"오랜만이네요."

"여, 여긴 어떻게……."

놀란 가슴은 쉽게 진정되지 않았다. 어떻게든 마음을 가라앉히고 말을 더듬지 않으려고 애썼지만 어느 것 하나 뜻대로 되는 게 없었다.

"지혁 씨 의상 챙기려고 왔어요."

"대부분 옷은 다 작업실 장에 있는데……."

"알아요. 거기도 가봤는데 제가 찾는 옷이 없어서요."

다은이 차곡차곡 정리해 둔 옷을 마구 뒤적거리고 있었다. 다은은 옷들이 흐트러지고 구겨지는 걸 멍하니 보고 있어야만 했다.

"짙은 자주색에 감색 빛이 도는 투톤 칼라 셔츠예요. 모르세요?"

"그, 글쎄요. 정리하면서 본 것도 같고, 아닌 것도 같고……."

누가 주인이고 객인지 구분이 가지 않았다. 자기 집에서 오히려 자신이 침입자처럼 인영에게 밀리고 있었다. 인영은 계속 옷장을 뒤졌고 다은은 그러는 새에 점점 마음의 안정을 되찾았다.

"전에도 이렇게 아무도 없는 집에 왔었어요?"

"일 때문이잖아요. 난 뭐 여기까지 오고 싶어서 오는 줄 아세요? 그 정도도 이해 못해요?"

다은은 한순간에 이해심도 없는 여자로 전락해 있었다.

"이해를 못하는 게 아니라 이건 분명히 잘못된 거잖아요. 그 옷이 없으면 그냥 다른 옷을 입으면 될 걸 굳이 이렇게 해야 할 필요가 있나요?"

"협찬은 거저해 줘요? 지혁 씨 결혼하고 나서 인기 떨어진 거 몰라요? 혼자 바쁜 척하느라 관심이나 있는지 몰라."

평소에 말이 별로 없어 조신하고 참한 사람인 줄 알았다. 여리고 순해 보이는 얼굴에서 저런 표독스러운 목소리가 나오리라고는 상상도 못했었다.

"조금 있으면 지후 올 테니까 기다렸다가 물어봐요."

"지혁 씨가 온다구요?"

"일이 일찍 마쳤다고……."

"어, 어. 다, 다음 방송이 취소됐나? 됐어요. 그만 가볼게요."

"그냥 가게요?"

"혹시 그 옷, 보이면 좀 찾아 놔주세요."

그녀가 서두른다는 느낌을 받았다. 침대 위에 벗어놓았던 자신의 윗옷과 가방을 챙겨 들고 문을 가로막고 있는 다은을 밀치고는 급하게 방을 나섰다. 다은도 얼른 그녀의 뒤를 쫓았다. 인영은 신장 맨 위 칸에서 구두를 찾아 꺼냈다. 그래서 들어오면서도 누군가 있다는 사실을 몰랐던 거구나. 하지만 왜 굳이 신장에까지 신발을 넣어둔 걸까? 멍하니 생각에 빠져 있는 다은에게 쌀쌀맞은 인사를 남기고 인영은 휑하니 사라져 버렸다. 문이 '쾅' 닫히는 소리에 정신을 차린 다은은 허겁지겁 문을 걸어잠갔다. 손잡이와 고리까지 걸고서야 현관 바닥에 주저앉았다. 얼마나 자주 이런 일이 있어왔고, 또 이런 일이 있을지 모르지만 분명히 그에게 얘기를 해야 할 문제였다. 집은 편안히 휴식을 취하는 개인 장소다. 아무리 그와 같이 일하는 사람이지만 이런 식으로 불쑥불쑥 찾아든다는 사실은 몹시 불쾌했다.

그렇게 넋 놓고 앉아 있던 다은은 무심결에 시계를 보고는 다시 한 번 제정신을 다 잡았다. 간단하게 씻고 옷을 갈아입고 나와 저녁 준비를 시작했다.

막 밥이 다 되었을 즘에 그가 도착했다. 차곡차곡 잠갔던 문을 열어주면서 새삼 조금 전의 그 놀랐던 기억이 다시 떠올라 몸서리를 쳤다.

"맛있는 냄새 나네."

"응."

"나 땀에 절었어. 얼른 씻고 나와서 거들게."

"천천히 해. 다 했어."

"일찍 왔었나 보네. 나 때문에 그런 건 아니지?"

"아냐. 얼른 씻고 나와."

그가 갈아입을 옷들을 챙겨 욕실로 들어가는 것을 보고 부엌으로 돌아왔다.

상차림이 거의 끝나고서야 그가 나왔다. 거의 열흘 만에 얼굴을 마주하고 앉아 식사를 하는 자리였다. 전골 국물을 한 숟가락 먹고는 그가 탄성을 내질렀다.

"이래서 내가 요즘 식당 밥을 못 먹는다니까."

"식사는 잘하고 다니는 거야? 너도 다른 사람들처럼 라면에 김밥으로 때우는 거 아니지?"

"바쁠 때는 별수없잖아."

"다 먹고 살자고 하는 짓인데 잘 챙겨 먹고 다녀."

"참, 먹고 살자고 하는 짓이라니까 생각나네."

갑자기 반찬에 젓가락을 옮기던 동작을 멈추고는 내려놓았다. 뭔가 갑자기 크게 화난 투였다.

"뭐가?"

"우리 결혼한 지 한 달 지났지?"

"벌써 그렇게 됐나?"

새삼 시간이 참 잘 간다는 생각이 들었다.

"그런데 왜 나한테 생활비 달라는 말을 안 해?"

"아, 그거."

"그래, 그거."

"그냥 내가 벌고 있으니까 별로 돈이 아쉽지가 않아서."

"그럼 난 뭐야?"

"바빴잖아, 그런 얘기 할 시간 없을 만큼."

그는 식사를 하다 말고 작업실로 들어가더니 작은 손가방을 들고 나왔다. 가방에는 네 개의 통장이 들어 있었다.

"방송 출연해서 받는 돈은 영욱 형이 다 가져. 이건 소속사하고 계약해서 받은 돈이고."

파란 통장 하나를 쑥 내밀었다.

"이건 작곡해 주고 받은 돈이고, 중간중간에 이 통장으로 작은 액수의 돈이 들어오는 건, 곡이 잘됐을 경우에 플러스 알파로 들어오는 보너스야. 근데 들어오는 경우가 잘 없어. 작곡가한테 그런 거 챙겨주는 사람 드물거든. 그리고 이 통장은 내 곡을 사용하는 사용료가 입금되어 있어. 아마 여기 돈 쓰는 게 제일 부담없을걸. 나중에 세금 낼 때도 편하고 말이야."

똑같이 생긴 통장 세 개와 나머지 하나는 노란 색과 붉은 색이 섞인 통장이었다. 턱짓으로 나머지 통장 하나를 가리켰다.

"그건 뭐야?"

"적금 통장. 형이 하나 들어놓으라고 하더라. 노후 연금이라네. 이거 진짜 얼큰하다."

자기가 해야 할 말을 다 끝내고 그는 바쁘게 숟가락을 움직였다. 다은은 그런 지후를 보며 흡족해 웃다가 별 생각 없이 아무 통장이나 하나 들어 펼쳤다. 그러다 거기에 적힌 액수들을 보고 놀란 눈으로 그를 쳐다보았다. 동그라미가 많이 찍히기는 다른 통장들도 마찬가지였다.

"이렇게 많은 걸 혼자 관리해? 어머니를 드리지 그랬어."

"나 음악 하는 거 반대하셨던 게 미안하다면서 이제 와서 돈 좀 벌어 들어온다고 내가 관리하마 그럴 수 없으시다네. 그래서 그냥 내가 다 가지고 있는 거야."

"나도 이렇게 큰 돈은 관리하기 싫은데."

슬며시 그의 앞으로 통장을 밀었다.

"돈 관리는 여자가 해야 좋은 거래. 진작 줬어야 하는 건데. 미안하다. 나도 잊고 있었어."

지후가 네 개의 통장을 그녀의 손에 쥐어주었다. 무거웠다. 부담스러운 통장을 들여다보다 잠시 인영에 대한 일을 잊고 말았다. 그 얘기를 꺼내려고 고개를 들었지만 맛있게 저녁을 먹는 그를 보고 입을 다물었다. 인영의 말대로 그런 거 하나 이해 못하는 옹졸한 사람 취급을 당할 것 같았다. 그리고 오래간만에 같이 하는 저녁 시간을 그런 얘기로 망치고 싶지 않았다.

사방에 크리스마스 캐럴이 울리고 오래전에 첫눈도 내렸다. 그는 이브 날에는 아예 집에 들어오지 못했고, 크리스마스에도 방송 시간에 쫓겨 한밤중이 되어서야 들어왔다.

"결혼을 해도 나의 크리스마스는 여전히 외롭네."

"그러지 마세요, 부인."

지후가 한 아름의 꽃을 내밀었다. 장난스럽게 투덜거리던 다은의 얼굴이 환해졌다. 꽃을 받아 든 그녀의 얼굴은 정말 기뻐하고 있었다.

"늦었지만 메리 크리스마스. 그래도 아직 열두 시 전이니까 괜찮지?"

"우와, 너무 예뻐. 산타신랑 지각하셨지만 뭐, 자애로운 강다은님의 넓은 마음으로 용서해 드리지요."

"친구라도 만나러 나가지 그랬어."

"나도 늦게 들어왔어. 연말 시상식 준비한다고 전부 비상이야."

"아, 그렇겠다."

"그래도 이 해의 마지막 날은 같이 있겠네. 너도 시상식에 참석하는 거지?"

"응."

아무리 바빠도 다은이 일하는 방송국에서 하는 시상식에는 참석해야 한다고 유 사장에게 엄포를 놓았단다. 자랑처럼 그때 일을 얘기하는 그를 보고 있자니 하루의 피곤이 다 날아가는 듯하다. 다른 방송국에서 하는 시상식에는 참석하지 않냐는 물음에 그가 씨익 웃어 보였다. 이번 크리스마스에는 하늘에서 눈 대신 별이 쏟아져 내리고 있다.

그녀가 일하는 방송국에서 연말 가요대상 녹화가 있는 날 다은은 무대 뒤에서, 지후는 무대 위에서 그렇게 함께 한 해를 보내고 같이 맞이하고 있었다. 지후는 그날 인기상을 받았다. 시상식을 마치고 모두가 함께하는 뒤풀이에 잠시 참석해 있다가 다른 사람들의 질투 어린 야유를 뒤로하고 두 사람은 일찍 그 자리를 빠져나왔다.

“늦었지만 축하해. 오늘 정말 멋있었어.”

“나야 늘 멋있지.”

“제발 한 번이라도 그런 말에 겸손 좀 해봐라.”

“아까 잠시 혜영이 만났는데 너 생일 선물 보내줬다면서?”

“아무튼 말 돌리는 재주는. 홈페이지 들어가니까 생일이라고 모두 축하 인사를 남겼더라고. 모르면 그냥 넘어가겠지만 아는데 어떻게 그냥 있어. 우리 결혼식에도 와줬었는데.”

“거기 다시는 안 들어갈 거라더니.”

“그냥 가게 되더라구. 누가 너나 내 험담 하지는 않나 싶어서.”

“그럴 일이 뭐 있다고.”

“사람 마음이 참 그래, 그치?”

“내가 안 보낸 거 안다면서 너한테 고맙다고 인사 전해달래.”

“네가 시켜서 보낸 거라고 하지. 그럼 더 기분 좋아했을 텐데.”

“이제껏 한 번도 그런 적 없었어. 새삼스럽게 그런 선물을 받았으니 내가 아닌 건 당연한 거지. 혹시 다른 애들한테도 보낸 적 있어?”

“응. 그 이후로 두 명인가 더 있었어.”

“두고 봐라. 소문나면 앞으로 사이트에 자기 생일이라고 하는 애들 엄청 많을 테니.”

“음, 그게 또 그렇게 되는 건가?”

"우리 제야의 종소리도 못 들었는데, 해 뜨는 거라도 보러 갈
까?"

"이 시간에 어디 가려고?"

"바다는 너무 멀고, 그럼 분위기 좋은 데서 저녁이라도 먹을
까?"

"지금 새벽 한 시가 넘었네요. 이렇게 늦게 분위기 좋은 데가
어디 있다고."

"연말이잖아. 밤늦게까지 하는 데 많을 텐데."

"넌 피곤하지도 않아? 난 내일 몇 주 만에 쉬는 거라구요."

"멀리까지 갈 거 없지. 분위기야 만들면 되는 거고."

지후는 먼저 씻고 있으라고 일러두고 무대에서 입었던 옷도
갈아입지 않은 채 나가 편의점에서 음식들을 잔뜩 사 들고 들어
왔다. 다은이 편한 트레이닝복 차림으로 있는 모습을 보더니 든
든한 옷을 더 껴입으라며 옷장에서 손수 두꺼운 코트를 꺼내주
었다. 그리고는 자신도 얼른 씻고 나와 편한 옷으로 갈아입고
이것저것 가득 챙겨 들고는 다은의 손을 잡고 옥상으로 이끌었
다.

옥상에 심어져 있는 나무의 앙상한 가지에 렌턴을 걸어놓고
테이블 위에 가져온 음식물을 늘어놓았다. 그리고 차가운 벤치
에 준비해 온 두꺼운 담요를 깔아주었다.

"괜찮지? 이만하면 대단한 성찬 아니냐?"

자신이 급하게 차린 테이블을 보고 대단히 만족하는 표정이

었다.

"응. 제법이네. 이런 것도 할 줄 알고."

"춥지? 이럴 때는 라면 국물이 최고야."

컵 라면을 하나씩 들고 김밥과 그 외 군것질거리들을 먹으며 아주 오래전 얘기부터 며칠 만나지 못하는 동안 있었던 얘기까지 두런두런 나누었다. 차가운 밤바람에 하늘도 얼었는지 달도 별도 꼼짝하지 않고 있었다. 그저 가끔 보이는 하얀 구름들만이 바람에 실려 이리저리 흘러다니고 있었다.

"나도 가끔 그런 생각을 해."

"무슨 생각?"

들고 왔던 음식들을 다 먹은 뒤, 지후는 도톰한 담요를 어깨에 두르고 자신의 품으로 그녀를 끌어당겨 꼭 안아주었다.

"전에 결혼하고 나서 네가 했던 말, 두 사람이 죽어라 사랑해서 결혼한 사람들도 이렇게 행복하진 않을 거라고 했었잖아."

"아."

고갯짓을 뒤로 해 그의 가슴을 콩콩 치며 끄덕여 보였다.

"나도 요즘 내가 참 행복하다는 생각을 해. 늦게 돌아와도 집 안 공기가 따뜻해서 행복하고, 며칠 동안 집을 비우고 있다 돌아오면 웃는 얼굴로 반겨주는 사람이 있어서 행복하고, 그렇게 나가 있는 동안에 날 걱정해 주는 사람이 있다는 것도 행복하고, 내가 걱정해야 할 사람이 있다는 것도 행복하고. 요 몇 달간 참 마음 편하게 일을 하고 있어."

그가 말하면서 내쉬는 숨결들이 그녀의 머리카락을 간지럽게
했다. 그리고 다시 말을 이으면서 그의 팔이 더욱더 꼭 그녀를
껴안았다.

"늦게 일어나 식탁에 아침상이 차려진 걸 볼 때도 행복하고,
그 식탁을 보고 왠지 모를 허전함을 느낄 때도 행복해. 혼자 먹
어야 한다는 사실에 괜히 서럽다는 생각을 하는 순간도 행복하
고, 같이 나누었으면 하는 사람이 있다는 사실에 행복해."

"고마워."

그녀의 머리에 그의 입술이 지그시 닿았다.

"처음엔 우리 결혼이 아주 형식적일 거라 생각했었어. 또 당
연히 그래야 한다고 생각했고. 그런데 식을 준비하는 동안 내가
참 좋은 사람을 만났구나, 라는 생각이 들면서 아, 이 사람과는
평생을 살아도 되겠다 싶더라. 네 첫인상은 자기 고집만 센 버
르장머리없는 노처녀 무대 디자이너였는데."

"목소리만 크고?"

"하하하, 그래, 목소리만 크고."

"나도 우리가 지금 이렇게 사는 거 결혼 생활이라기보다 연애
하고 있는 거 같아. 우린 서로를 너무 모르고 시작했잖아. 지금
도 그렇기는 마찬가지지만."

차가운 바람을 피해 조금 더 그의 품에 파고들었다. 그가 담
요를 끌어당겨 볼까지 감싸주었다.

"같이 있는 시간이 너무 없었어. 그치?"

“넌 어때? 처음에 느꼈던 그대로 아직도 행복하니?”

“응.”

다은의 거침없이 뱉는 대답에 기분이 좋았다.

“결혼하라고 닦달하는 사람도 없고, 어디 내세워도 부끄럽지 않을 윤지후라는 든든한 남편도 있고, 잠시 들렀다 가는 며느리인데도 너무 사랑스럽게 바라봐 주시는 시부모님들도 계시고. 너도 우리 집에 자주 들른다는 말 들었어. 내 부모한테 잘해주는 남자 예쁘잖아.”

“오랜만에 듣네, 예쁘다는 말.”

“나 예쁜 거 무지 좋아해. 그리고 말이야.”

고개를 약간 돌렸다. 자신을 감싸고 있는 그의 든든한 어깨가 보였다.

“내가 원래 소유욕이 엄청 많아. 내 걸 누가 가지거나 손대는 거 엄청나게 싫어하거든? 아무도 너에게 손대지 말았으면 좋겠어.”

처음 사랑 고백을 하는 여자처럼 수줍고 조심스러운 목소리였다.

“그리고 난 내 건 절대 안 버린다. 어떤 경우라도……. 무섭지?”

자신의 고백이 쑥스러운지 장난스럽게 뒷말을 덧붙이는 그녀를 더욱더 꼭 안아주었다.

“다은아.”

"노래 한번 불러봐. 노래 잘하는 가수를 남편으로 뒀는데 아
직 한 번도 집에서 노래 부르는 모습을 못 봤네. 작업실에 있는
피아노 썩겠다."

"……."

그는 무슨 말을 하려다 말고 그녀의 머리에 깊은 입맞춤을 해
주었다. 썩고 있는 건 비단 피아노뿐이 아니었다. 그의 머리 속
에는 퍼뜩 작업실에 있는 싱글 침대가 떠올랐다. 그는 혼자서
싱긋이 웃고는 다은의 어깨에 턱을 기대었다.

"무슨 노래 좋아해?"

"난 조용한 노래는 뭐든 다 좋아해. 지금 아주 잔잔한 노래가
듣고 싶네."

"조용한 노래, 잔잔한 노래."

눈을 뜨면 하루만큼 커진 사랑에 그대 나에게 준 행복한 아침을
시작해.

오늘따라 눈이 부신 햇살 탓인지 세상 모든 것이 어제와 다르게
느껴져.

다은을 감싸 안고 있는 그의 손이 노래에 맞춰 토닥토닥 박자
를 맞추고 있었다.

혼자가 더 편하다고 생각했던 나인데

이제 그대 없는 나의 모습들은 생각하기조차 싫은걸.

감사할게, 그대 있는 여기 이 세상에 태어나

수많은 사람들 중에서 그대 나의 사랑 되어준 걸.

기억할게, 그대 처음 내게 다가오던 그날이

나에겐 너무나 눈부신 또 다른 세상의 시작이란 걸.

알고 있니, 어린 시절 그림 조각들처럼

너의 곁에 이미 나의 자린 정해져 있었다는 걸.

감사할게, 그대 있는 여기 이 세상에 태어나

수많은 사람들 중에서 그대 나의 사랑 되어준 걸.

기억할게, 그대 처음 내게 다가오던 그날이

나에겐 너무나 눈부신 또 다른 세상의 시작이란 걸.

입가에 저절로 미소가 걸릴 정도로 편하고 고운 노래였다. 눈을 감고 그의 노래를 들었다. 그의 토닥거림과 부드러운 음성에 살며시 졸음이 밀려왔다. 그러다 마지막 가사에 환하게 웃음을 드리우며 눈을 떴다. 시릴 정도로 차가운 샛별이 참 예쁘다.

항상 오늘처럼 내가 너의 곁을 지킬게.

—신승훈의 loving you 中에서

그렇게 그곳에서 새해 아침을 맞았다. 어제와 똑같이 생긴 태양이 떠올랐지만 두 사람에게는 많은 것이 달라져 있었다. 두 사람의 눈에 비치는 세상은 더없이 맑았고, 콧속으로 들어오는 공기는 상쾌했다. 함께한다는 것에, 믿고 기댈 수 있는 사람이라는 확신에 마음이 가벼워졌다.

잠이 들면 쉽게 일어나지 못할 것 같아 일찍부터 시댁에 들러서 어른들과 아침 식사를 같이하고, 오후부터 일정이 잡혀 있다는 지후의 말에 서둘러 나와 처가에도 들렀다.

"밤새웠는데 안 피곤해?"

콘서트 준비에 바쁘다는 그를 배웅하러 문 앞에 섰을 때 그가 다은의 헝클어진 머리를 간추려 주며 그녀의 안색을 살폈다. 이렇게 연습하러 나가는 게 싫은 적이 또 없었던 것 같다. 공연 준비를 위해 같이 일하는 다른 사람들만 없다면 며칠쯤 그냥 놀고 싶었다.

"나야 지금부터라도 자면 되는데 네가 걱정이다."

"괜찮아. 난 정말 좋았는걸."

"너무 무리하지는 말고 피곤하면 잠시라도 눈 좀 붙여."

"어. 있잖아……."

"뭐가?"

"너한테, 뽀뽀…… 해도 돼?"

다은은 웃음을 머금은 입술을 꼭 다물고 눈을 감았다. 따뜻한 그의 두 손이 볼을 감싸고 떨림이 느껴지는 그의 입술이 살짝 닿았다.

"콘서트가 끝나면 조금 오랫동안 휴식 기간 가지면서 너하고 많이 놀고 싶어.”

붉어진 얼굴로 함께 놀고 싶다는 그의 말에 다은은 환한 웃음
으로 고개를 끄덕였다. 뭐가 그렇게 못 미더운지 걱정스러운 얼
굴로 차에 오르지 못하고 미적거리는 그를 겨우겨우 밀어 차에
태웠다. 그를 데리러 온 영욱은 누군 마누라 없냐며 아까부터
투덜거리는 중이다.

“갔다 올게.”

“응.”

그를 태운 차가 시야에서 사라질 때까지 서 있었다. 오래간만
에 자기 방으로 돌아온 다은은 달콤한 잠에 빠져 들었다.

콘서트 날짜가 다가올수록 그의 얼굴을 볼 시간이 더 없어졌
다. 집에서 만나도 잠시 마주치는 정도다.

혼자서 늦은 저녁을 챙겨 먹고 있을 때, 집에 못 들어올지도
모른다는 연락을 했던 그가 불쑥 들어왔다. 영욱도 함께였지만
다은에게 오랜만이라는 인사만 하고는 차에서 기다리겠다며 곧
아래로 내려갔다.

“너나 네 주위 사람들이나 불쑥 들이닥치는 건 똑같네.”

“무슨 말이야?”

“아냐, 다시 나갈 거야?”

“어. 다음 주부터 콘서트 시작이라 당분간 집에 못 들어와. 한
달 정도 걸릴 거 같은데.”

"벌써 그렇게 됐구나. 중간에 서울에서 방송은 한 번도 없는 거야?"

"응, 없어."

"집에 올 일도 없고?"

"글쎄, 잘 모르겠는데. 한 번도 그런 적 없었거든. 콘서트 열리는 지방에서 쉬는 게 피로도 안 쌓이고 더 좋으니까."

"그럼, 서울 공연은 언제야?"

"2월 초."

"자꾸 추워지는데 감기 조심해. 잘 챙겨 먹고."

"자주 전화할게."

"응. 그런데 구정에도 집에 안 오는 거야? 우리 결혼 후 첫 명절인데."

간단한 여행 가방을 싸는데 이미 익숙해진 다은은 그에게 필요한 옷가지들을 가방에 챙겨 넣었다. 혹시라도 다은이 빠뜨린 물건은 지후가 옆에서 지켜보다 꼼꼼히 챙겼다.

"아직은 잘 모르겠어. 이번에 앨범 접는 시기랑 맞물려서 좀 바빠. 결혼 때문에 사장이 골나서 안 쉬게 하겠다더니 정말 그러네."

"설마 그것 때문에 그럴려고."

"3월부터는 방송도 없고 한가한데 우리 그때 신혼여행 갈까?"

"신혼여행?"

"같이 놀기로 했잖아."

"난 프로그램 개편한 지도 얼마 안 되고 다른 프로도 두 개나 더 맡았는데. 또 휴가 빼기가 좀 그럴 거 같은데."

"보름 정도만 휴가 낼 수 없어?"

가방을 챙겨 들고 두 사람이 나란히 현관에 마주섰다.

"보름씩이나? 나 방송국에서 잘리는 거 보고 싶은 거구만?"

"올해 휴가 미리 당겨서 쓰면 되잖아."

"그러다 나중에 정말 필요할 때 못 쉬면 어쩌려구."

잔뜩 기대에 부풀어 있던 그는 무조건 안 된다는 말에 표정이 뾰로통해졌다.

"알아는 볼게."

"그럼 가는 걸로 하고, 어디 가고 싶은지나 생각해 둬."

마지못해 알아보겠다고 하는 대답에 금세 얼굴이 풀려서는 여행을 가는 걸로 혼자 결정을 내려 버렸다.

"알았으니까, 몸조심해."

"혼자 있다고 굶지 말고 밥 잘 챙겨 먹어. 아니면 집에 가 있던가."

"너나 잘 챙겨 먹고 다녀. 집에 가게 되면 메시지 보낼게."

갑자기 들고 있던 가방을 내려놓고는 다은의 양볼을 감싸 쥐고 입술을 부볐다.

"나 밥 먹던 중이었어."

"김치 냄새 나."

"그러니까."

"그런 걸로 대충 때우지 말고 잘 먹어."

"아휴, 잔소리쟁이."

그는 다시 한 번 다은의 입술에 자신의 체온을 꾹 남기고서야 등을 돌렸다.

집에 들어오지 않는 날이 많았고 매일 얼굴을 자주 대하지 못하는 게 이젠 거의 생활이 되어 익숙해져 갔다. 집을 비울 때마다 혼자서도 밥 잘 챙겨 먹으라고 당부하는 게 항상 그의 안부 인사였다. 전화를 하는 쪽은 주로 그였다. 다은은 일을 하면서도 녹화 도중이 아니면 언제나 전화를 받을 수 있었지만 그는 녹음실에 있거나 촬영 중이지 않으면 일 때문에 사람들을 만나는 경우가 많아 편하게 전화를 받을 수 있는 시간이 일정하지 않았다. 별로 긴 통화도 아니었고 꼭 할 말이 있는 것도 아니었다. 단지 서로 자주 볼 수 없는 것을 목소리로 대신하고 있었다.

준비해 오던 전국 투어 콘서트가 시작되었다. 최고의 컨디션을 유지하기 위해 이동 시간을 최대한 아꼈다. 공연이 없는 날에도 서울로 올라오지 않고 그 지역의 라디오 방송에 간간이 출연하면서 휴식을 취했다.

"지금은 어디야?"

다은의 일과 그의 콘서트 시간과 연습 시간이 잘 맞지 않아 제대로 통화한 날이 거의 없었다. 오늘은 오래간만에 다른 지역으로 옮겨 쉬는 날인데다 다은도 일찍 집에 들어와 있어서 느긋하게 통화를 할 수 있게 되었다.

[대구에서 오늘 부산으로 내려왔어. 여기 해운대다. 겨울 바

다가 무척 멋있네.]

"바다?"

[야경이 정말 멋있어.]

"나도 가본 적 있어."

은근히 자랑하는 지후에게 질세라 가본 적 있다고 대꾸했다. 대학 시절 딱 한 번 본 적 있는 겨울 바다가 눈에 선하다.

[너랑 같이 있었으면 좋겠다, 다은아.]

무슨 대답을 할까. 함께 있고 싶은데. 다은은 그저 같은 생각이라 고개만 끄덕이고 있었다. 그러면 그에게 그 모습이, 이 마음이 전해질 것만 같았다.

[내일 수요일이니까 쉬는 날이지?]

"응."

[나도 부산 공연은 이틀 뒤에나 있는데 지금 집에 갈까?]

"지금 온다구? 비행기도 없을 텐데."

[기차 타고 가면 되잖아. 밤 기차는 아마 있을걸?]

"다섯 시간이나 걸려서 오려면 너 피곤해서 안 돼."

[나, 정말 이런 적 없었는데. 혼자 공연 다니면서 옆에 같이 있는 사람들도 많고 그러니까 한 번도 외롭다는 생각이 든 적 없었거든? 그런데 지금은 좀 그러네.]

"힘들어서 그럴 거야."

[네가 끓여주는 꽃게탕 먹고 싶어.]

"후후, 밥은 잘 먹고 다니는 거지?"

[좀 전에는 횟밥 먹었어. 안 되겠다. 다은아, 전화 끊을게.]

"그래. 이제 들어가서 쉬어. 콘서트 잘하고 있다고 오늘 방송 하더라. 너 인터뷰하는 것도 봤어. 난 너 매일 보잖아."

[다은아, 제길, 잘 자라.]

일방적으로 전화를 끊어버렸다. 다은은 '뚜뚜' 하고 신호음만 들리는 수화기를 잠시 노려보았다. 왜 마지막에 제길이라는 말을 했어야 했는지 모르겠다. 기분 좋게 통화를 하다 마지막 한마디에 기분 상해 심통한 얼굴로 수화기를 내려놓았다.

다은은 그가 없는 시간에는 늘 그의 음악을 들으며 시간을 보냈다. 그가 마지막에 던진 말에 기분이 상하긴 했지만 지금도 그와 통화를 끝내고 보고 싶은 마음에 콘서트를 녹화한 테이프를 틀었다. 언제 봐도 방송에서와는 전혀 다른 모습의 그를 만난다. 방송에서는 어떤 때는 경직되어 있다고 느낄 만큼 무덤덤한 표정이지만 콘서트에서는 전혀 달라 보였다.

가수들 중에는 소규모라도 특별히 콘서트를 즐겨하는 가수들이 있었다. 지후도 그런 가수들 중 한 명이었다. 자신의 음악을 사랑해 주는 사람들이 모인 자리에서는 저렇게 온 열정을 다 뿜어내고 싶은가 보다. 온 무대를 뛰어다니며 혼신의 힘을 다해 노래 부르는 그의 모습을 지켜보다 작업실로 들어갔다. 그의 음악 도구들이 널려 있는 구석 한편에 그녀의 오래된 화구가 놓여 있었다. 거실 바닥에 낡은 담요 한 장을 깔고 큼직한 돌벼루를 가지런히 놓았다. 그의 콘서트를 보면서 천천히 먹을 갈기 시작했다.

두 시간 후, 그의 콘서트가 끝나고 다은도 먹 갈기를 멈추었다. 큰 화선지 한 장을 펼쳤다. 그리고 가지고 있는 붓들 중 가장 큰 것을 손에 쥐었다. 옆에 깔아놓은 신문지에 먹의 농도를 살피고 하얗게 펼쳐진 화선지를 한참 동안 바라보았다. 그녀의 눈에 비친 화선지에는 이미 어떤 밑그림이 그려져 있는 듯했다. 하얀 화선지에 검은 먹물이 퍼지고 다은은 힘찬 동작으로 그림을 그려 나갔다.

벌써 몇 장 째인지 모른다. 그녀의 이마에 땀이 맺혔다. 콧잔등의 땀 한 방울이 그림을 그리고 있던 화선지에 떨어져 동그란 얼룩을 만들었다. 붓을 놓고 콧잔등의 땀을 훔쳐 내고는 시계를 쳐다보았다. 이미 새벽 5시를 넘어서고 있었다.

"그래, 널 생각하면서 꽃게탕을 아주 맛있게 먹어주마."

만족스럽게 그려진 그림을 보면서 싱긋 웃어 보이고는 옷을 챙겨 입고 밖으로 나왔다. 버스를 타고 수산 시장으로 향했다. 새벽 이른 시간인데도 버스 안에는 사람들이 많이 있었다. 활기찬 시장사람들의 모습과 오랜만에 맡아 보는 바다 냄새에 기분이 상쾌해졌다. 한참을 구경하며 돌아다니다 가장 싱싱해 보이는 꽃게를 사 들고 집으로 돌아왔다.

밥이 보글보글 익어가고 꽃게탕도 맛있게 끓고 있었다. 음식들이 준비되는 동안 다은은 뉴스를 틀어놓고 어질러 놓은 도구들과 그림들을 정리했다. 투명 테이프로 방문마다에 그림을 걸어놓고 오랜만에 그린 자신의 작품을 감상했다. 자신의 그림에 흡족해 콧노래가 절로 나왔다.

가스 불을 끄고 맛있게 요리된 음식을 식탁에 옮겨놓았다. 묵은 김치와 어제 무쳐 놓은 나물 한 가지뿐인 반찬이라도 꽃게탕에 뜨거운 밥을 올려놓으니 진수성찬이었다.

"너, 문도 안 잠그고 잤던 거야?"

갑작스럽게 버럭 날아드는 고함 소리에 놀라 들고 있던 수저가 식탁 유리 위로 '쨍' 소리를 내며 떨어졌다.

"무슨 여자가 겁도 없어? 문단속도 안 하고 잠이 와?"

머리끝까지 화가 나 있는 지후가 부엌 입구에 서 있었다. 마치 아침에 출근했다가 저녁에 퇴근해서 집에 돌아오는 사람의 모습이었다.

"어떻게, 너……."

눈앞에 그가 있었지만 믿을 수 없었다. 분명 부산에 있다고 통화한 게 어제저녁이었다. 다은은 여전히 멍한 얼굴로 씩씩거리면서 부엌으로 들어서는 그를 보고만 있었다.

"나, 뭐!!"

"부산에 있다고 했었잖아."

"첫 비행기 타고 왔어. 젠장, 말 돌리지 마."

꿈은 아닌가 보다. 정말 그가 눈앞에 있었다. 어디선가 불쑥 나타나 바락바락 성질을 내고 있는 저 남자는 다은의 어린 새신랑 윤지후가 분명했다. 이제야 정신이 좀 들었다. 다은은 떨어뜨렸던 수저를 챙겨 제자리에 놓고 그의 앞에 마주 섰다.

"너한테 배운 거잖아."

"너 맨날 문단속도 안 하고 자는 거야?"

"잘해."

"잘하긴 뭘 잘해. 큰일 날 여자네, 정말."

"아냐. 새벽에 수산 시장 갔다 오면서 문을 안 잠갔나 봐."

"거긴 뭐 하러…… 아, 꽃게탕이다."

그제야 냄새를 맡은 모양이다. 식탁 위에 차려진 음식을 보면서도 코를 킁킁거리며 황홀한 듯 다시 한 번 뚝배기에 담긴 꽃게들을 확인했다.

"영욱 형이 나 온다고 전화했었어? 깜짝 놀라게 해준다고 전화하지 말라고 했었는데."

"아니, 연락없었어. 어젯밤에 통화할 때 네가 꽃게탕 얘기 하길래 나도 그냥 먹고 싶어서 한 거야."

"그렇다고 혼자 있으면서 새벽 시장씩이나 가서 그걸 사 오냐?"

"맨날 잘 챙겨 먹으라고 하면서 순 말뿐이었나 보네? 혼자 있으면서 좀 챙겨 먹으면 안 돼? 내가 식은 밥에 물 부어서 김치 하나 달랑 놓고 먹으면 좋아?"

"그게 아니라 쉬는 날인데 새벽같이 수산 시장까지 나갔다니까 하는 말이잖아."

"다른 일 한다고 밤샜어."

“다른 일? 다른 일 뭐? 뭐길래 밤까지 새야 할 일이었어?”

굳은 얼굴로 다은을 쳐다보았지만 다은은 그의 표정을 눈치 채지 못했다.

“집에 누구 있어?”

“우리 집에 올 사람이 어디 있어? 너 있을 때 아니면 올 손님들 없어.”

지후는 다시 한 번 따뜻한 음식이 차려진 식탁을 바라보았다. 좀 전과는 다르게 풀이 죽은 모습이었다.

“나 옷 갈아입어도 돼?”

“새삼스럽게 뭘 그런 걸 물어봐? 갈아입고 싶으면 갈아입어.”

침실 쪽으로 몸을 돌리던 그가 갑자기 큰 소리로 웃어댔다. 그는 문에 걸린 그림들을 보고 있었다. 거실 쪽을 빠끔 내다보던 다은은 도대체 그의 지금 정신 상태를 이해할 수가 없었다. 문 안 잠갔다고 버럭 성질을 내더니 꽃게탕을 보고 좋아하고, 그러더니 또 갑자기 기운 빠진 얼굴을 하고 있다가 이제는 박장대소다. 어느 장단에 춤을 춰야 할지 몰랐다.

“하하하. 그림 그렸구나. 그래서 밤샌 거야? 하하하.”

“……”

“됐어. 옷 안 갈아입을래. 나 배고파. 밥 많이 한 거지?”

조금 전과는 너무도 다르게 기분 좋은 얼굴을 하고는 식탁에 앉았다. 갑자기 나타난 것만으로도 충분히 놀랐는데 처음 보는 그의 변덕스러운 모습에 도무지 적응이 되지 않았다.

"뭐야? 너 어디 아파?"

"아프긴, 이렇게 말짱한데."

"옷 갈아입는다며."

"됐어. 안 갈아입어도 돼. 밤 기차로 오려다가 푸석한 모습일 거 같아서 일부러 자고 첫 비행기로 왔어. 이거 새벽에 깨끗한 옷으로 갈아입은 거야."

입고 있는 옷을 쥐고 흔들어 보이기까지 했다. 그런 그의 모습을 보면서 다은은 밥 한 그릇을 더 퍼 담고 냉장고에서 다른 밑반찬들을 마저 꺼내려 했다.

"됐어. 다른 반찬 더 꺼낼 필요 없어."

그는 다은의 그릇 옆에 놓여 있던 수저를 들어 먼저 꽃게탕의 국물을 한술 떠 먹었다. 다은은 수저 한 벌을 더 챙겨와 그의 맞은편에 앉았다.

"이야~ 정말 오기 잘했네. 진짜 맛있어."

잠시 다른 생각을 하느라 다은은 그의 말에 신경 쓰고 있지 않았다. 평소에는 보지 못했던 그의 행동을 의아해하며 밥을 먹던 다은이 갑자기 탁 소리 나게 숟가락을 내려놓았다.

"너."

"움, 왜?"

입 안 가득 밥을 물고 있어 다른 말은 하지도 못한 채 다은을 쳐다보기만 했다.

"너 내가 집에 다른 남자라도 끌어들였다는 거야?"

“무슨 소리야?”

입 안 가득 꽉 들어찬 밥을 열심히 씹으며 전혀 무슨 말을 하는지 모르겠다는 능청스러운 표정으로 대꾸했다.

“밤새 무슨 일을 했냐고? 옷 갈아입어도 되냐고? 뭐 하러 수산 시장씩이나 갔냐고? 너 그거…….”

“강다은.”

대답하지 않고 야무진 눈동자로 그를 흘겨보았다. 하지만 그는 여전히 아무 일도 없었다는 듯 능청스러운 표정이었다.

“밥이나 먹어.”

“어떻게 그런 깜찍한 생각을 한다니?”

고개도 들지 않고 부지런히 밥만 먹고 있는 지후를 잠시 노려보다 다시 숟가락을 들었다.

“내 거에 대한 욕심, 소유욕 그런 거 너만 있는 거 아냐. 나, 내 거 다른 사람과 같이 나눌 만큼 너그러운 놈 아냐. 그런 욕심 너보다 더하면 더하지 덜하지 않아.”

식사를 하려던 다은은 다시 그를 쳐다보았다. 살이 통통하게 오른 게 다리를 하나 잡고 열심히 껍질을 부수고 있었다.

“뭘 봐. 먹어.”

말은 퉁명스럽게 내뱉으면서도 발라낸 게살을 다은의 밥 위에 올려주었다. 그러더니 이번에는 몸통 하나를 집어 든다.

식사를 마치고, 다은이 타준 유자차를 손에 들고 거실로 나간 그는 방문마다 걸려 있는 그림을 감상하고 있었다. 설거지를 마친 그녀도 유자차를 한 잔 타서 거실로 나와 소파에 앉았다.

"아주 역동적인 모습이네. 살아서 움직일 거 같다."

"몇 년 만에 잡아보는 붓이었어. 아직도 내가 그림을 그릴 수 있다는 게 나도 놀랍더라."

"역시 난 멋진 놈이야."

"푸~"

다은은 하마터면 뜨거운 차에 입 안을 데일 뻔했다.

"왜 그래, 괜찮아?"

"정말 넌 겸손을 몰라."

"하하하, 이거 정말 내 그림이 맞나 보네. 그림이라는 게 이런 거구나."

지후는 안방 문 쪽으로 다가가 조심스럽게 그림들을 만져 보았다. 한 장 한 장 그림들을 들쳐 보는데 그림을 감상하는 건지, 그림으로 표현되어진 자신의 모습을 감상하는 건지. 화선지의 바스락거리는 소리와 진한 먹물의 향과 유자의 향이 집 안을 꽉 메우고 있었다.

"이렇게 잘 그리는 그림을 왜 그만뒀어?"

그는 소파에 앉아서도 문에 붙은 그림들에게 시선을 떼지 못했다. 그림을 전공했다는 건 알았지만 매번 못질하는 모습만 봐와서인지 다은이 그림을 그렸다는 사실이 신기하기만 했다.

"그림은 언제라도 그릴 수 있다고 생각했어. 일을 하면서도 충분히 잘해낼 줄 알았지."

“많이 바쁘잖아.”

“후회없어. 할아버지가 참 많이 섭섭해하셨지만 봐, 이렇게 그리고 싶을 때는 그리잖아. 만족해.”

둘이서 이렇게 같은 공간에 오랜 시간을 함께하고 있는 게 무척 오래간만이다. 그리고 만나서 이렇게 오랫동안 침묵을 하고 있는 것도 처음인 거 같다. 뜨거운 유자차를 다 마실 때까지 두 사람은 느긋하게 침묵의 여유를 즐겼다.

다 비워진 잔에는 아직도 따뜻한 온기가 남아 있었다. 다은은 잔을 양손으로 살짝 감싸 쥐고 소파에 기댄 채 눈을 감았다.

“언제 내려갈 거야?”

나른한 목소리로 묻는 질문에 같이 눈을 감고 있던 그가 살며시 한쪽 눈을 뜨고는 다은에게로 살짝 고개를 돌렸다. 동그스름한 턱 선을 한번 쓰다듬어 보았으면 좋겠다.

“오후에 내려가야 돼. 열 시에 라디오 방송 있거든.”

“점심에 뭐 먹고 싶어?”

“꽃게탕 아직 남았잖아.”

“다른 건 먹고 싶은 거 없어?”

“내가 애 가졌냐? 이거저거 먹고 싶은 거 막 생기게.”

“말하는 거 하고는.”

눈을 떴다. 그녀를 바라보고 있던 그의 시선은 어느새 문에 걸린 그림에 가 있었다. 콘서트에서 힘차게 움직이며 노래를 부르던 그의 모습이 그림에 고스란히 담겨 있었다. 자질구레한 선

없이 간결하게 잘 표현되어진 그의 모습이 강하고 활기 차게 잘
표현되어 있어 만족스러웠다.

"저번에 집에 갔더니 어머니가 그러시더라. 너 피임하냐구."

"뭐?"

전혀 생각지도 않았던 대홧거리에 고개를 번쩍 들었다.

"그냥 웃고 말았지 뭐."

"갑자기 그런 말씀을 왜 하신 건데?"

"누나가 결혼한 지 4년째인데도 아직 아기가 없잖아. 몸이 좀
안 좋다고 들었거든. 계속 약을 지어 먹고는 있다던데 혹시 너
도 그런 거 아닌지 어머니가 걱정하시더라고. 그런 거 아니라고
했으니까, 혹시 엄마가 너한테도 물으시면 대답 잘해."

"……응."

언젠가 한 번쯤은 어른들이 물어올 문제이긴 했다. 하지만 각
자 나름대로 생각만 할 뿐 선뜻 입 밖으로 얘기를 꺼내지는 못
했다. 두 사람 다 서로의 눈치를 보고 있었다. 아직은 아기 문제
에 대해 대화를 나누는 것이 조심스럽고 어색했다. 지후는 다은
을 바라보며 나중에, 나중에 언젠가는 다은도 아기를 원할 거라
고 생각했다. 그녀의 자유를 보장했던 결혼이라 먼저 나서서 아
기를 가지자는 말을 하지는 못하지만 나중에 그녀가 먼저 원하
는 날이 올 거라 믿었다.

"너 밤샜는데 잠 안 와?"

지후는 아기 얘기로 어색해진 분위기를 바꿔보려 다른 말을

꺼냈다.

　이제까지는 두 사람이 같은 침대에 눕는 게 이상하지 않았다. 말 그대로, 표현 그대로 같은 침대에 누워서 잠을 자는 것뿐이었다. 처음에는 옆에 나란히 누운 그녀의 존재가 너무 커 도무지 잠을 들지 못하는 날도 있었다. 때로는 잠결에 옷자락만 스쳐도 눈을 번쩍 뜨곤 했었다. 그러다 점차 편하게 눈을 감을 수 있게 되었다. 이제는 아침에 일어나 다은에게 팔베개를 해주고 있는 자신의 모습을 보게 되어도 자연스러웠다. 문득 참기 힘든 유혹이 불끈 솟을 때도 있었지만 혼자서 해결할 수 있었다.

　"자야지. 넌 뭐 할 건데?"

　갑자기 자신이 없어졌다. 집 안에 들어서면서 혹시라도 다른 사람이 있을지도 모른다는 생각을 하고 그 마음이 질투라고 단정 지으면서 두근거리기 시작한 마음은 쉽게 진정되지 않았다. 아마 무언가를 바라고 슬쩍 어머니 얘기를 하면서 아기 문제를 꺼냈는지도 모른다. 아기 얘기에 정색해하는 그녀의 표정을 보면서 얼른 다른 말로 돌려 버렸지만 하필 그게 자러 들어가자는 말이라니. 다은의 눈치를 살폈지만 그녀에게서는 다른 어떤 표정의 변화도 읽을 수 없었다.

　"너 자는데 나 혼자 뭐 하냐? 나도 잘 거야."

　"그래, 먼저 들어가서 자."

　"넌?"

　"컵 씻어놓고 들어갈게."

다은이 들어갔을 때 그는 등을 돌린 채 누워 이미 잠들어 있었다. 며칠씩 쉰다고는 하지만 강행군에 많이 피곤했던 모양이다. 그의 잠든 모습을 보고 있자니 전에 그가 해준 말이 떠올랐다.

"무대 위에서 노래를 부르는 것보다 공연을 앞두고의 긴장감이 어떤 때는 사람을 더 지치게 해. 그리고 열심히 준비한 모습을 무대 위에서 다 보여주지 못했을 때는 화가 나."

침대에 출렁임이 일지 않도록 살며시 한쪽 편에 누웠다. 이렇게 나란히 누워보는 게 얼마 만인지. 아기 문제를 잠시 얘기한 뒤라 그의 옆에 눕는 일이 불편했다. 그렇다고 소파에서 잘 수는 없었다. 그러면 아마 그는 더 이상한 쪽으로 오해를 하게 될지도 모를 일이다.

잠시 몸을 뒤척이던 그가 몸을 엎드리고는 고개를 다은이 있는 쪽으로 돌렸다. 눈길을 조금만 돌려도 그의 얼굴을 가까이서 볼 수 있었다. 다은은 몸을 옆으로 돌려 그를 마주 보았다. TV에 나오거나 하지 않았다면 그냥 사람들 틈에서 가끔 '참 선하게 생겼네' 라는 소리나 한 번쯤 들으면서 살았을 그런 얼굴이다. 그러면서 사람들은 그에게 웃는 모습이 좋다거나 머리숱이 많다는 소리 정도는 할 것이다. 눈썹이 짙고 입매가 참 고왔다. 조심스럽게 손을 들어 그의 눈썹을 곱게 쓸어 내렸다.

"너 참 예쁜 사람이야. 가끔 널 생각하는 날 보면서 내가 사랑에 빠졌다는 걸 알게 돼. 지후야, 사랑해. 너무 엉뚱하고 쉽게 선택한 사람이지만 그게 너인 게 너무 감사하다. 참 다행이지?”

“응.”

깜짝 놀랐다. 자신이 작게 소곤거린 말을 다 들었다는 듯 대답하는 그를 한참이나 쳐다보았다. 몇 번이나 진짜 잠든 건지 확인을 했지만 그는 약간의 미동도 없이 고른 숨소리를 내며 눈을 감고 있었다. 다은은 조심스럽게 그의 손을 잡았다. 그리고 곧 깊은 잠에 빠져들었다.

지후는 누군가가 이불을 자꾸 끌고 가는 것을 느끼고 그것을 뺏기지 않으려 잠결에도 힘 싸움을 벌이고 있었다. 몸을 옆으로 돌리고는 짜증 섞인 투로 힘차게 이불을 잡아당겼다. 이불을 뺏긴 다은이 이불 밑으로 다시 들어가기 위해 몸을 굴렸다. 몸을 한껏 웅크린 채 이불 속으로 파고들어 가서는 그의 품에 안겼다. 그런 다은을 가만히 안아주던 지후는 흠칫 놀라 눈을 떴다.

호텔방이 아니었다. 잠들어 있는 방도 눈에 익은 곳이고, 침대 시트도 많이 본 것이다. 등을 돌린 채 몸을 잔뜩 웅크려 그의 품에 안겨 자고 있는 사람이 다은임을 확인하고는 안도의 한숨을 쉬었다.

‘아, 아침에 왔었지.’

고개를 조금 돌려 협탁에 놓인 시계를 쳐다보았다. 시계는 두 시를 향해 달려가고 있었다. 이미 잡혀 있는 일정이 있기에 일

어나려고 하다가 그녀가 잠에서 깰까 그냥 폭 안은 채 다시 잠
이 들었다. 부산에 가고 싶지 않았다.

다은은 허리를 조르는 듯한 느낌에 눈을 떴다. 바로 눈앞에
지후의 얼굴이 있는 것을 보고 놀라 다시 눈을 감았다가 떴다.
조금의 빈틈도 없이 그에게 안겨 있었다. 그의 숨결에 다은의
머리카락이 작은 움직임을 보일 정도였다. 그의 허리에 놓여진
자신의 손을 살며시 움직여 보았다. 그리고 몸을 일으켜야 할지
말아야 할지 결정하지 못하고 있을 즈음 그가 눈을 떴다.

"일어났네. 네 시야."

"그래."

너무 가까이 있다는 생각이 들었다. 하지만 그는 더욱더 가까
이 다가오고 있었다. 그의 입술이 이마에 닿는 듯하더니 곧 다
은의 입술에서 그의 감촉을 느꼈다. 이제껏 그에게서 받았던 키
스와 다른 기분이었지만 입술을 열어 받아들였다. 그러자 그는
더욱더 깊은 키스를 보내왔다. 다은도 그의 머리를 끌어안으며
키스를 성심껏 받아들였다. 그렇게 조금의 시간이 흐르고 다은
의 얼굴을 감싸 쥐고 있던 그의 손이 그녀의 가슴께로 내려왔
다. 다은이 짧은 숨을 들이켰다. 그의 손을 막았지만 그는 자신
의 손을 힘없이 막는 그녀의 손을 잡아 다른 손에 옮겨 잡았다.
다은의 헐렁한 셔츠 밑으로 그의 손이 들어와 가슴을 움켜쥐었
다. 또다시 다은이 숨을 토해내는 소리가 들렸다. 셔츠가 머리
위로 벗겨지는 동안 아주 잠시 다은의 입술은 자유스러워질 수

있었다.

"지후야."

"넌 내가 남자로 보이지 않지?"

이미 그의 눈동자는 뿌옇게 흐려져 있었다. 강하게 거부하고
싶은 마음도 없었지만 그렇다고 쉽게 받아들여지지가 않았다.
그저 마른침만 꿀꺽 삼키고 그를 바라보았다.

"항상 애 취급 하잖아."

"……."

"널 안고 싶어."

"내가 안아주고 싶을 만큼 사랑스럽긴 하지."

할 수만 있다면 장난스러운 말로 이 순간을 넘겨 버리고 싶었
다. 생각하고 싶지 않지만 혹시라도 이 뒤에 올 그와의 어색한
관계가 신경 쓰였다. 그와 한집에 살면서 얼굴도 마주 보지 못
하고 그렇게 생활하기는 싫었다.

"장난치지 마. 항상 널 원했어. 이젠 망설이지 않을래."

다시 그의 입술이 그녀의 말문을 막아버렸다. 그렇게 그의 온
몸을 한껏 받아들인 후, 그의 품에서 다시 잠이 들었다.

다은이 다시 잠에서 깼을 때는 혼자였다. 이불 밑으로 자신의
벗은 몸을 느낄 수 있었다. 천장을 똑바로 바라보다 이불을 머
리 위까지 덮어버렸다. 그리고 잠들기 전, 그와 함께했던 순간
을 떠올리며 그의 체온이 조금이라도 남아 있을까 이불을 온몸
에 감았다. 문득 옆에 놓인 협탁에 개어져 있는 옷가지가 눈에

들어왔다. 조심스럽게, 그리고 따뜻했던 그의 손길만큼이나 곱게 개어져 있었다. 얼굴이 붉어져 왔다. 잠시 더 그렇게 그를 떠올렸다. 온몸이 묵직하면서도 개운한 기분이었다. 누운 채로 크게 기지개를 한번 켜고 일어나 옷을 챙겨 입고 거실로 나와 음악을 틀었다.

나는 사랑에 빠졌나 봐. 나는 사랑에 빠졌나 봐.
사랑이 뭔지 잘은 몰라도 왠지 가슴이 두근거려요.

노래를 듣다 혼자 큰 소리로 웃음을 터뜨렸다. 여가수의 열창이 자신의 마음을 대변하고 있었다. 오디오의 볼륨을 조금 더 높였다. 그리고 음정이 맞지 않는 목소리로 힘껏 따라 불러보았다.

자꾸 나는 누군가 그리워져. 자꾸 나는 누군가 보고 싶어.
설레이는 이 마음은 왜일까.
그대 보면 약해지는 이 마음, 이 마음, 이 마음.
나는 사랑에 빠졌어요. 나는 사랑에 빠졌어요.
사랑이 뭔지 잘은 몰라도 왠지 가슴이 울렁거려요.
　　　　　　　　　　—이선희의 나는 사랑에 빠졌어요 中에서

노래를 듣다 혼자 큰 소리로 웃음을 터뜨렸다. 발표된 지 오래된 이 노래는 전에도 여러 번 들은 적이 있고 따라 부른 적도 많았다. 하지만 단 한 번도 가사가 이렇게 가슴을 파고들어 와 아팠던 적은 없었다. 사랑에 빠진 걸 이 노래보다 더 직설적으로 표현한 노래가 또 있을까. 이 가수를 좋아해서 수십 번, 수백 번도 더 음반을 들었었지만 이렇게 사랑 노래가 많이 담겨 있는지는 처음 알았다.

음악에 묻혀 전화 벨소리가 아주 약하게 들렸다. 볼륨을 조금 줄이고 수화기를 들었다.

[나야.]

"응."

[부산 도착해서 형 만나 방송국 가는 길이야.]

"응."

[다은아.]

"응?"

[아냐, 저녁 챙겨 먹고 자라.]

"응."

[넌 할 말 없어?]

"있어."

수화기 저편에 호흡이 멈추는 소리가 들렸다.

"나 내일 머리 자르려고 하는데 전에 약속했던 거 안 잊었지?"

[그걸 왜 잘라? 난 허락 못해!]

"윤지후, 너 약속이 틀리잖아."

덜컥 소리부터 지르며 안 된다고 말하는 그에게 별로 기분이
나쁘지 않았다.

[무슨 약속? 나 그런 거 몰라.]

"내가 결혼하면 머리 자르는 거, 이거 하나는 허락해 달라고
했었잖아."

[몰라. 아무튼 짧게 자르기만 해봐. 할아버지한테 이를 거야.]

"윤지후."

[너 예쁘게 봐줄 거라고는 그 머릿결밖에 없는데?]

"뭐?"

잠시 동안, 아주 잠시 동안 수화기 저편이 조용하다.

[조금, 아주 조금 자르는 건 용서해 줄게. 난 지금 네 머리가
딱 좋단 말이야.]

부드럽게 귀 뒤로 머리카락을 쓸어 넘겨주던 그의 손길이 떠
올라 온몸에 전기가 일었다.

[그리고 이 바보야, 결혼 전에 한 약속을 지키는 사람이 세상
에 어디 있냐? 난 그런 거 전혀 기억 안 나니까 다음부터는 그런
얘기 꺼내지 마. 알았어?]

"뭐야? 그럼 내 자유는?"

[너 일하고 있잖아. 바보, 네 자유는 내 손 안에 있어. 내가 허
락하는 범위 내에서만 자유가 가능한 거라구. 너의 독립도 내가
쳐준 울타리 안에서만이야. 그러니까 앞으로 마누라 노릇이나

똑똑히 잘하란 말이야. 알았어?]

"그거 하려고 들면 무섭게 한다."

[얼마든지.]

먹혀들지 않는 협박이었다.

[다은아, 내가 결혼 전에 한 약속 중 이거 하나만은 꼭 지킬
게.]

"뭐?"

[남편으로서, 너의 남편으로서 내가 해야 할 일은 무엇이든
최선을 다할 거야.]

"후후, 응."

[형이 옆에서 닭살 돋는대. 끊자.]

"그래, 방송 잘해."

[너무 늦어지면 전화 안 할 거니까 기다리지 마. 알았지?]

"응."

아무렇지도 않게 그를 대할 수 있을 것 같았다. 하나도 어색
하지 않았다. 그는 여전히 그녀가 알던 윤지후 그대로였고, 자
신도 이전의 강다은 그대로였다. 수화기를 놓고 터져 나오는 웃
음을 억누르지 못했다. 사랑하는 사람의 목소리를 확인하고 행
복에 넘쳐 웃음이 멈추질 못했다. 혼자 식탁에 앉아 꽃게탕에
식은 밥을 먹으면서도 계속 싱글거렸다. 그리고 다시 붓을 잡았
다.

다은은 방송국 개편 후 다른 프로그램까지 맡아 일이 더 많아져 지후의 서울 콘서트는 가지 못했다. 가요 프로의 무대 디자인팀에 합류했지만 콘서트 중이라 그는 그 프로그램에 나오지도 않았다.

"아내가 만들어준 무대에 남편이 노래를 부른다. 이거 감동적인 장면 기대했는데 안 도와주네."

가요 프로의 연출을 맡고 있는 이한영 피디는 다은을 볼 때마다 꼭 한 번씩 잊지도 않고 저 말을 꺼냈다. 그렇다고 다은을 위해 방송 출연을 할 지후도 아니었지만 다은도 모처럼 새 앨범을 준비하면서 쉬고 있는 그에게 그런 부탁을 할 마음은 없었다. 한 달 동안의 전국 투어를 마친 그는 다른 방송국의 단 한 프로에만 나가고 다음 앨범 준비를 위해 모든 방송 활동을 중단한 상태였다.

"글쎄 말이에요. 하지만 어쩌겠어요. 한동안은 그런 감동적인 일은 없을 거 같은데."

"이봐, 친분 같은 건 뒀다가 어디 써먹을 건데. 마누라의 끝발로 어떻게 좀 안 돼?"

"우리 지후 바빠요."

이 피디와 함께 있던 구성 작가마저 온몸을 긁어댔지만 다은은 못 본 척 고개를 돌렸다.

앨범 준비를 위해 방송 활동을 쉰다기에 집에서 작업하거나 일찍 들어오는 줄 알았다. 하지만 방송을 중단하고서도 일주일 내내 매일 기획사에서 준비해 준 작업실에 나가거나 곡을 받기 위해 다른 작곡가들을 만나고, 또 자신이 만든 음악을 다른 사람에게 주기 위해 끊임없이 사람들을 만나고 다녔다.

오늘은 어쩐 일인지 아침에 출근하는 다은에게 그가 나갈 약속이 없다며 일찍 들어오는지를 물었다.

"일 마치는 대로 바로 들어올게."

"나 때문에 일부러 그럴 건 없고."

"일부러 일찍 온다니까."

오래간만에 고기라도 구워 먹자 싶어 삼겹살거리와 쌈을 해먹을 야채를 사 가지고 들어갔다. 현관에 낯선 신발이 놓여 있었다. 일전에 인영과 부딪쳤던 기억이 떠올라 눈살이 찌푸려졌다. 거실은 비어 있어 별 생각 없이 작업실 문을 열었다. 영욱이와 있었다. 은연중에 다은의 얼굴에 있던 주름살이 펴졌다. 작업실 안에서 노트북 앞에 머리를 맞대고 얘기를 나누고 있던 두 사람은 노크없이 문이 벌컥 열리자 몸을 벌떡 일으켰다.

"뭐야? 비밀 얘기 중이었나 보네. 미안해요. 다음부터는 노크할게요."

"아, 아니에요. 그냥 좀 놀란 건데요 뭐."

"삼겹살하고 상추 사 왔는데 영욱 씨도 같이 식사하실 거죠?"

"저야 챙겨주시면 늘 고맙죠."

"밥은 내가 했거든? 씻고 올래?"

"알았어. 그럼, 얘기 나누세요."

다은이 문을 닫고 나가자 두 사람의 어깨에 걸려 있던 긴장이 일순 확 풀어졌다.

"아예 살림을 하는구나?"

"밥 처음 해본 거야. 집에서 놀면서 뭐 해? 하루 종일 심심해 죽겠던데."

"감기라면서 병원에라도 갔다 오지."

"쉬면 낫는 병이야. 아, 정말 그게 중요한 게 아니잖아. 아직 다은이는 모르는 거 같지?"

지후가 노트북의 모니터를 시비 걸듯 툭툭 치자 영욱도 덩달아 한 대 쿡 쥐어박았다.

"이런 거 들여다보고 있을 시간이나 있겠냐? 사진은 그렇다 치고, 그 밑에 달린 글들 읽으면 벌써 쓰러졌을걸."

모니터에는 세 장의 사진이 떠 있었다. 한 장은 기본적인 속옷만 걸친 여자가 상반신을 드러내고 누운 남자의 몸 위에 올라타 민망한 자세로 앉아 있는 모습이었고, 두 번째 사진은 눈을 지그시 감은 채 황홀경에 빠진 모습이었다. 세 번째 사진은 남자와 마주 보고 웃으며 옷을 주섬주섬 주워 입고 있는 사진이었다. 사진 속 남자의 얼굴은 확실히 알아볼 수 없을 정도로 흐리고 카메라를 바라보고 있지 않은 뒷모습이었지만 여자의 얼굴은 누구인지 정도는 확인할 수 있었다. 언뜻 봐도 여자는 다은과 많이 닮아 있었다. 기사 제목도 '명문대 여대생의 일탈'이다. 신문에 난 기사 중에는 다은이라는 이름이 명시되어 있지 않았지만 인터넷에 오른 그 기사에 리플을 단 사람들 중 한 명이 강지혁의 아내 이름을 들먹이면서 문제가 시작되었다. 그녀의 대학 시절 문란했던 남자 관계를 잘 알고 있는 것처럼 적어놓은 글에는 강지혁의 마누라 강다은이 맞다, 고 적혀 있었다.

"도대체 왜 가만 놔두질 않는 거지?"

"연예인들 얘기 정도는 쉽게 말해도 된다고 생각하는 사람들이 많으니까."

"형은 이게 정말 다은이라고 생각해?"

"임마, 그거야 네가 더 잘 알지. 내가 다은 씨 벗은 몸을 보기

나 했냐?"

"난들 어쩌라고. 다은이가 내 앞에서 이렇게 벗고 다니는 것도 아닌데. 신문사에서는 뭐래?"

"자기들도 전화 받고 본 거라 누군지 모른대."

"무책임한 자식들."

신문사에서 일러준 대로라면, 사진은 먼저 대형 사이트들의 성인용 방에 오르기 시작했다고 한다. 그리고 누군가 정말 강다은이 맞냐, 고 확인을 위한 전화를 했다는 것이다. 기사를 올린 신문사는 사람들의 관심을 끄는 사진에 인터넷에 오른 잡다한 여러 가지 글들을 조합해 기사를 짜깁기해 만들어 올렸고, 그 사진을 이미 봤던 사람들의 관심이 더 증폭되게 하는 계기를 만들어주었다.

사진은 다은의 얼굴과 거의 흡사했고, 연예계 쪽에서 일하는, 이라는 기사 내용은 방송국에서 일하는 다은이 맞다는 뉘앙스를 풍겼다. 측근에 의하면 명문대생이다, 라는 내용도 더욱 다은이 확실하다고 부추기고 있었다.

"식사 준비 다 됐거든요?"

노크 소리와 함께 다은의 목소리가 들려왔다.

"어, 잠깐만. 지금 나갈게."

지후는 서둘러 노트북을 끄고 구석에 밀쳐 두었다.

"일단 형이 계속 수고 좀 해줘. 휴대폰에 문자 보낸 그 자식도 못 잡았지?"

근 몇 달째 온갖 욕설과 음담패설이 담긴 문자를 받았다. 그 시기가 결혼식을 치른 얼마 뒤부터였다. 다른 연예인들도 흔히 겪는 일이라 처음에는 대수롭지 않게 넘겼지만 지금은 그 심각함이 정도를 벗어나 있었다.

"대포전화래."

"대포전화?"

"왜, 그런 거 있잖아. 명의는 이 기계에 놓고, 사용은 다른 전화기로 하는 거."

지후는 깊은 한숨을 푹 내쉬었다.

"다은 씨 말이야……."

"다은이가 뭐?"

영욱은 잠시 입술을 축였다가 조심스럽게 물었다.

"……처녀였어?"

"형."

"농담이야, 농담. 하긴 여자 나이 서른에 혼자 나와 살았는데 처녀인 게 더 이상하지. 그렇게 매력없는 여자를 어떻게 데리고 사냐?"

"그만 해, 형."

가볍게 생각하라는 투로 영욱이 건넨 장난인 줄 알았지만 지금은 그럴 기분이 아니었다. 다은이 일하는 곳은 대부분이 남자였다. 밤샘 작업도 자주 있었다. 남자를 만나려고만 하면 기회는 얼마든지 있었다. 처음부터 꼬집어보면 걸리는 부분은 많다.

겨우 두 번 만난 시점에서 어깨에 손을 얹어도 다은은 별 거부가 없었다. 그때는 단지 남자를 상대하는 일을 해서 남자에 대해 별 거부감을 들어하지 않아 그런 거라 생각했다. 그리고 그점이 편했다. 그래서 더 쉽게 다은에게 다가갈 수도 있었다. 다은은 사람을 낯설어하지 않는 성격이었다. 처음 보는 사이라도 누구나 다 잘 어울렸다. 그런 점은 그의 친구들을 대하는 모습에서도 쉽게 알 수 있었다.

의심을 하려면 끝이 없다. 하지만 무작정 의심을 해대기에는 그녀의 집안 분위기가 그리 호락호락하지 않았다. 한순간이라도 훨훨 날아오르고 싶어서 평생을 묶여 살 각오를 했던 사람이다. 머리가 아파왔다. 다은을 믿으면서도, 그래야 하면서도, 당연히 그러면서도 밀려오는 의심은 끊이질 않았다.

"만약에 이 여자가 정말 다은 씨면 어떻게 할 거야?"

"뭘 어떻게 해?"

"그냥 있을 거야?"

"그냥 안 있으면? 난 뭐 깨끗해? 이제껏 일면에 날렸던 스캔들 기사만 해도 수두룩하구만."

"그래도 그건 그냥 가십이었잖아. 이건……."

영욱이 슬쩍 눈짓으로 가리키는 노트북을 돌아보았다. 저 노트북만 없으면 모든 일이 덮어질 것 같았다. 그럴 수만 있다면 당장 부숴 버릴 텐데.

"왜, 형도 내가 쭉쭉빵빵한 여자 데리고 사는 거 질투나?"

"임마, 그런 뜻이 아니잖아."

"이것도 그냥 가십으로 끝날 수 있어. 아니면 철저한 모함이던가. 누구, 사진 잘 아는 사람한테 물어서 혹시 합성은 아닌지 먼저 알아봐 줘."

"경찰에 신고 안 해도 되겠어?"

"그러다 사진 속 저 여자가 정말 다은이면?"

"그래도 개인의 사생활을 건드리는 놈은 잡아야지."

"어른들이 걱정이야. 아예 모르고 지나가지는 못할 텐데."

"알았다. 최선을 다해서 서두를게. 몸도 안 좋아서 쉬는데 걱정거리만 들고 와서 미안하다."

영욱이 끙 앓는 소리를 내며 자리를 털고 일어났다.

"가려고? 저녁 먹고 가."

"나도 우리 마누라가 해주는 따뜻한 밥 먹을란다. 밑반찬 몇 번 얻어먹고 나더니 은근히 다은 씨 음식 솜씨 샘나하더라고. 여기서 저녁 먹었다고 하면 자기가 한 밥 맛없어서 그러냐고 잔소리할 게 뻔해."

"형수님도 별 걸 다……."

하지만 은근히 기분이 좋아지는 건 어쩔 수 없었다.

"여자들, 사소한 것에 질투하기 시작하면 겁나. 봐라, 너희들 쫓아다니는 스토커도 앞뒤 안 가리고 부딪치는 쪽은 여자가 더 많잖아."

"여자일까?"

노려보고 있으면 뭔가 해답이라도 나올 듯 노트북을 흘겼다.

"가능성이 많지. 아무튼 좀 더 알아보자. 난 간다."

집에 그냥 가려는 영욱을 다은이 붙잡았다. 영욱은 지후에게 했던 말을 그대로 다은에게도 반복해 주었다. 다은은 재빨리 밑반찬거리를 싸서 영욱의 손에 쥐어주었다. 지후의 일을 누구보다 잘 이해하고 도와주는 그였기에 잘해주고 싶은 마음도 있었지만, 맞벌이를 하는 부부의 힘듦을 누구보다 잘 알기에 이런 사소한 것 정도는 함께 나누고 싶었다.

결혼해서 처음으로 그가 해주는 밥을 먹어본다. 의외로 밥 짓는 솜씨가 괜찮았다. 기분 좋게 저녁을 먹은 두 사람은 TV를 보면서 나머지 시간을 보냈다. 다은이 맡고 있는 가요 프로였다.

"네가 방송을 안 하는데 내가 왜 미운 털이 박히는 거지? 이 피디가 볼 때마다 잔소리야."

"나더러 뭐라 그러지 마. 일정은 기획사에서 정하는 거니까. 희소가치를 좀 노려보자 그런 거 아니겠어? 방송에 자주 나오면 식상하니까."

"어쨌든 너 오래간만에 빈둥거리는 모습 보니까 좋아."

"예쁘지?"

대답 대신 코를 살짝 찌푸려 보였다. 처음에는 듣기 싫어하는 것 같더니 요즘은 그 말을 조금 아낀다 싶으면 스스로 예쁘다고 자신을 칭찬했다.

"나 목이 너무 아파. 아무래도 몸살 오는 거 같아. 따뜻한 유자차 한 잔 타줘.”

지후는 싱긋이 웃고는 어리광이라도 부리듯 양팔로 자기 몸을 감싸 안고 소파에 드러누웠다.

“꽤 쉬었는데 아직도 피로가 덜 풀린 거야? 사람 만나러 다니는 일도 쉬운 건 아닌가 보네.”

“난 체질적으로 피곤하게 움직여야 몸살이 안 난다니까. 한동안 일을 쉬면 꼭 이렇게 몸이 아파. 그러다 곧 괜찮아져.”

그러나 새벽에 잠을 자던 그녀는 옆에서 끙끙 앓는 소리를 듣고 잠에서 깨어났다. 지후가 온몸에 식은땀을 흘리며 신음하고 있었다.

“괜찮아?”

“아, 몰라. 추워. 으, 목이 너무 아프다. 말하기도 힘들어.”

“병원에 가자.”

“그 정도는 아니야. 안아줘. 그럼 괜찮을 거 같아.”

이불을 목까지 여며주고 식은땀에 흠뻑 젖은 그를 꼭 안았다. 아무래도 쉽게 괜찮아질 것 같지 않았다.

“온몸이 불덩어리야. 안 되겠다. 병원 가자.”

대답이 없었다. 그는 이미 의식을 잃고 있었다.

급하게 119에 도움을 요청하고 병원에 입원한 그는 그렇게 의식이 없는 채 고열로 며칠을 앓아누웠다. 목이 아프다고 했다는 다은의 말에 그쪽을 집중적으로 검사하고 전체적인 건강 검진에 들어갔다. 병원에서는 피로가 누적된 상태라 절대 안정을 취해야 한다며 일체 외부인의 면회를 금지시켰다. 성북동과 목동의 어른들이 오셔서도 잠들어 있는 모습만 잠시 보고 갈 수 있었다.

"이게 무슨 꼴이니? 건강이 재산인 사람이."

거의 사흘 만에 깨어난 그는 무척 창백한 얼굴에 수척해 있었다.

"내가 그랬잖아. 난 바쁘게 움직여야 하는 체질이라니까. 얼마나 쉬었다고 이렇게 몸살이 다 나네."

"열은 좀 내렸나?"

다은은 한 손으로 자신의 이마를 짚고 다른 한 손으로 그의 이마를 짚어보았다. 아직 미열이 남아 있었다. 지후는 링거를 꽂지 않은 팔을 들어 다은의 손을 툭 쳐냈다.

"내가 애야? 애 취급 하지 마."

"이런 건 애 취급이 아니라 환자 취급 한다고 하는 거야. 음, 조금 내린 것 같기는 하다."

"이제 괜찮아. 몸살 좀 낫다고 입원까지 시키냐?"

"온몸에 열이 펄펄 끓고 의식까지 잃었었잖아. 그렇게 기절만 안 했어도 119에까지 전화 안 했지. 얼마나 놀랐는데."

"진짜 부끄러운 일이다. 나중에 사고 재연 프로에 나오라는 거 아냐?"

"찍자 그러면 직접 재연 장면 연기해라. 가만히 누워만 있으면 되잖아.”

“그럴까? 하하하.”

“이제 좀 살 만한가 보네. 느지막이 괜찮은 남자 겨우 만나서 시집갔는데 이 나이에 과부 되는 줄 알았잖아. 내가 평생을 서방 잡은 여자라는 소리 듣고 살아야겠어?”

“섬뜩한 소리.”

“뭐 먹고 싶은 거 있어? 퇴원하면 내가 맛있는 거 해줄게.”

“너 바쁘잖아.”

“나야 늘 바쁘지. 그래도 우리 예쁜이 밥 챙겨 먹일 시간은 있어.”

“예쁜이, 하하. 더 이쁨받으려면 빨리 일어나야 되는데.”

“그러니까 든든하게 많이 먹고 씩씩하게 일어나. 밥이 보약이라잖아. 내가 앞으로는 더 부지런히 챙겨 먹일 테니까. 이럴 게 아니라 말 나온 김에 정말 보약이라도 해먹일까?”

“너 일하는 거 이런 일로 방해하지 않을 거야.”

“그 약속은 철저히 잘 지켜지고 있으니까 걱정 마.”

“물 좀 줘.”

따뜻한 물을 컵에 따라 그에게 내밀었다.

“참, 너네 소속사 사장이 찾아왔었어. 이번 달에 계약 기간이 끝난다며? 재계약 때문이라면서 왜 대답이 없냐고 나한테 묻더라.”

“그걸 네가 어떻게 안다고 너한테 물어? 나도 잘 모르는 일인데."

　지후의 목소리에 잔뜩 짜증이 묻어 있었다. 물 한 모금을 입에 머금고 고개를 뒤로 젖혔다. 힘들게 물을 삼키는 모습을 보니 목에 통증이 아직도 다 가시지 않은 모양이다.

　"크게 불만없으면 재계약하지 그래. 너 데뷔하고 이제껏 소리 세상과 일했었다며."

　"응. 그런데 내가 생각 좀 해보자고 했어. 그래서 너한테 말했나 봐."

　"왜? 조건이 안 좋아?"

　"아니, 그런 게 아니라 그냥 서로가 하고 싶어하는 음악이 달라."

　"지금 하고 있는 음악이 싫어?"

　"발라드 음악은 나랑 좀 맞지 않는 거 같아서. 예전에 처음 음악을 접했을 때 난 락에 미쳐 있었거든. 다시 그 음악을 하고 싶어."

　"요즘이야 이름만 갖다 붙이면 되는 거 아닌가? 락 발라드라는 것도 있잖아."

　"하하하. 하긴 그래."

　"넌 노래 부르는 게 좋은 거야, 아니면 음악 하는 게 좋은 거야?"

　"내가 하고 싶어하는 음악을 노래하는 게 좋지."

　그의 달변에 고개를 내젓고 있을 때 노크 소리가 들리고 영욱이 고개를 들이밀었다. 그 뒤로 카메라의 조명이 강하게 비춰들었다. 영욱은 몸 하나 빠져나올 만큼만 문을 열고 들어와서는 얼른 문을 닫았다.

"TV연예에서 나왔는데 인터뷰할 거야?"

그는 다시 한 번 힘겹게 물을 삼키고는 고개를 가로저었다. 얼굴이 많이 피로해 보였다.

"아니, 싫어. 지금은 다은이도 있고."

"저기 그 일 때문에 다은 씨도 만났으면 하는데……."

"형."

혹시라도 다은이 무슨 일인지 물어올까 봐 눈치를 살폈다. 지후는 영욱을 흘겨보고는 눈살을 찌푸렸다.

"두 사람 다 엄한 짓 한다."

그렇게 말한 다은은 냉장고에서 음료수 캔 두 개를 꺼내 하나를 영욱에게 내밀었다. 그는 가벼운 고갯짓으로 고맙다는 표현을 해 보였다.

"내가 일하는 곳이 어디 전기도 없고, 사람도 없는 두메산골이야? 난 가족도 없고, 친구도 없어? 어느 곳보다 말 많고 탈 많은 데야."

캔 뚜껑을 따서 시원하게 들이켰다. 모르는 척 말은 안 했지만 나름대로 마음고생을 꽤 한 것 같았다.

"알고, 있었어?"

"당연히 알지."

“그런데 왜 아무 말 안 했어?”

“너도 안 했잖아.”

“난⋯⋯.”

“뭐라고 할까? 나 발가벗고 찍은 사진이 인터넷의 바다를 헤엄치고 다닌다고 자랑할까?”

“정말⋯⋯ 너야?”

지후의 긴장을 아는지 모르는지 다은은 장난스러운 말투였다.

“솔직히 말해 봐. 너도 내가 그만큼 미끈하게 쫙 빠졌으면 좋겠지?”

가라앉은 병실 분위기에 뒤로 물러나 음료수를 들이키고 있던 영욱이 사레가 들려 콜록거리기 시작했다. 기침은 쉽사리 끓기지 않아 눈물까지 찔끔거릴 정도였다.

“어떻게 알았어?”

불안이 잔뜩 묻은 목소리였다. 후회가 밀려왔다. 차라리 처음부터 속 시원히 말을 했더라면 좋았을 것을. 괜히 다은에게 큰 짐을 안겨준 것 같아 미안했다. 어쩌면 둘이 해결하는 게 더 빨랐을지 모른다.

“요즘 엄마들 다 신세대잖아. 그런 기사 봤는데 아니죠? 묻더라. 그런 거 있잖아. 너 맞지? 그런 분위기 팍팍 풍기는 말투.”

“너무 담담한 거 아냐? 오히려 내가 더 당황스럽네.”

“넌 왜 나한테 아무 말 안 했는데? 알고 있었으면 제일 먼저 나한테 물었어야 하지 않아?"

"알아서 좋을 거 없잖아."

"믿었어?"

"……아니."

믿지 못했지만 믿어야 한다고 생각했다. 그렇게 다짐하고 그녀를 믿었다. 절대 아닐 거라고.

"대답이 떨떠름하네."

"제수씨예요?"

영욱이 참지 못하고 끼어들었다. 콜록거리면서 흘린 음료수 자국이 축축해 보였다.

"설마요. 제가 언제 그렇게 벗고 설칠 기회가 있었게요? 설사, 그랬다고 하더라고 왜 사진으로 박아둔대?"

다은이 알면 성북동 어른들도 알고 계실지도 모른다. 그런데 아무 말씀이 없으셨다. 괜히 마음이 초조해지고 목이 더 아파왔다.

"어른들은 아무 말씀 없으셨어?"

"할아버지, 할머니는 모르셔. 아버지는 많이 실망한 눈치고, 엄마는 한숨만 내쉬시지. 아닌 거 아는데 잘난 윤지후 군과 결혼해서 안 해도 될 마음고생하고 사람들 입에 오른내린다고."

"할 말이 없다."

그가 고개를 푹 숙였다.

"그래도 너 쓰러졌다니까 엄마가 제일 걱정하셨어. 뭐, 걱정한 이유도 나하고 비슷하긴 했어. 딸내미 꽃 같은 나이에 청상 과부 될까 봐. 후후.”

“넌 웃음이 나와?”

“진짜야. 그리고 목동 어른들도 모두 나부터 걱정해 주시고. 다들 믿어주시잖아.”

다은이 그렇게 설명을 했는데도 지후는 어리석게 재차 확인하는 물음을 던졌다.

“너 아닌 거 맞지?”

“당연하지. 넌 못 믿어?”

그가 어린아이처럼 고개를 설레설레 내저었다.

“장 피디님이 왜 네가 경찰에 신고를 하지 않았는지 묻더라. 그냥 네가 이제껏 그래 왔던 것처럼 그런다고 했어. 입 다물고 있으면 그냥 잊혀질 거라고.”

그가 이번에는 고개를 끄덕거린다. 그 머리 위로 섭섭함이 가득 담긴 다은의 목소리가 꽂혔다.

“근데, 실상은 너도 날 못 믿은 거구나?”

그는 아무 대답도 하지 못했다. 믿어야 한다, 믿는다. 그렇게 자기 스스로에게 다짐을 해놓고 결과적으로는 믿지 못하고 있었다.

“회사 측에서도 그냥 넘어가자는 분위기야. 너 활동도 안 하고 있는데 이런 기사, 오히려 고맙다는 분위기던데?”

“유 사장이야 그러고도 남지. 혹시 유 사장이 벌인 짓 아냐?”

"신고할까?"

"나만 다은이 믿으면 돼. 그리고 다은이가 내 믿음을 믿어주면 되는 일이야."

다은이 고개를 끄덕였다. 두 사람의 눈동자가 굳은 신뢰를 빛냈다.

"알았다. 그럼 기자들은 내가 처리하지. 이거 말실수 조금만 하면 크게 꼬투리 잡히겠는데."

"형이 계속 수고 좀 해줘."

영욱은 힘든 일은 다 자신에게 떠넘긴다고 투덜투덜거리면서도 두 사람의 모습에 흡족해 얼굴에 웃음기를 잔뜩 묻어놓았다.

일을 해야 하는 덕분에 낮 동안은 그의 어머니가 병원에 있었고, 퇴근 후에는 다은이 지후 곁을 지켰다. 검사도 끝나고 몸이 조금 나아지자 지후는 퇴원하겠다고 고집을 피우기 시작했다. 하지만 병원 측에서는 검사 결과가 나올 때까지만이라도 두고 보자며 퇴원을 쉽게 허락하지 않고 있었다.

엄살 부리듯 아파 누워 있을 때 호강해 보겠다고 엄포를 놓고는 그는 병원 음식은 맛이 없어 도저히 못 먹겠다며 투정 아닌 투정을 부리면서 그의 어머니와 다은이 도시락을 싸다니게 만들었다. 가수 활동을 시작하면서 혼자 독립해 생활한 아들을 제대로 챙겨 먹인 적이 없다는 그의 어머니는 흔쾌히 음식을 싸다 날랐고 아파서 누워 있는 그의 곁을 지키지 못하는 미안함에 다은도 저녁을 맞았다.

"윤지후 씨, 진료실로 와주시겠어요?"
아침 일찍 어머니가 만들어오신 죽을 먹고 있을 때 간호사가
들어왔다.
"무슨 일입니까?"
"검사 결과가 나왔는데 김 박사님이 결과 보면서 직접 얘기하
시겠다고 진료실로 오시라고 하네요."
"이제야 퇴원하겠네. 알겠습니다, 가죠."
간호사가 먼저 나가고 뒤따라 나가려는 지후를 보고 어머니
는 불안한 표정을 보였다.
"너 괜찮겠어?"
"그냥 몸살이에요. 괜찮아요. 어머니 아들 건강해요."
"같이 가자."
"괜찮아요. 나 애 취급 하는 거 다은이 하나로 충분해요. 엄마
까지 그러지 말아요."
"이 녀석아, 엄마가 아들을 애 취급 하는 건 당연한 거지."
"하하, 갔다 올게요."
먹던 죽을 밀쳐 놓고 그는 씩씩한 걸음으로 병실을 나섰다.
팔랑팔랑 바짓단이 넓은 환자복이 그의 다리를 휘감았다.

근 일주일이 지나서야 퇴원한 그는 벌써 며칠째 작업실에 갇

혀 살다시피 했다. 혼자 놀면서 작업하는 걸 즐긴다는 말에 귀찮게 하지 않으려고 제 발로 나오길 기다렸지만 이건 해도 너무했다. 차려놓고 나간 식사는 식은 채 손도 대지 않고 있었고 저녁을 차려놓았다고 부르면 먹기 싫다는 대답만 날아올 뿐이었다. 결국 인내력의 한계가 바닥까지 간 다은이 작업실의 문을 활짝 열어젖혔다. 방 안 가득히 뿌연 연기가 스모그 현상처럼 가득 들어차 있었다.

"너구리 잡냐? 이게 무슨 일이래? 창문이나 열고 담배 피워."

다은은 눈앞을 가리는 연기들을 양팔로 휘저어 흐트러뜨리고 창문을 열었다.

"집중이 안 돼서 그래."

"이 속에 갇혀 있으니까 당연히 집중이 안 되지."

창문 밖으로 연기가 새어 나가자 구지레한 그의 모습이 선명하게 드러났다. 며칠은 깎지 않은 수염에 세수는 언제쯤 했었는지 기억이나 하는지 모르겠다.

"너 아직 몸 상태도 안 좋은데 너무 무리하는 거 아냐?"

"괜찮아."

"길게 쉴 거라더니 너무 급하게 준비하는 거 같다."

"다은아."

"왜?"

지후의 부름에 너무 활짝 열었던 창문을 조금 닫던 손을 멈추고 돌아보았다.

"나 원래 성질 더러운 거 잘 아는데."

"그런데?"

"작업할 때는 진짜 더 더러워지거든? 방해하지 말아줄래?"

나가달라는 강요였다. 다은은 그의 말을 무시했다.

"배 안 고파?"

"다은아!!"

"생각도 배가 불러야 더 잘 나는 거야. 그렇게 성질 부리면서 무슨 좋은 음악이 나오길 바래?"

"강. 다. 은."

"나 지금 나가야 돼. 늦게 들어오니까 밥 꼭 챙겨 먹어. 알았지?"

잔뜩 부은 얼굴로 다은은 쳐다보지도 않고 있었다. 당장 가위를 들고 마구 자라 있는 저 긴 머리를 싹둑 잘라 버리고 싶은 심정이 굴뚝같았다.

"대답 안 해?"

"알았어."

"당연히 그래야 예쁘지."

나가기 전에 몇 번이나 더 저녁을 먹겠다는 다짐을 받고 또 받았다.

한쪽에서는 드라마 촬영이 한창 진행 중이었다. 다은은 옆 스튜디오에서 다음 신 촬영을 위한 준비로 분주하게 움직이고 있었다. 앞과 천장이 텅 빈 것만 제외한다면 그곳은 어느 소박한 가정집을 그대로 옮겨놓고 있었다.

"이종혁, 가서 소품 담당자 좀 데리고 와."

"왜요?"

"여기 어제 놓아두었던 도자기가 없잖아. 준비 안 된 거 아냐?"

"가서 물어보고 챙겨 올게요."

"빨리 갔다 와. 십 분 안에 안 오면 죽어."

"소품실까지 가는 데만 십 분 걸리겠어요."

"시끄러. 뛰어."

이제 제법 년 수가 좀 올랐다고 가끔 말대꾸를 해대는 종혁의 투덜거림을 한 귀로 흘려버렸다. 전에 방송된 장면들과 비교해 가며 다른 곳이나 다른 빠뜨린 것이 없는지 꼼꼼히 살피고 있었다.

"안녕하세요, 제수씨."

말끔하게 차려입은 영욱이 바깥의 시원한 바람을 묻혀 들어왔다. 하루 종일 실내에 있어서인지 그 바람이 상쾌하게 다가왔다. 잠시나마 콧속이 시원하게 뚫리는 기분이었다. 같이 다니던 지후가 요즘 집에서만 두문불출하자 영욱은 잠시 동안 다른 신인을 한 팀 맡아 일하고 있는 중이었다.

"오래간만이에요. 여기서 방송있어요? 요즘은 집에 놀러오지도 않고. 친구들 발길이 뚝 끊겼어요."

"하하, 가야죠. 근데 오래간만에 신인들 데리고 일하려니 힘들어서. 여기저기 인사 다닐 곳이 많아요."

항상 많은 사람을 상대해야 하는 직업상의 특성 때문인지 그는 얼굴에 넉넉한 웃음 한자락을 늘 잊지 않고 있었다. 곧 촬영이 있는 세트를 준비 중이라 그와 제대로 얘기를 나눌 시간이 없었다. 그도 다은의 상황을 눈치 챘는지 한 발자국 뒤로 물러나 일하는 모습을 지켜보고 서 있었다. 비뚤게 놓여 있는 가구를 바로 놓으려고 힘을 쓰자 영욱이 슬그머니 다가가 거들었다.

"지혁이 요즘 다음 앨범 작업 중이라면서요?"

"네. 작업실에 틀어박혀서 얼굴 보기도 힘들어요."

"그래요? 이상하네. 그 녀석은 노는 게 일하는 건데."

"저도 그렇게 들었는데 퇴원하고 난 뒤로 사람이 이상해졌어요. 짜증만 는 거 같아요."

"좀 이상하긴 하죠? 저도 오늘에서야 재계약했다는 소릴 듣고 놀랐잖아요."

"왜요?"

이리저리 눈대중으로 가구의 위치를 바로 잡던 다은이 겨우 고개를 돌려 영욱을 쳐다보았다. 하지만 곧 대본으로 다시 시선을 던졌다.

"오래전부터 그곳하고 재계약은 절대 안 하겠다고 노래를 부르고 다니던 녀석이 어느새 계약을 마쳤더라구요. 저번보다 조건이 훨씬 좋기는 하지만, 그래도 이상해서……."

　“그래요? 저한테도 재계약 안 할 거라고 했었는데. 그래서 유 사장인가 그분 병원까지 왔었잖아요.”

　“그렇죠? 지혁이 원하는 대로 해도 좋다는 조건이긴 했지만 너무 갑작스럽네요. 사전에 저한테 한마디 의논도 하지 않고.”

　“집에 혼자 있는데 한번 가보시겠어요?”

　종혁이 도자기를 들고 달려오는 모습을 보고서야 다은은 영욱에게로 돌아섰다.

　“집에 있으면서 전화도 안 받은 거예요?”

　“작업실은 방음이 되어 있어서 외부 소리가 거의 안 들려요. 열쇠 드릴게요.”

　“알겠습니다.”

　다은이 전해준 집 열쇠를 받아 들고도 그는 잠시 그곳에 더 머물러 있었다. 다은의 일하는 모습을 지켜보는 그의 눈빛이 잔뜩 못마땅한 눈치였다. 병원에서 퇴원한 지 얼마 되지도 않은 데다가 모처럼 집에 있는 시간이 많은 때에 옆에서 내조해 주면서 건강이라도 챙겨주면 좋으련만 그녀는 항상 지후만큼 바빴다. 지금은 지후보다 더 바빠 보인다. 가끔 집에 들르게 되면 그녀가 없을 때가 많았다. 잘 차려놓은 밥상이지만 지후 혼자 다시 국을 데우고 밥을 퍼서 차려 먹는 모습을 보면 가끔 안쓰럽기까지 했다. 지금도 지후의 아내는 가는 사람을 돌아볼 겨를도 없이 바쁘게 움직이고 있다.

영욱을 만난 뒤로는 한결 나아지긴 했지만 지후는 여전히 전처럼 농담을 잘 하지도 않았고 잘 웃지도 않았다. 모처럼 쉬는 날이라 같이 바람이나 쐬러 나가자고 했지만 그는 소속사의 팀들과 만나기로 했다면서 휑하니 나가 버렸다. 전에 같으면 다은이 쉬는 날만 기다렸을 텐데. 퉁명스러운 그의 행동이 이상하게 생각되면서도 일 때문이라고 하니 다른 불평을 할 수도 없었다.

혼자 있기가 무료해서 시댁에 전화를 걸었지만 아무도 받지 않았다. 친정에도 할아버지의 손님들이 오셔서 식사를 준비하는 중이라며 엄마는 바쁜 듯 안부만 간단히 묻고 급히 전화를 끊었다. 혼자 있기에 너무 넓은 집을 휙 둘러보았다. 빈집 같았다. 자신이 일을 하러 나가고 나면 이 큰 집에 혼자 남아 있었을 지후를 생각하니 마음 한쪽이 시렸다. 하지만 어쩌겠는가. 친구들의 방문이 많다면서 이 집을 고른 건 지후 자신이었는데.

다은은 오래간만에 친구들에게라도 전화를 걸어볼까 하다가 모든 걸 접어두고 방으로 들어가 달콤한 낮잠을 즐겼다. 오랜만에 낮잠을 푹 자고 일어나니 온몸이 다 개운했다. 부엌에서 시원한 물 한 잔을 마시고 나오다 현관에 놓인 많은 신발들을 보았다.

"왔어?"

작업실에는 영욱과 인영, 그리고 그와 음반 작업을 같이 하는 밴드와 도일이 와 있었다.

"어, 다은아, 일어났어?"

"제수씨, 안녕하세요?"

"이게 아직도 제수씨래. 형수라니까, 임마."

매번 만날 때마다 듣는 잔소리인지라 지후의 말은 들은 척도 하지 않고 도일이 다은에게 손을 흔들어 보였다. 그와 다른 일행들에게 간단한 목례를 해 보이며 안으로 들어섰다.

"뭐야, 집에 있었어요?"

인영이었다. 지후의 가까이 있는 사람 중 언제나 다은을 못마땅하게 쳐다보는 유일한 사람이었다. 아무도 없는 집에서 덜컥 마주쳤던 이후로 그녀를 대하기가 더 꺼려지기도 했다.

"미안해요. 오는 소리를 못 들었어요. 미리 전화라도 해주지 그랬어?"

어차피 친해지기 힘든 사람이었다. 다은도 그녀가 오는 게 싫었지만 지후의 제일 가까이서 일을 도와주는 사람이라 별다른 내색을 하지 않았다. 언제나 그랬듯이 좋은 말로 끝내려 무조건 미안하다고 고개를 숙이고 들었다.

"쉬는 날이잖아. 자고 있길래 일부러 안 깨운 거야."

"그래도 오래간만에 이렇게 오셨는데. 식사는 하고 오셨어요?"

"제수씨가 해주는 음식이 얼마나 맛난데 우리가 밖에서 밥을 먹어요. 귀찮더라도 저희 밥 좀 주십시오."

드럼을 연주하는 홍민이었다. 작고 마른 체구에도 불구하고 그가 먹어대는 양은 가끔 상상을 초월한다.

"그럴게요. 잠시만 기다리세요."

"결혼한 지 얼마나 됐다고 남편 친구들이 잔뜩 와 있는데 낮잠이에요?"

문을 닫고 나가려다 쏘아붙이는 인영의 목소리에 문득 멈춰섰다. 평소에도 자신을 보는 눈빛이 곱지 않았지만 못 들은 척 애써 무시해 왔었다. 하지만 오늘따라 그녀의 목소리가 몹시 거슬렸다.

"뭐라구요?"

"지혁 씨 어떤 일 하는 사람인지 잘 알잖아요. 내조가 얼마나 필요한데 낮잠 잘 시간이 어디 있어요? 그럴 시간 있으면 지혁 씨 홈페이지에도 들어가고, 모니터라도 해주고 그래야 되는 거 아닌가요?”

“인영 씨, 왜 그래?”

다은에게 보내는 눈길은 싸늘했지만 언제나 조용히 앉아 묵묵히 자신의 일만 하던 인영이었다. 갑작스런 인영의 태도에 놀란 영욱이 그녀를 말렸다.

“그건 제가 알아서 할 일이에요. 인영 씨가 신경 쓸 일이 아닌 거 같은데요. 인영 씨 일에나 충실했으면 좋겠네요.”

“기분 나쁘게 듣지 말아요. 난 단지…….”

항상 좋은 게 좋다고 웃는 얼굴로 숙이고만 들었던 다은이었다. 오늘도 그의 친구들이 많은 자리에 다은이 아무 말도 못하고 있을 거라 생각했던 모양이다. 다은의 예상치 못한 대꾸에 목소리가 조금은 사그라졌지만 여전히 비아냥거리는 말투였다.

“기분 나쁘라고 한 말 아닌가요? 그럼 기분 나쁘게 들어드려야죠. 그리고 이미 기분 나빠졌어요.”

“다은아, 인영 씨가 날 위해서 한 말이잖아. 그만 해.”

“내가 인영 씨보다 널 덜 위했니?”

정말 달콤한 낮잠이었다. 그렇게 기분 좋게 개운하게 낮잠을 자고 일어나 오래간만에 온 그의 친구들을 기분 좋게 맞고 싶었지만 인영의 태도에 화를 감출 수가 없었다. 그리고 자신보다 인영의 편에서 그녀를 두둔하려는 지후의 행동도 못마땅했다.

“아이, 제수씨, 우리야 지혁이가 밥줄 아닙니까. 요즘 일도 잘 안 풀리고 해서 모두 신경이 날카로워져서 그래요. 제수씨가 이해해 줘요.”

영욱은 좋게 넘어가자는 뜻으로 웃으며 말했지만 그 말이 더 다은의 기분을 상하게 했다.

“다른 분들한테는 강지혁이라는 사람이 살아가는 데 필요한 밥줄인지 몰라도 저에겐 강지혁, 윤지후라는 사람, 평생을 믿고 의지해야 할 사람이에요. 도대체 내가 뭘 잘못했다는 거죠? 뭘 이해해 달라는 말이에요?”

“평생을 믿고 의지한다구요? 이따위 위장결혼이 몇 년이나 갈 거라고 생각해요?”

인영의 말에 다은은 무언가로 세게 머리를 한 대 얻어맞은 듯한 느낌이었다. 멍한 얼굴로 인영을 쳐다보다 자신보다 더 놀란 표정을 하고 있는 지후를 돌아보았다. 그리고 다시 인영에게로 눈길을 돌렸다. 무심코 뱉은 자신의 말에 그녀도 놀란 듯했다.

‘그랬었구나. 인영은 알고 있었구나. 그래서 늘 날 무시한 거야. 사랑없이 서로의 편의를 위해 결혼한 여자, 그녀가 생각하는 난 그런 여자였던 거야.’

옆에서 지켜보던 다른 사람들은 처음 듣는 ‘위장결혼’이라는 말에 어리둥절해 있었다.

“인영 씨, 왜 그래? 무슨 그런 말을 하는 거야?”

뒤늦게 그 말을 수습해 보려고 애쓰는 영욱도 두 사람의 결혼에 대해 알고 있는 듯했다. 무너질 듯 위태롭게 서 있기만 하는 다은은 누구에게도 기댈 자리가 없었다. 그렇다고 절대 쓰러질 수도 없었다. 그건 결코 자존심이 허락하지 않았다. 결혼이야 어떤 이유로 했든 지금 자신이 이 세상에서 제일 사랑하는 사람은 바로 눈앞에 당혹스러운 표정으로 서 있는 남자 윤지후였기 때문이다.

"조인영 씨, 내 아내에게 자꾸 그런 식으로 함부로 말하면 나도 가만 있지 않겠어요."

지후가 다은을 위해 하는 말이었지만 힘이 없었다. 너무도 허술하고 어설픈 협박으로만 들렸다.

"가만 있지 않으면 어쩔 건데요. 좋아요. 해봐요, 어디. 나도 가 만있지 않겠어요."

"어디서 무슨 얘기를 들었는지는 잘 모르겠지만 위장결혼이라니. 내가 다은이와 결혼한 건 스캔들 때문도 뭐도 아무것도 아니에요. 단지, 내가 원하는 여자이기 때문이에요."

"그래요, 원했겠죠. 다른 소문들을 다 덮어버릴 수 있었으니까. 두 사람의 말도 안 되는 스캔들까지. 하지만 결국 사랑은 아니잖아요."

"왜 인영 씨가 우리 부부의 사랑 문제까지 신경 쓰는지 궁금하군요."

"그만 해, 다은아. 그만 하자."

그제야 지후가 일어나 다은의 곁으로 다가와 어깨를 감싸 안았다. 그런 지후의 뒤늦은 행동이 서운했다. 이를 악물고 나오려는 눈물을 억지로 참았다.

"인영 씨가 다은이를 왜 싫어하는지 이유는 모르겠지만……."

"모른다구요? 내가 이러는 이유를 정말 몰라요?"

이제껏 지후에 대한 자신의 감정을 속으로만 삭이고 있던 인영은 모든 걸 다 뿜어내고자 작정한 지금, 참았던 눈물을 흘러내렸다. 자신의 아내를 감싸고 도는 그의 모습에 분노가 치밀었다. 결국 저 행동도 남들에게 보이기 위한 가식일 뿐이지 않는가.

그녀는 언제나 팀에서 조용히 움직이며 맡은 일에 최선을 다하는 사람이었다. 갑작스런 인영의 행동에 다른 사람들도 모두 놀란 얼굴이었다. 누구보다 놀란 사람은 몇 년 동안 같이 일해 온 지후와 영욱이었다.

"난 5년 동안 당신 곁에 있었어요. 당신을 지켜보면서 사랑이라는 감정을 느꼈지만 오르지 못할 나무라고 생각했죠. 당신이 상대하는 많은 여자 연예인들과의 스캔들을 보면서 난 어림없을 거라 생각했어요. 그런데, 그런데 당신은 저런 하찮은 여자와 결혼을 발표했어요."

'하찮은 여자.'

그 말이 낯설게 들리지 않았다. 순간, 그 말을 들었던 기억을 떠올린 다은은 충격에 다리가 휘청거렸다. 지후가 감싸고 있지 않았더라면 아마 주저앉아 버렸을지도 모른다. 뒤늦게라도 가까이서 자신을 안아주고 있는 지후가 이젠 고맙다.

"아내가 필요했다면, 그렇게 형식적인 아내가 필요했다면 나를 돌아봐 줄 수도 있었잖아요. 내가 얼마나 당신을 사랑했는데……."

인영의 목소리는 자신이 흘린 눈물에 묻혀 더 이상 밖으로 나오지 못했다. 짧은 침묵이 흘렀다. 그 침묵을 깬 건 지후의 싸늘한 목소리였다.

"날 좋아해 준 건 고마워요. 하지만 난……."

"내가 바라보고 있었다는 걸 몰랐다고는 하지 말아요!"

인영의 내지르는 소리에 다은의 어깨가 움찔거렸다.

"전혀 몰랐어요. 왜냐구요? 같이 일하는 동료일 뿐이었고 내 눈길이 전혀 가지 않을 만큼 당신은 내게 그저 그런 여자였으니까요."

"제발, 내 마음을 몰랐다고 하지 말아요."

절규고 애원이었다. 자꾸만 가라앉는 목소리를 억지로 붙잡으며 그녀는 지후를 향해 자신의 사랑을 부르짖고 있었다.

"하지만 그게 진실인걸요. 내게 얼마나 적극적으로 사랑을 표현했는지, 내가 그렇게 둔한 사람인지는 나도 잘 모르겠는데. 난 인영 씨 마음, 몰랐어요. 미안하지만 더 이상 알고 싶지도 않아요."

"그러지 말아요. 그러지 말란 말이야!"

애원보다는 억지를 부렸다. 지후의 단호한 태도에 안달을 하면서 그녀는 어쩔 줄 몰라 억지를 부리기 시작했다.

"그러지 말란 말이야. 저 여자가 나타나기 전까지만 해도 당신은 내가 골라주는 옷을 입고 내가 사다 주는 음식을 먹었어. 당신이 흘리는 땀 한 방울까지 모두 내 손으로 닦았어. 저 여자가 그랬던 적 있어? 지혁 씨, 나 좋아했잖아. 내가 보낸 편지를 읽으면서 기뻐했고, 내가 선물한 것들을 보면서 웃었어. 내 사랑을 몰랐다니. 말이 안 돼. 저 여자 앞이라서 그래? 그러지 마. 저 여자도 이해할 거야. 어차피 당신은 저 여자 사랑하지도 않잖아."

지금 인영에게서는 평소의 모습을 전혀 찾아볼 수 없었다. 눈물을 흘리며 사랑을 구걸하는 모습이 추하면서도 안쓰러웠다. 마치 다른 사람 같았다. 무서웠다.

"분명히 말하지만 난 인영 씨에게 동료로서의 감정 외에는 어떤 감정도 갖고 있지 않아요."

다은은 감정이라고는 조금도 담겨 있지 않은 지후의 낮은 목소리에 놀란 눈으로 그의 얼굴을 올려다보았다. 차갑다. 엄청나게 냉정하고 차가운 눈으로 인영을 바라보고 있었다. 화가 나 있다. 치켜 오른 눈썹이 그가 얼마나 화가 나 있는지를 대신 말해 주고 있었다.

'할아버지, 저 사람 눈이 온화하다고 하셨죠? 저 눈이, 저 눈빛이?'

처음이다. 지후의 저렇게 화난 모습을 처음 보는 다은은 그저 놀라고만 있었다. 가끔 일이 잘 풀리지 않을 때 지어 보이던 화난 얼굴들은 지금에 비하면 그저 화난 척하는 것이었다. 전혀 다른 모습의 그가 있었다. 영욱과 그의 친구들도 지후의 모습이 낯선지 멍하니 보고만 있었다.

"이런 기분으로는 같이 일하지 못해요. 회사에 말해서 인영 씨 다른 사람이랑 일하도록 말할게요."

"싫어요. 난 지혁 씨 아니면 누구하고도 일 안 해!"

그녀의 행동은 마치 다섯 살배기 어린아이 같았다. 고개를 도리질치며 다른 사람의 말은 전혀 들으려 하지 않고 자기 고집만 부리며 떼를 쓰고 있었다.

"그럼 일을 그만두실 건가요?"

여전히 메마른 지후의 목소리에 인영은 주먹을 꼭 쥐어 보였다.

"인영 씨와의 인연, 벌써 5년이나 됐지만 난 그래도 당신보다 내 아내가 더 소중해요. 내 아내를 나쁘게 말하는 사람과 같이 일하고 싶은 생각 없어요. 그리고 당신이 내게 느끼는 그런 감정, 반갑지 않아요. 많은 사람들에게 인정받고 사랑받고 싶지만, 또 그렇게 살아야 하는 나지만 부담이 느껴지는 그런 당신의 관심은 거절하겠어요."

"강지혁."

인영은 끝없이 눈물을 흘렸고 지후의 너무도 차가운 태도에 점점 얼굴이 창백해져 갔다. 다은도 마찬가지였다. 그의 따뜻한 체온이 느껴지는 품에 안겨 있었지만 싸늘했다.

"그래요, 난 당신에겐 가수 강지혁일 뿐이에요."

영욱이 부르르 떨고 있는 인영을 데리고 나가려고 했다. 하지만 매몰차게 뿌리치는 인영의 힘을 이기지 못했다.

"그렇게 차가운 사람이었어요? 강지혁이라는 사람, 정말 무섭도록 냉정하군요."

"가까이서 날 지켜봤잖아요. 그러면서 아직도 몰랐어요? 난 관심없는 일에 감정 소비 같은 거 안 하는 사람이에요. 사람도 마찬가지예요. 옆에 두고 싶은 친구가 아니면 아무리 오랜 시간을 함께했어도 돌아섭니다. 내가 이 일을 시작하면서부터 함께했던 사람이라 좋은 인연이라 생각했는데 조금 섭섭하네요."

"섭섭하다구요? 섭섭해? 당신을 좋아한다는 사람의 감정을 섭섭하게 생각한다구요?"

분에 찬 눈빛이었다. 동료 그 이상도 이하도 아니었다고 말하는. 그리고 그렇게 대하고 있는 그의 태도에 분했다.

"내 말을 아직도 이해하지 못하고 있군요. 형, 그만 데리고 나가. 더 이상 신경 쓰고 싶지 않아."

"강지혁 씨, 앞으로 더 많이 신경 써야 할 거예요."

끌고 나가려는 영욱의 팔을 다시 한 번 매몰차게 뿌리치며 인영이 독기에 찬 목소리로 말했다. 인영의 거친 손길에 영욱의 얼굴에 작은 생채기가 생겼다.

"내가 겁낼 거라 생각해요?"

"나쁜 자식."

“난 이미 당신의 감정에 관심없다고 분명히 얘기했습니다.”

그제야 끝까지 버티고 있던 인영은 홍민과 영욱의 손에 이끌려 밖으로 나갔다. 다은은 결국 그 자리에 주저앉고 말았다. 그러면서도 이제껏 잘 견뎠다고, 잘 버틴 스스로가 대견스러웠다.

“꿈을 꾼 거 같아. 인영 씨가 나 좋아하지 않는 건 알았지만…… 그랬구나.”

“괜찮아?”

무서울 정도로 과격하게 다가오는 팬들은 많았지만 그런 일을 당하는 모습을 이렇게 가까이에서 보고 있자니 모두 적잖은 충격을 받은 상태였다. 옆에 앉아서 제대로 말 한마디 못하고 있던 그의 친구들도 머뭇머뭇 그녀에게 괜찮은지를 물어왔다. 다은은 아무 생각 없이 고개를 끄덕이고 있었다. 영욱이 인영을 집까지 데려다 주러 갔다며 홍민이 혼자 들어왔다.

“오늘, 지금 여기서 있었던 일, 어떤 식으로든 다른 사람들의 귀에 옮겨지지 않았으면 좋겠다.”

“문제는 그게 아냐. 너 이제껏 뒤쫓던 사람, 인영 씨 아닐까?”

그도 미처 생각지 못했던 부분이다. 지후는 홍민의 말에 고개를 번쩍 쳐들었다.

“아무리 그래도, 사람들이 한꺼번에 미치지 않은 다음에야 그렇게 괴롭히는 스토커가 둘, 셋씩 되지는 않을 거잖아.”

“……”

“편지에 선물은 결혼 전까지였어. 아무리 열애설이 터져도 그런 문자는 온 적이 없었잖아?"

지후는 급하게 거실로 달려나가 영욱의 휴대폰으로 전화를 걸었다. 긴 신호음이 간 후에야 그가 전화를 받았다.

"형, 어디야? 아직 인영 씨랑 같이 있어?"

[아니, 큰 길이야. 데려다 준다고 했는데 막무가내로 택시 타고 가버리네.]

"안 돼, 잡아. 물어볼 일이 있어."

[가버렸다니까.]

"형도 택시 타고 쫓으면 되잖아."

[무슨 일인데 그래?]

"휴대폰, 인터넷에 오른 사진. 그 여자한테 물어봐야겠어."

영욱이 버럭 소리를 질렀다.

[너한테 정신 나간 여자처럼 굴어서 좀 놀라긴 했지만 그런 거까지 다 덮어씌우는 건 너무하잖아! 평소 인영 씨 봐서 어디 그럴 사람이야?]

"형."

[오늘은 쌓였던 감정의 폭발이었어. 너도 그래, 임마. 좀 좋게 달래면 어디가 덧나? 다은 씨까지 시비 걸듯이 몰아붙였잖아. 오늘 다들 왜 그랬대?]

영욱이 인영을 신뢰하는 마음을 이해 못하는 건 아니었다. 인영은 정말 열심히 일했다. 그녀 말대로 5년 동안을 한결같이 옆에서 먹는 것 입는 것들을 다 챙겨주었고 사소한 잔심부름도 도

맡으면서 불평 한번 한 적이 없는 사람이었다.

영욱은 집으로 간다는 말을 끝인사로 신경질적으로 전화를 끊어버렸다. 지후는 작업실로 돌아왔다. 다은은 여전히 넋 나간 표정으로 앉아 있었고 친구들은 지금 이런 상황을 어찌하지 못해 당황해하고 있었다.

"형은 뭐래?"

"하루 이틀 알던 사이가 아니잖아. 쉽게 의심이 가겠어? 화내면서 갔어."

"다은 씨, 그냥 잊고 기분 푸세요."

"맞아요. 오늘은 그냥 무슨 마(魔)가 끼었던 날인 거야."

다은의 귀에는 그들의 위로가 전혀 들리지 않았다.

"우리도 그만 갈게."

친구들은 걱정 말라는 투로 그의 어깨를 툭툭 두들겨 주고는 밖으로 나갔다. 주저앉아 있던 다은은 멍하니 주위를 둘러보더니 어질러져 있는 방을 정리하기 시작했다. 그런 다은의 모습을 보고 침대에 걸터앉던 그가 버럭 고함을 질러댔다.

"지금 당장 청소 할 필요 없잖아!"

"그냥 가만히 있으면 너하고 싸우려고 들지도 몰라."

"무슨 말이 하고 싶은 거야?"

"몰라."

"속에 담아두지 마. 그럼, 우리 더 힘들어져."

어질러져 있는 악보와 책을 주섬주섬 주워 챙기던 다은의 움직임이 멈췄다.

"누가 또 알고 있니?"

"없어."

"지후야."

"정말 없어. 영욱이 형한테만 말했었어. 형 외에는 누구에게
도 말한 적 없어. 형에게도 아무 말 안 하려고 했었지만 급하게
결혼 서두르는 거 걱정하길래 좋은 사람이라 연애하는 데 시간
을 질질 끌 필요가 없을 것 같다고만 말했었어."

침대에 걸치고 있던 엉덩이를 끌어 바로 바닥으로 내려와 다
은의 앞에 털썩 주저앉았다. 그의 얼굴을 보고 싶지 않았다. 다
은은 고개를 숙이고 눈을 감아버렸다. 지후는 자신을 외면하는
다은을 와락 끌어안았다. 그 품에서 다은은 손에 쥐고 있던 악
보를 옆에 놓고 멍하니 한숨만 깊게 내쉬었다.

"나, 잠시 성북동에 가 있을게."

"다은아."

"여기 있고 싶지 않아."

"안 돼. 허락 못해."

"그래도 나가겠어."

"왜 그래? 놀란 마음은 이해하지만 집을 나갈 필요까지는 없
잖아. 나만 네 눈에 띄지 않으면 되는 거 아냐?"

"아니, 여기가 싫어. 무서워."

다은의 머리 속에 그동안에 있었던 일들이 하나하나 정리가

되어갔다. 이제는 그에게 이제껏 있었던 일을 모두 말해야 한다고 결정했다. 한숨 섞인 그녀의 목소리가 떨려 나왔다.

"결혼 전에, 아마도 너 기억하는지 모르겠다. 우리 야외 촬영 사진이 방송으로 나가고 나서 너, 나한테 전화 연락이 안 된다면서 집으로 찾아왔었지."

다은의 오피스텔에 몇 번 찾아간 적이 없었기 때문에 그날 일을 쉽게 떠올렸다.

"기억해."

"그날 낮에, 방송국으로 전화가 왔었어. 너랑 결혼하면 죽여 버리겠다고. 그래서 꺼두었던 거야. 그때는 그 사람이 내 폰 번호를 어떻게 알았을까, 그런 생각 못해봤었는데."

"뭐야? 그런 말을 왜 이제야 하는 거야?"

다은의 얼굴을 들여다보았다. 힘겹게 떠진 허망한 눈동자가 다른 곳을 보고 있었다.

"대수롭지 않게 여겼어. 그런 거 방송국에서 흔하게 봐왔으니까."

"그게 인영이라는 거야?"

"몰라. 하지만 그때 그 여자도 내게 그런 말을 했었어. 하찮은 여자라고."

"다은아."

지후는 다은을 다시 꼭 껴안았다.

"나, 성북동에 가 있을게. 여기, 불안해. 너 인영 씨와 계속 일

할지 안 할지는 모르겠지만 낯선 사람들이 집에 들어와 있는 거 보고 또 놀라거나 그러고 싶지 않아.”

“낯선 사람?”

“인영 씨 네 옷을 챙긴다면서 아무도 없는 빈집에 들어와 있더라. 그런 일도 있을 수 있다고 미리 말해 줬으면 좀 좋아?”

“그런 일은 있을 수 없어.”

“……”

“의상이 준비되지 않았다고 인영 씨가 집까지 찾아와 옷을 챙기는 따위의 일은 절대 없어. 없으면 안 입으면 그만이야. 절대 그런 일 없어. 한 번도, 단 한 번도 그런 부탁 한 적 없고 열쇠를 맡겨본 적도 없어.”

다은의 몸이 또다시 부르르 떨려왔다. 결혼 전에 자신의 옷을 정리하러 들렀다가 어질러진 집을 본 때가 생각났다. 그때부터 그럼……?

그날 있었던 일도 조심스럽게 얘기를 꺼냈다. 그는 답답해하는 표정으로 자신의 머리를 쥐어뜯었다.

“그걸 왜 이제야 말하는 거야?”

“퇴근해서 들어와 침대 시트가 구겨져 있는 걸 보면 네가 와서 쉬었다 간 거라 생각했어. 그렇잖아. 항상 네가 늦게 일어났으니까. 정리 안 해놓으면 그럴 수 있는 거니까. 그런데 우습게도 베개에 흘려진 긴 머리카락을 발견했어. 그래도 어디서 그런 믿음이 생겼는지 아닐 거라고 생각했어. 네가 다른 여자를 만난다고 해도 설마 집에까지 끌어들이지는 않을 거라고…….”

“왜 말하지 않았어? 왜 혼자서 끙끙거리는데? 너하고 나 사이에 왜 그래야 하는데?”

“너하고 나 사이니까. 너도 나 믿어줬잖아. 나도 너 믿어.”

“고마워. 날 믿어주는 건 고마운데 우리 앞으로는 이러지 말자.”

다은의 입에서는 끝없는 한숨이 흘러나왔다.

“앞으로 절대 이런 일 없어. 그러니까 집에 가 있겠다는 그런 말은 하지 마. 내가 옆에 있을게. 이젠 괜찮을 거야. 걱정 마.”

다은을 안고 있는 지후는 스스로에게 주문을 걸고 있었다. 괜찮을 거라고. 앞으로는 절대 자기가 다은을 지킬 거라고.

다음날 일찍, 그는 당장 열쇠 수리공을 불러 현관 열쇠를 비밀번호식으로 바꾸었다. 그리고 방송국까지 다은을 데려다 주고 마치는 시간에 맞춰 데리러 나갔다.

이틀 후, 신문지상 일면에 ‘강지혁, 계약결혼’이라는 제목의 기사가 특종거리로 실렸다. 그 기사를 쓴 사람은 지후와 다은의 사진을 처음 실었던 그 기자였다.

그때까지도 일하러 나오지 않는 인영을 걱정하는 영욱에게 지후는 다은에게서 들었던 일들은 모두 얘기해 주었다. 그는 믿을 수 없다는 얼굴로 고개를 설레설레 가로저었다. 유 사장과 영욱은 신중하게 대처하자는 데 의견을 모았다. 경찰에 알려 인영에 대한 얘기를 간략하게 전하고 언론을 피했다.

경찰이 인영의 집을 찾았지만 벌써 며칠 동안 집에 들어오지 않는 상태라고 했다. 인영은 홀어머니와 단둘이 살고 있었다. 젊은 그녀의 어머니는 갑자기 들이닥친 경찰을 보고 인영을 무척 걱정하고 있었다.

또 한 번 크게 터진 그 기사로 성북동 어른들의 심기는 불편해질 대로 불편해져 있었다. 할아버지는 당장 두 사람을 집으로 불러들였고 그 이전 사진 기사까지 알고 있던 엄마는 아예 몸져 누워 버렸다.

"대체 이게 무슨 망발이야!"

"죄송합니다. 이쪽 일이……."

"항상 그 핑계구만. 그 동네는 인간 이하의 짓거리만 하는 사람들이 모인 곳인 게야?"

지후는 아랫입술을 꼭 깨물고 고개를 푹 숙였다. 할아버지와 할머니, 부모님과 효은이 한자리에 둘러앉아 두 사람의 대답을 기다리고 있었다. 엄마는 얼마나 울었는지 눈이 퉁퉁 부어 있었다.

"헛소문이에요, 할아버지."

다은의 또박또박한 목소리에 방 안에 있던 사람들의 시선이 일제히 그녀에게로 쏠렸다.

"제가 너무 잘난 사람을 고른 탓이에요."

어른들 앞에 자기의 남자가 너무 잘났다고 말하는 다은을 보

며 모두 어이없어했다. 할아버지 앞에서는 크게 숨 쉬어본 적도
없는 엄마가 코웃음을 쳤다.

"이 사람을 지겹게 쫓아다니는 여자가 있어요. 할아버지, 요
즘 인기있는 사람들 쫓아다니는 스토커 들어보셨죠? 몰랐는데,
아주 가까이서 같이 일하는 여자였어요. 그 여자의 짓이에요."

"이전에 난 기사도……."

효은이 사진 얘기를 꺼내려다 아버지의 눈짓에 급하게 입을
다물었다.

"그건 아직 몰라. 할아버지, 저희는 좋아서 결혼했고, 잘살고
있어요. 이런 기삿거리 절대 믿지 마세요."

"계약에 충실해서 사는 건 아니고?"

할아버지의 화는 쉽게 풀리지 않을 모양이었다. 평소 직선적
이고 둘러서 말하는 걸 모르시던 할아버지가 기사를 빗대어 말
하고 있었다.

"절대 아니에요, 할아버지."

"결혼 전에 누구나 이렇게 저렇게 살자, 계획은 합니다. 그런
얘기들이 와전된 것뿐입니다."

"답답할 뿐이네."

"할아버님 말씀대로 뻔한 변명이지만 제가 일하는 곳이 워낙
사생활이 보장되지 못하는 곳이라 이렇게 물의를 일으켰습니
다. 어른들께 정말 죄송합니다. 하지만 저희 두 사람 서로 했던
약속을 잘 지키면서 살려고 노력하고 있습니다. 뭐, 굳이 따지

자면 제가 한 가지 지키지 않은 약속이 있기는 하죠.”

“그게 뭔가?”

“다은이 머리를 짧게 자르고 싶어했는데, 그 약속은 지키지 않았습니다. 긴 머리가 더 예쁘잖아요.”

마주 보고 웃는 두 사람의 모습에 할아버지는 그제야 조금 인상을 누그러뜨렸다. 하지만 다은을 바라보는 엄마의 얼굴은 여전히 어두웠다.

“떠도는 소문을 어떻게 진정시킬 생각인가?”

어머니가 안타까운 듯 물었다.

“제가 나서서 뭐라 변명할 가치도 없는 소문입니다. 이런 기사 믿는 사람은 믿고, 안 믿는 사람은 그냥 읽고 버리면 그뿐인 걸요. 우리 잘살고 있다고 하는 말도 똑같이 취급당할 텐데요.”

할아버지와 아버지가 고개를 끄덕이셨다.

“사돈댁에서도 걱정이 크시겠구만.”

“저희 집 쪽은 워낙 이런 일에 익숙하셔서 이젠 크게 신경도 쓰지 않으십니다.”

“음, 알았네. 누구보다 두 사람 마음고생이 심하다는 거 알아. 우리까지 나서서 미안하네만 늙은이들의 마음을 이해하게. 우리들이야 두 사람이 오랫동안 행복하게 살았으면 하는 마음뿐이지 않는가.”

“네, 할아버님.”

별채에 있는 다은의 방으로 내려온 두 사람은 벽에 기대어 다리를 쭉 뻗고 앉았다. 눈을 감은 채 숨을 고르고 있는 다은의 손을 그가 꼭 쥐었다.

"고마워."

"이제 더 놀랄 일 없는 거지?"

"……."

"엄마가 많이 지쳐 보였어. 그날 당장 보따리 싸들고 왔으면 정말 큰일 날 뻔했겠더라. 네가 붙잡은 게 천만다행이야."

효은이 방문을 똑똑 두들겼다.

"누나, 들어가도 돼?"

"어."

고개를 빠끔 들이민 효은이 그를 불러냈다.

"매형, 나하고 기분 전환이나 해요."

"기분 전환?"

"할머니가 간단하게 술상을 봐주시네. 아버지도 같이 계세요."

"어. 나 올라갔다 올게."

"너무 많이 마시지 마요. 효은이 너도."

"누나도 있다가 한잔 생각나면 올라와."

"기어이 할머니 쓰러지시는 꼴 봐야겠냐?"

"아버지도 같이 계신데 뭐."

지후와 효은이 나가고 곧 다시 방문이 열렸다. 가까이서 본 엄마는 더 야위고 수척해진 얼굴이었다.

"너도 마음고생 심했지?"

"이젠 괜찮아졌어요. 연이어서 몇 대 터지고 나니까 오히려 정신이 번쩍 드네요. 슬슬 맷집이 생기나 봐."

"다은아."

엄마는 두 손으로 다은의 손을 꼭 쥐었다. 눈물 한 방울이 톡 떨어졌다.

"정말, 이러고도 윤 서방이랑 같이 살아야겠니?"

"……헤어지라고?"

엄마의 대답은 이어지지 않았다. 답답한 마음에 그렇게 묻긴 했지만 절대 이혼을 먼저 입에 담을 분이 아니었다.

"어느 정도 각오는 하고 있었던 일이에요. 막상 닥치고 나니까 생각보다 충격이 좀 강하긴 했는데 이제 괜찮아요. 정시 출근, 정시 퇴근하는 그런 바른생활 사나이는 아니지만 나한테 잘해요. 이런 일 터지고도 나 다른 생각 안 할 만큼 허튼말 허튼행동 안 하는 사람이에요."

엄마는 연신 고개를 끄덕이면서도 눈물을 그칠 줄 몰랐다. 다은은 여린 엄마 앞에서 같이 눈물을 보일 수가 없었다. 엄마를 위로해야 했다. 다은은 엄마를 꼭 끌어안았다. 앙상하게 마른 엄마의 몸이 품에 쏙 들어왔다.

두 사람을 만나기 위해 많은 연예 프로에서 집을 다녀갔고 다은이 일하는 곳에 기자들이 끊이지 않고 찾아왔지만 끝까지 침

묵을 지켰다. 다은이 일하는 방송국의 연예 프로에서는 담당 피
디까지 찾아와 그녀를 만나려고 했다. 같이 일하는 사람들끼리
그러지 말자며 인정을 호소하기도 했지만 다은은 끝내 그들을
만나지 않았다. 그 피디는 끝까지 입을 다물고 있는 다은에게
결국 심한 욕설까지 섞어 언성을 높이기까지 했다.

　수십, 수백 명의 연예인들이 하루가 멀다 하고 몇 건씩 다양
한 가십거리를 만드는 곳이 연예가였다. 또 다른 일로 또 다른
사건이 터지자 두 사람의 일은 생각보다 짧은 시간에 사람들의
기억 너머로 지워졌다. 두 사람의 바람대로 시간이 흐르자 소문
은 소문일 뿐인 것으로 그렇게 기사를 읽은 사람들끼리 자기들
만의 결론이 지어졌다. 연예계에서 흔히 있는 ～라 카더라, 식
의 신문 기사로 또 한 장의 쓰레깃거리만 되었다.

　인영의 일로 한동안 어쩔 수 없이 두 사람의 관계는 전보다 조
금 서먹해졌다. 소문이 가라앉고 인영이 나타나지 않자 시간이
흐를수록 이젠 예전과 같은 편안한 생활로 돌아왔다. 다은은 기
자들에게 시달리지 않고 직장 생활을 할 수 있었고, 지후는 여전
히 새 앨범을 준비하느라 바쁘게 움직였다. 그렇게 두 사람은 서
로의 일에 바빠 봄이라는 계절이 얼마나 아름다운지 얼마나 많
은 꽃들이 피었다 지는지 미처 돌아보지 못하고 흘려버렸다.

계절은 여름의 대문을 두드리고 여름은 문을 활짝 열어 자신을 기다리고 사랑해 주는 모든 사람들에게 더욱더 뜨거운 웃음을 흘리며 다가섰다. 덥다고 방마다 문을 열어놓아서인지 요즘 들어 집에 있는 날이면 지후의 피아노 반주에 맞춘 노랫소리를 자주 들을 수 있었다. 지금도 다은은 아침 시간에 잠시 짬을 내 지후의 연습실 방문 옆에 앉아 그가 노래하는 모습을 지켜보고 있다.

"넌 무슨 노래 좋아해?"

잔잔한 피아노의 선율이 그의 음성에 반주가 되고 있었다.

"조용한 노래."

“그래, 그런 노래 좋아하지. 아는데, 그런 거 말고 어느 가수의 누구 노래가 좋다 이런 거 말이야.”

“요즘은 네 노래밖에 안 들어서 몰라.”

“입술에 침도 안 바르고 거짓말하는 것 좀 봐라. 강다은, 얼마 전에 신화 나오니까 카리스마가 어쩌고 눈웃음이니 파워섹시니 하면서 좋다고 난리였잖아.”

“하하하, 정말 섹시하잖아.”

“장난치지 말고 말해 봐. 어떤 노래 좋아해?”

“대한민국에 노래 잘하는 가수들 건 다 좋아해.”

“노래 잘하는 가수 누구?”

“토이 노래도 좋아하고, 임창정 노래도 좋고, 내가 제일 처음 쫓아다니기까지 하며 좋아했던 가수는 이선희야. 고등학교 때는 콘서트에 공개 방송까지 부지런히 쫓아다녔었지. 참, 그때 네가 불러준 노래 듣고 신승훈 음반도 샀잖아.”

“그래?”

피아노에서 내려와 바닥에 주저앉더니 바닥에 굴러다니던 기타를 집어 들었다.

“지후야.”

언제부터인가 작업실에 꽉 들어차 있던 담배 연기가 사라졌다. 덥다고 창문을 열어놓아서 그런가 생각했지만 그러고 보니 재떨이에 담배꽁초도 보이지 않았다.

“왜?”

"세월이 가면, 불러줘."

코드를 이리저리 맞춰보더니 아주 낮은 목소리로 노래를 부르기 시작했다. 노래 참 잘한다.

"너 오늘 하루 종일 집에 있을 거지?"

낮은 목소리로 노래 부르는 틈에 끼어들었다. 그러나 그는 연주를 멈추지 않았다.

"왜?"

"나 오늘 '모여라 꿈동산' 녹화밖에 없거든? 여섯 시쯤에 나올래?"

"싫어."

"하루만 놀아줘."

"왜?"

"왜가 어딨어? 놀아달라는데. 내가 맛있는 것도 사줄게."

"맛있는 거 맨날맨날 먹고 있어. 며칠 전에 영욱이 형이랑 사우나 갔었는데 나더러 배 나왔대."

"치, 알았어. 나, 갔다 올게."

"응. 조심해서 갔다 와."

잘 다녀오라고 인사하는 순간까지 그는 연주를 멈추지 않고 있었다. 기타 소리가 점점 더 커지고 그의 노랫소리도 선명해졌다. 현관문을 꼭 붙잡고 그의 노래를 끝까지 들었다.

"세월이 가면 가슴이 터질 듯한 그리운 마음이야 잊는다 해도 한없이 소중했던 사랑이 있었음을 잊지 말고 기억해 줘요."

그의 노랫소리와 함께 마저 인사를 끝내고 밖으로 나왔다.

방송국에 도착해 스튜디오 안으로 들어서자 아이들이 기다렸다는 듯 조르르 달려나왔다. 저마다 고사리 같은 손에는 포장이 잘된 작은 상자를 하나씩 들고 있었다.

"언니, 생일 축하해."

"어머, 고마워. 기억하고 있었네?"

"언니도 우리 생일 잘 챙겨주는데 우리가 어떻게 잊어? 이거 엄마가 언니 갖다 주래."

"고맙다."

스튜디오 한 편에 몰려 있는 아이들의 엄마들을 향해 살짝 눈웃음을 지으며 인사를 건넸다. 그들도 마주 답례를 해준다.

"강다은, 생일 축하한다."

장 피디도 다은에게 선물을 내밀었다.

"오늘 지혁이랑 어디 좋은 데 가냐?"

"네? 아, 네."

"무슨 대답이 그래?"

"말 안 했어요. 아마 모를 거예요."

다은의 얼굴에 실망한 기색이 역력했다. 저녁이라도 같이 먹으려고 했는데 그것마저 거절당해 적잖이 마음 상해 있던 터였다.

"어허, 결혼해서 마나님 첫 생일인데 잊었단 말이야? 그 녀석, 두고두고 욕먹을 거리를 만드네."

‘잊은 게 아니죠. 한 번도 생일에 대해 말한 적이 없는 거죠. 물은 적도 없고.’

세트를 세우는 작업을 하는 중에도 괜히 나올 때 지후의 태도가 생각나 화가 났다. 그 화가 손끝으로 전해졌는지 무대를 세우는 다은의 움직임이 전보다 더 과격해졌다.

‘그냥 밥 사준다는데 눈 딱 감고 나오면 누가 뭐라 그러나? 아무튼 한 번씩 그렇게 무심하게 굴 때는 정말 소름 끼치도록 매정하다니까.’

좋지 않은 기분에 뚝딱뚝딱, 열심히 세트 준비를 끝냈는데도 촬영이 시작되지 않았다. 아이들도 구석에서 웅성웅성 떠들고 있었고, 스텝들도 촬영이 제대로 진행되지 않자 모두 장 피디의 눈치만 살피고 있었다.

“무슨 일이에요?”

“민성이가 아직 안 왔어.”

민성은 ‘모여라 꿈동산’의 마스코트인 동이인형을 쓰고 연기를 하는 연기자 지망생이었다. 한 번도 지각하는 일 없이 짧은 촬영분이라도 열심히, 언제나 성실하게 맡은 일을 잘했는데 오늘은 무슨 일인지 연락도 없이 오지 않고 있었다.

“민성이 빼놓고 미리 촬영할 건 없어요?”

“없어. 오늘 주제가 장난감 챙기기란 말이야. 민성이가 주인공인데. 야, 강다은, 오래간만에 너 동이 해라.”

“예?”

처음 방송국에 들어오게 되었던 계기가 된 것도 인형 탈을 쓰고 아이들과 뒤에서 춤추는 토끼 역의 아르바이트를 하게 되면서였다. 그때는 멋모르고 열심히 했을지 모르지만 지금은 상황이 달랐다. 시키면 시키는 대로 다 하던 아르바이트생도 아니고 무엇보다 몇 년째 춤 쪽으로는 전혀 굴린 적이 없는 몸이 제대로 말을 들어줄지가 의문이었다.

"원래 너 전공이잖아."

"말도 안 돼요. 그거 안 쓴 지가 벌써 몇 년인데. 금방 아닌 거 표날걸요?"

"네가 안 해본 것도 아니고 오늘 하루만 해라."

"선배, 조금만 더 기다려 봐요."

"벌써 네 시야. 언제까지 더 기다려?"

초조하게 시계를 보던 장 피디가 다시 다은에게로 고개를 돌렸다. 저녁에는 다른 촬영이 있어 스튜디오를 비워주기도 해야 했고, 무엇보다 기다리는 아이들이 점점 지쳐 가고 있었다.

"넌 세트 준비한다고 대본도 이미 다 읽었잖아. 자, 자, 촬영 들어갑니다."

"민성이 왔어요?"

조연출이 주위를 두리번거렸다.

"다은이가 동이 할 거니까 준비하는 거 도와줘."

잠시 후에 다은이 곰돌이를 닮은 동이의 얼굴을 들고 조금만 움직여도 크게 흔들거리는 엉덩이를 가진 동이 옷을 입고 나왔다. 그 모습에 아이들이 자지러지게 웃어대기 시작했다. 민성의 체격이 다은보다 조금 더 컸기에 흘러내리는 엉덩이를 추스르느라 정신이 없었다.

"언니, 너무 어울려."

"하필이면 이렇게 더운 날에, 에어컨이나 빵빵하게 틀어줘요."

"오케이! 자, 강다은이 실력이 아직도 쓸 만한가 보자구."

촬영이 시작되고 얼마 되지도 않아 다은의 실수로 몇 번이나 촬영이 중단되었다. 옷은 크고 두툼한 옷 속은 더웠고 염려했던 대로 몸도 마음대로 움직여 주지 않았다.

"강다은, 왜 그래?"

"미안해요. 너무 오래간만이라 그런가 봐요. 잘할게요. 자, 다시 합시다. 미안합니다. 미안하다, 얘들아."

다은이 땀이 흠뻑 젖은 얼굴 위로 다시 동이 탈을 뒤집어썼다. 촬영이 계속될수록 다은은 예전의 감각을 되찾아갔다. 열심히 엉덩이를 실룩거리고 우스꽝스럽고 과장된 몸짓을 무난히 연기하고 있었다.

"형."

촬영이 한참 진행 중일 때 지후가 들어왔다. 뒤따라 땀을 뻘뻘 흘리는 민성이 같이 달려 들어오고 있었다. 지후를 보고 반갑게 웃으려던 장 피디는 민성을 보고는 금세 얼굴을 확 구겨버렸다.

"어, 왔냐? 너 왜 이렇게 늦은 거야?"

"죄송해요. 이번에 드라마 조연으로 출연하게 됐는데 거기서 촬영이 늦어지는 바람에…… 정말 죄송합니다."

"너 빼고 다른 사람 구했으니까 알아서 해."

"감독님."

"시끄러, 임마. 촬영 중이니까 조용히 해. 그건 그렇고 야, 넌 어쩌려고 그래?"

풀이 죽은 채 난처한 얼굴로 있는 민성과 더 이상 할 말 없다는 투였다. 잔뜩 움츠려 있는 민성을 뒤로하고 장 피디는 그를 야단치던 화살을 지후에게로 날렸다.

"뭘?"

"오늘 다은이 생일인 거 몰라?"

"왜 몰라? 내가 여기 괜히 왔겠어?"

"네가 몰라줘서 섭섭해하는 눈치던데."

"모른 척한 거지. 깜짝 놀라게 해주려고 몰래 왔는데 안 보이네?"

"그래, 신혼은 신혼이다. 그런 닭살도 다 연출하고. 있어봐라. 아마 네가 더 깜짝 놀랄 거다."

30분 뒤에 한 회분의 촬영이 끝나자 다은은 얼른 탈을 벗어 들고는 시원한 공기를 한껏 들이마셨다. 스텝 중의 한 명이 달려와 그녀에게 물과 수건을 건넸다. 얼음물이 목을 타고 내려가며 몸속에 시원한 물줄기를 만들었다.

“다, 다은아?”

귀에 익은 목소리에 고개를 획 돌리다 눈을 동그랗게 뜨고 있는 지후의 눈과 마주쳤다. 멸종된 줄 알았던 신기한 동물을 발견했어도 아마 저 정도로 놀라진 않을 거다. 입까지 반쯤 헤 벌리고 몸은 완전히 동작 그만인 상태였다.

“지후, 너 여기 왜 왔어? 우이씨, 난 몰라.”

한 손에는 동이의 얼굴을 들고 또 다른 한 손에는 빈 컵을 든 채 커다란 엉덩이를 실룩거리며 탈의실로 달려갔다. 급히 들어가느라 떨어뜨리고 간 수건을 챙겨 들고 민성이 재빨리 뒤따랐다.

“하하하, 하하하, 하하하.”

지후의 웃음소리가 한참 동안이나 스튜디오에 울려 퍼졌다. 다은은 얼른 탈의실로 들어가 동이 옷을 벗어 던지고 간단하게 몸을 씻고 나왔다. 장 피디와 애기 중이던 지후는 다은의 얼굴을 보고는 또 웃기 시작했다.

“너 안 나온다고 했었잖아.”

“이런 재미있는 구경거리가 있는데 어떻게 안 와?”

“장 피디님이 연락이라도 한 거야?”

“연락은, 네가 맛난 거 사준다고 했잖아.”

지후는 장 피디가 들고 있던 대본을 뺏어 들고 아직 물기가 채 마르지 않은 다은의 얼굴에 부채질을 해주었다.

“치, 이미 유효기간이 지났네요.”

“그래? 그럼 내가 사주지. 그런데 너 정말 잘하더라. 엉덩이가 어쩜 그렇게 귀엽게 실룩거리냐?”

그의 얼굴에서는 도저히 웃음이 사라질 기미가 보이지 않았다.

“그만 해.”

“방송에 나오는 그 인형이 너였어?”

“아냐. 오늘만 연기자가 안 와서 내가 대신한 거야.”

“아, 조금 전에 늦게 와서 혼나던 그 남자? 그런데 그걸 왜 네가 대신 해?”

“다은이가 방송국 아르바이트 처음 시작한 게 그거였어. 정말 열심히 잘했지. 이제껏 다은이만큼 인형 역할을 열심히 한 사람은 아무도 없었어.”

“그랬었구나. 아무튼 진짜 재미있었다. 덕분에 오래간만에 신나게 웃었네.”

“야, 그거 옆으로 돌려야지.”

쑥스러운 듯 옆에서 두 사람의 얘기를 듣고만 있던 다은은 다음 촬영을 위해 세트를 준비하고 있는 남자에게 버럭 고함을 질러대고는 무대 위로 달려갔다. 무안함을 없애고자 하는 마음에서인지 다른 때보다 목소리가 더 커져 있었다. 다은은 곧 작업 설계도를 받아 들고 세트 장소를 꼼꼼히 살피기 시작했다.

“여전하네, 저 목소리.”

다은을 바라보는 그의 눈동자가 따뜻했다. 장 피디는 그가 다은을 사랑스럽게 바라보는 눈길에 자신마저 기분이 좋아지는 것 같았다. 두 사람이 사귄다는 소문이 났을 때부터 조금씩 느꼈었지만 지금 옆에 있는 강지혁은 끊임없는 인신공격성 기삿거리에도 불구하고 예전보다 훨씬 더 편안해 보였다.

"천성인데 어디 가겠냐?"

"요즘은 저 목소리가 참 부러워."

"부러울 것도 많다. 집에서 매일 듣는 목소리 아냐?"

"집에서는 내가 워낙 말을 잘 들으니까 고함 지를 일이 없잖아."

둥글둥글 모난 곳이 없는 그의 목소리에 여유와 행복이 가득 묻어 나왔다.

"쥐여 산다고 아예 공표를 하는구나. 기자 회견이라도 하지 그래."

"그게 특종거리면 까짓 기자 회견쯤 못할까 봐?"

"널 보고 이제 누가 카리스마를 말하겠냐? 완전히 공처가 다 됐네."

"그럼, 이 애처가를 위해서 다은이 오늘 하루만 일찍 보내줘."

"난 언제든지 보내줄 의향이 있다만, 저렇게 같이 일하는 사람들을 못 미더워하는데 가려고 하겠냐? 능력 되면 네가 알아서 데리고 가라."

세트를 다시 세우는데 정신없는 다은은 결국 다음 회분 촬영이 시작되어서야 지후 옆으로 돌아왔다. 민성이 동이 옷으로 갈아입고 나오고 촬영이 시작되어서도 무대에서 시선을 떼지 못하고 있었다.

"가자."

"어딜?"

손바닥으로 이마에 송골송골 맺은 땀을 훔쳐 내고 큰 숨을 내쉬었다. 잠시 지후에게 시선을 주는 듯하더니 곧 카메라에 잡힌 배경을 쳐다보았다. 두리번거리며 부채 삼을 만한 거리를 찾던 지후는 마땅한 종이가 없자 손부채질을 시작했다.

"형이 일찍 가도 된댔어."

"정말요?"

"공처가가 이렇게 애원하는데 보내줘야지."

다은은 입술을 오물거리며 잠시 머뭇거렸다. 이제껏 일을 해 오면서 촬영 중간에 가버린 일이 없었기에 불안했다. 그러다 무대와 지후를 번갈아 쳐다보고는 중대한 결심이라도 내리는 사람처럼 크게 고개를 끄덕거리고 그의 팔에 팔짱을 끼었다.

"그래요, 나 없다고 뭐 세워둔 무대가 무너지기야 하겠어? 장 피디님, 고마워요. 가자."

"강다은, 잊은 거 없어?"

장 피디의 양손을 들었다 내리는 동작을 보고는 가방과 선물이 든 종이 가방을 기억해 냈다.

"아, 잠깐만 기다려. 나 물건 좀 챙겨 가지고 나올게."

"사랑스런 신랑님이 모시러 오니까 정신이 없지?"

　다은은 장 피디를 곱게 흘겨보고는 가방을 놓아둔 사무실로 걸음을 옮겼다.

　"도와줄까?"

　"됐어."

　"생일 선물 많이 못 받았나 보네. 혼자서 들을 수 있을 정도면."

　우뚝 멈춰 서서 그를 돌아보았다. 환하게 웃고 있었다. 촬영하는 아이들의 엄마 중 한 명이 지후에게 다가와 슬쩍 종이와 펜을 내밀었다. 하지만 다은을 바라보고 있던 그는 미처 보지 못했다.

　"내가 모르고 있을 줄 알았어?"

　그에게 환하게 웃어 보이고는 옆을 보라는 고갯짓을 해주고 안으로 들어갔다. 선물이 든 종이 가방 몇 개를 들고 나올 때까지도 그는 사인을 해주고 있었다. 다은이 나오는 모습을 보고는 정중히 사인 요구를 물리쳤다. 미처 사인을 받지 못해 아쉬워하는 엄마들에게 미안하다는 말을 잊지 않았다.

　"그럼, 오붓한 시간들 보내라구."

　"네."

　두 사람이 밖으로 나가려고 막 돌아설 때 잠시 밖에 나갔다 들어오던 스텝 중 한 명이 경비실에서 주더라며 다은의 앞으로 온 선물 상자를 내밀었다. 발신자의 이름은 없었고 겉에는 강다은 앞이라고 인쇄된 메모만 붙어 있었다.

"강지혁, 이렇게 유치한 짓도 할 줄 아나?"

"나 아냐."

멀뚱한 표정으로 서 있는 지후를 쳐다보다 다은은 신나게 포장지를 뜯어냈다. 누가 주는 선물이든 선물은 일단 받아서 기분 좋은 물건이었다. 안에서는 다시 붉은색 골판지 상자가 나왔다.

"효은이가 보냈나?"

"처남도 별로 이런 짓 안 할 타입인데."

물론 이런 짓을 안 할 성격이라는 건 알지만 딱히 생각나는 사람이 효은뿐이었다. 동생을 무시하는 발언에 그를 한번 흘겨주었다. 그래도 기분 좋게 뚜껑을 열다가 안에 내용물을 보고는 하마터면 상자를 떨어뜨릴 뻔했다. 너무 놀라면 아무 소리도 지를 수 없다고 했던가.

눕히면 눈이 저절로 감기게 되어 있는 파란 눈을 가진 인형의 긴 머리카락이 정신없이 짧게 잘려져 있고 그 옆에는 칼이 나란히 놓여 있었다. 아무 소리도 내지 못하고 놀란 눈동자로 지후의 표정만 살폈다. 그는 다은의 시선을 느끼지 못할 정도로 뚫어지게 인형만 쳐다보고 있었다. 그러다 미간을 잔뜩 찌푸리고는 다은에게서 상자를 빼앗아 뚜껑을 덮어버렸다.

"형이 대신 좀 갖다 버려줄래?"

표정과는 다르게 전혀 놀랐다거나 떨림이 없는 목소리였다.

"또 그냥 조용히 넘길래? 누군지 모르지만 이번에도 네가 아니라 다은이야."

지난번 인영의 일로 경찰에 신고한 사실을 모르는 장 피디는 지후를 원망하는 투였다. 지금 인영은 수배 대상이었다. 지후는 다은을 돌아보았다. 아직도 충격에서 벗어나지 못한 얼굴로 지후만 바라보고 있었다.

"다은아."

지후의 손에서 상자를 뺏어 들고는 뚜껑을 열어 인형을 들쳐 내고 상자를 샅샅이 뒤졌다. 세우면 눈이 떠져야 하는 인형은 여전히 눈을 감고 있었다. 아무것도 없었다. 포장지까지 다시 살펴도 '강다은 앞'이라는 인쇄된 글 외에는 다른 글씨 자국도 없었다.

"신고하자."

드문 일이지만 이런 해괴한 선물 말고도 더 상상을 초월하는 물건들이 배달되어 오곤 했었다. 문제는 이 물건이 자신의 앞으로 온 게 아니라 다은의 이름으로 왔다는 것이다. 이런 일을 크게 소문 내고 싶지 않았지만 다은이 동의만 한다면 모든 것을 경찰에 넘기고 싶었다. 하지만 걱정이 가득 담긴 그의 목소리와는 달리 의외로 다은의 목소리는 밝았다.

"놀라줘야겠지?"

이제는 아예 콧방귀까지 뀌며 재미있어 죽겠다는 투다.

"이런 게 기삿거리로 나가면 겁먹거나 자신에게 관심 가져주는 줄 알겠지? 유치하다, 유치해."

지후는 아무 말도 하지 못하고 서 있었다. 자신에게 해를 가

하는 건 상관없지만 가족들에게, 특히 다은에게 이런 짓을 하는 사람은 용서할 수가 없었다. 누구 짓일지 한참을 생각하던 그의 머리에 문뜩 전에 인영이 떠올랐다. 평소 조용한 사람이 화가 나면 더 무섭다고 했었다. 혹시 그녀일지도 모른다는 생각은 했지만, 아무 증거도 없는 마당에 전에 했던 행동만으로 무턱대고 의심을 할 수도 없는 노릇이었다.

"나가자. 맛있는 거 사준다고 나온 거잖아. 장 피디님, 소란 피워서 죄송해요. 저희들 먼저 나가요. 그리고 죄송하지만 이거 소각장에 버려주세요."

인형 상자를 장 피디에게 건네주고 지후에게 팔짱을 끼었다. 뭔가 석연치 않은 표정으로 있는 그를 끌다시피 해서 밖으로 나오는 다은의 얼굴에는 조금 전에 본 두려움의 흔적은 조금도 남아 있지 않았다.

"나도 벌써 이런 일에 이골이 났나 싶다."

"다은아."

"누구든 덤비라고 그래. 너하고 나, 내가 지킬 거야. 너처럼 잘나고 어린 신랑 데리고 사는 게 눈꼴 시려운가 본데 도전해 온다면 얼마든지 받아줄 거야. 걱정하지 마."

"어떻게 걱정을 안 해?"

"생각해 보니까 그렇잖아. 직접적으로 나한테 해코지할 생각이었다면 이런 방법 안 써. 칼 들고 직접 나타나서 내 머리카락을 잘랐겠지. 그럼 덕분에 머리카락 한번 잘라보는 건가? 후후, 인형 머리카락이나 자르고. 이런 짓 저지른 자식도 소심한 거야."

"그런 사람들이 화나면 정말 무서운 거 몰라?"

"나도 화나면 무서운 사람이야."

다은의 목소리는 단호했다. 지후를 쳐다보는 눈빛은 조금의 흔들림이 없이 비장해 보이기까지 했다.

"오늘은 내 생일이야. 결혼하고 첫 생일이라구. 너한테 축하 받고 싶어. 그러니까 앞으로 즐거운 시간이었으면 좋겠어. 방금 전에 받은 과분한 선물에 대해서 다시는 입도 벙긋하지 마. 약속해 줄 수 있지?"

"……."

"생각도 하지 말라니까."

"그래, 그럴게."

충분히 무서워해야 할 일이었다. 다른 사람 같았다면 눈물이라도 보였을 일에 다은은 너무도 담담하게 처신하고 있었다. 지후는 그런 다은의 모습이 더 걱정스러웠다.

벌써 한참을 달린 것 같다. 시외로 나올수록 눈앞에 초목들은 그 짙푸름이 더했다. 오랜 시간의 드라이브와 차 안에 흐르는 음악, 그리고 상쾌한 공기가 바짝 긴장해 있던 두 사람에게 여유를 안겨주었다.

"어디 가는 거야?"

"분위기 좋은 곳."

"또 옥상이야?"

"어떻게 알았어?"

"너야 분위기 좋다고 가는 곳이 아파트 옥상 정도니까. 무드도 없어요."

지후의 기분 좋은 웃음소리를 들으니 한결 기분이 나아졌다. 속마음이야 어쨌든 자신과의 약속을 지키기로 한 것 같아 고마웠다.

시외의 한적한 곳에 위치한 레스토랑에 도착해 실내로 들어가지 않고 바깥쪽으로 나 있는 나선형의 계단을 따라 이층으로 올라갔다. 불투명한 유리 속으로 아래층에는 손님이 많아 보였지만 이층은 아무도 없는지 불이 꺼져 있었다. 지후는 이층에 올라가서도 안으로 들어가지 않고 발코니에 마련된 테이블로 향했다. 그가 빼준 자리에 앉고 그는 맞은편에 자리를 잡았다. 마치 영화 속의 한 장면처럼 그가 손가락을 튕기자 이층 발코니와 지붕까지 환하게 크리스마스트리에나 장식하는 작은 전구들이 반짝이기 시작했다. 인테리어로 갖다 놓은 나무들 위로도 전구들이 걸쳐져 있었다.

"천 개의 램프가 켜지면 소원이 이루어진다며?"

오래전에 나온 TV 광고를 흉내 내는 지후의 말에 웃지 않을 수 없었다. 비록 그런 것을 보고 따라 했다고는 하지만 직접 그 말을 듣게 되니 그 감동은 가슴이 벅찰 정도로 몇 배나 더 크게 다가왔다.

"예쁘다."

"램프는 구할 수가 없다네. 그리고 저것들도 천 개나 구하기에는 시간이 부족하고."

"그래도 내 소원은 이루어질 거야."

곧 종업원들이 케이크를 선두로 줄을 이어 준비한 음식들을 나르기 시작했다. 테이블 가득 음식이 차려지고 그들은 한 줄로 늘어서서 정중히 인사를 한 다음 물러났다.

"즐거운 시간 보내십시오."

그들이 모두 내려가고 발코니에는 두 사람만 남았다. 한여름이지만 바람이 시원하게 불어주고 있었다. 그가 케이크에 꽂힌 한 개의 초에 불을 밝혔다.

"왜 한 개야?"

일반적인 케이크의 초보다 조금은 굵은 파란 초가 케이크의 한가운데 자리 잡고는 자기 몸과 대조되는 붉은빛을 발산하며 타올랐다.

"너 한 살이잖아."

"무슨 말이야?"

"나랑 같이 살기 시작한 걸로는 이제 한 살이라구. 어른이 된 지 일 년이 됐다는 말이지."

"피~ 그런 건 결혼기념일로 따져야지."

"둘이 결혼한 날을 기념할 거 뭐 있어? 그런 날보다 첫키스를 한 날이나 같이 한이불 덮고 잔 날을 기념하는 게 더 실속있지 않나?"

“많은 사람들 앞에서 이 사람 내 거요, 하고 선포한 날이잖아.”

“그럼, 우리 스캔들 기사난 날로 정하면 되겠네.”

“윤지후.”

대충대충 넘어가려는 그의 말투에 마음이 조금 상했다.

“따지지 마. 초가 몇 개인지가 무슨 상관이야. 그냥 우리 두 사람 같이 시작한 거, 그거 기억하고 싶었어. 감사하게 생각하고 있어. 이 세상에 이렇게 곱게 태어나서 내 사람이 되어줘서.”

“고마워. 너무 예쁘다.”

촉촉이 젖어드는 다은의 눈이 환한 빛들과 촛불에 어울려 반짝 빛이 났다.

“자, 소원을 빌고 촛불을 꺼.”

“노래는 안 불러주니?”

“생일 축하해요. 생일 축하해요. 다은이의 생일을 축하합니다.”

간단한 생일축하 노래를 부르고는 신나게 박수를 쳐준다.

“정말 잘 태어났어. 이 세상에 태어나 줘서 진짜 고마워. 내 아내가 된 거 어떤 식으로든 후회하지 않게 해줄게.”

두 손을 깍지 낀 채 눈을 감고 소원을 빌던 다은은 젖어드는 지후의 눈가를 보지 못했다. 너무도 사랑스럽게, 그리고 너무도 안타깝게 쳐다보고 있는 눈길을 알지 못했다. 다은의 눈이 반짝 떠지자 지후는 얼른 흐린 표정을 지우고 환하게 웃어 보였다. 마주 웃던 다은도 약하게 숨을 들이마시고는 한숨에 훅 불어 촛불을 꺼버렸다. 지후의 요란스러운 박수 소리가 또 들린다.

"근데 내가 벌써 서른이네."

달랑 하나가 꽂힌 케이크의 초를 빼면서 괜한 서러움이 느껴졌다. 그러면서 한편으로 고맙기도 했다. 제대로 다 초를 꽂았다면 서른 개쯤은 빼야 하는데.

"그게 무슨 상관이야? 네가 먹고 싶어서 먹는 것도 아닌데."

"넌 내가 서른이어도 좋아?"

"그럼 넌 내가 나중에 서른 되면 싫어할 거야?"

"내가 먼저 마흔 되고 쉰 되서 환갑잔치도 내가 먼저 하잖아."

"그래. 너 환갑잔치 하는 날, 내가 앞에서 실컷 재롱 떨면서 노래 불러줄게."

그의 과장된 몸짓에 배를 잡고 웃었다.

케이크를 자르는 그녀 앞에 그가 작은 상자를 내밀었다. 다은은 설레이는 눈빛을 감추지 못하고 아랫입술을 꼭 깨문 채 상자를 열었다. 촘촘히 연결된 체인에 까만 흑진주가 걸린 예쁜 목걸이가 그 우아한 자태를 뽐내고 있었다. 놀라 벌어진 입을 다물지 못하고 상자에 든 목걸이를 꺼냈다.

"너무 예쁘다. 고마워. 정말 고마워."

"좀 더 감동적인 선물을 주고 싶었는데 누구한테 선물 주고 그런 거 해본 적이 있어야지. 별로 생각나는 게 없더라구. 결혼할 때 목걸이 못해줬잖아. 영욱이 형이 그러는데 다른 여자들은 결혼할 때 그런 거 세트로 다 받는다면서?"

"우린 그런 거 안 하기로 했었잖아."

목걸이를 그에게 내밀었다.

"왜, 맘에 안 들어?"

"아니. 멋있게 보이려면 네가 직접 내 목에다 걸어줘야지."

"아, 하하하. 알았어. 깜짝 놀랐잖아."

일어나 다은의 뒤편으로 가서 목걸이를 걸어주었다. 그리고 고개를 들어 그를 바라보는 다은의 입술에 고운 입맞춤을 해주었다. 시원한 여름 저녁의 바람이 두 사람을 감싸 돌았다.

그가 주문한 음식들은 정갈하고 맛있었다. 강하지 않은 양념과 느긋한 식사 시간이 평소보다 더 많은 양을 먹게 만들었다. 부른 배를 만족스럽게 내밀고는 의자에 등을 기댔다.

"너 살찐 거야?"

이리저리 살피듯 쳐다보던 다은이 뜬금없이 물어왔다. 그도 알고 있었는지 턱 아래를 문질렀다.

"왜? 살찐 거 같아?"

"아니, 그냥. 목 밑이 부어 있는 거 같아서. 얼굴에 살이 붙으면 볼이 통통해질 텐데 그런 거 같지는 않고. 어떻게 턱밑에만 살이 쪘나?"

"매일 맛있는 밥 먹어서 살찐 거야."

다른 곳보다 유난히 튀어나와 보이는 턱밑을 만지작거렸다.

"이번에 준비하는 앨범 들고 방송 나갈 때 살 뺀다고 고생 좀 하겠네.”

“녹음 시작하면 힘들어서 저절로 빠져.”

“걱정 마. 그때도 잘 챙겨 먹일 테니까.”

“운동하면 되지.”

한밤이 될 때까지 두 사람은 그곳에서 즐거운 시간을 보냈다.

집으로 돌아와 잠이 드는 순간까지 다은은 기쁜 얼굴로 그가 선물해 준 목걸이를 만지고 또 만졌다.

지후는 곤하게 잠든 다은의 얼굴을 물끄러미 내려다보았다. 그리고는 터져 나오는 울분을 주체하지 못하고 자리에서 조용히 일어나 작업실로 들어가 한동안 끊었던 담배에 다시 불을 붙였다.

날이 갈수록 그의 목 통증은 더 심해졌다. 몇 달 전만 해도 조금씩 통증이 있고 가끔 열이 나기는 했지만 이렇게 아프지는 않았다. 목이 갑갑했다. 퇴원 후에는 더 자주 이런 증상이 일어나는 것 같았다. 그러더니 이제는 약을 먹어야만 괜찮아질 만큼 악화되어 있었다. 갑갑한 목을 해소해 보려고 기침을 했다. 그 기침에 목으로 무언가 더 심하게 막히는 것 같았다. 다시 한 번 하는 큰 기침에 목에서 무언가가 물컹하고 올라왔다. 피였다. 검은 피가 입에서 흘러나왔다. 입을 가리고 욕실로 달려 들어가 씻은 뒤 약을 먹었다. 병원에서 처방해 준 약이 얼마 남아 있지 않았다. 가만히 약병을 쳐다보다 끓어오르는 짜증에 집어 던져 버렸다.

"임파선 염입니다."

"임파선 염이라구요?"

생전 들어보지 못한 병명이었다. 도대체 어디 붙어 있는 곳인지, 그곳에 왜 갑자기 염증이 생겼단 말인지.

"조직 검사를 해보면 정확히 알게 되겠지만 지금 소견으로는 결핵성 임파선염입니다."

"결, 핵?"

특별한 강세가 없이 무미건조한 의사의 말을 앵무새처럼 반복하고 있었다. 차분한 의사의 목소리가 그를 더 불안으로 이끌었다.

"결핵이라면 전염이 되는 병 아닙니까? 다은이, 제 아내는……."

"아닙니다. 임파선염의 결핵균은 전염이 되지 않습니다."

이 병에 대해 들어본 적이 전혀 없는 그로서는 느릿한 의사의 말투가 답답하기만 했다. 하지만 그나마 다행이었다. 다행? 전염이 되지 않는다는 말에 무심코 고개를 주억거리던 그에게서 코웃음이 새어 나왔다.

"많이 심한 상태인데 힘들지 않으셨어요?"

"피가 조금씩 비치기는 했지만 가끔씩 있는 일이라 크게 신경 쓰지 않았습니다."

"피가 나오는데도 참으셨단 말인가요? 허허, 이거 둔하다고 해야 하나 참을성이 좋다고 해야 하나.”

의사의 목소리는 헛웃음조차 메말라 있었다.

“언제부터 아팠습니까?”

“일 년쯤 전에 혹시 위암이 아닐까 해서 검사를 받은 적은 있습니다.”

일 년 전에 받았던 위암 검사에서 아무 증세가 발견되지 않았던 것에 어떤 희망을 걸어보았다. 그런 조급해하는 그의 마음과 전혀 상관없이 의사는 차트에 무언지 알 수도 없는 글들을 잔뜩 써 내려가기만 했다.

“각혈을 하게 되면 종종 그런 생각을 하시는 분들이 계시지요. 하지만 윤지후 씨의 위는 튼튼합니다. 걱정하지 않으셔도 되겠어요.”

“아, 네. 다행이죠 뭐.”

“음, 죄송하지만, 다행이라는 말씀은 드릴 수가 없네요.”

“네?”

아무 이상 없다는 말에 안도했던 그의 목소리가 다시 떨렸다.

“임파선 염에 대해 들어본 적이 있으신가요?”

“아뇨.”

“자세히 설명을 드리자면……”

의사는 책상 위에 놓여 있던 사람의 얼굴을 반으로 잘라놓은 단면의 마네킹을 끌어당겼다. 피부 속에 있는 복잡한 내부 구조가 상세히 그려져 있었다. 일정한 톤으로 이어지는 의사의 설명은 지루했다. 간단하게 말해 주었으면 싶었다. 당신은 어디가 어떻게 아프니 그냥, 이렇게 뚝 잘라내는 수술만 하면 끝인 병이라고. 하지만 의사의 긴 설명은 계속되었다. 어린아이들에게서 흔히 나타나는 증상이라고도 하고, 언뜻 암 어쩌고 하는 말도 들린다. 살 병이란 말인가, 죽을병이란 말인가. 대체 저런 따분한 설명을 자세히 해주는 이유를 알 수가 없었다.

"윤지후 씨 경우는 목에 염증이 생긴 겁니다."

의사는 자기 목의 한 부분을 손으로 쓰다듬어 보였다.

"그런데요?"

"이 병은 치료 기간이 오래 걸립니다. 각혈하셨다니 거의 확실하겠지만 조직 검사 후 결핵성이면 안정을 취하셔야 합니다."

"노래를 부를 수 없다는 뜻인가요?"

"그만두시라고 권하고 싶군요. 휴식이 절대 필요합니다. 가벼운 감기나 스트레스에도 재발될 수 있거든요."

'노래를 부를 수 없다? 내가 노래를 부를 수 없다고?'

청천벽력이 따로 없다. 지금 저 의사는 남의 일처럼 건조하게 말하고 있지만 그 말 하나하나는 그에게 사형선고나 마찬가지였다. 지후의 기분에 상관없이 의사는 자기가 해야 할 말을 계속 이어갔다.

"임파선 결핵은 보통 폐결핵을 동반하는 경우가 많은데 윤지후 씨 경우에는 폐에서 결핵균이 발견되지 않았습니다. 하지만 목이 좋지 않은 상태에서 그렇게 무리를 하셔서 성대까지 많이 상했습니다. 지금부터 처방해 드리는 약은 항생제입니다.”

“항생제?”

“결핵균을 없앨 때까지 꾸준히 약을 드셔야 합니다.”

“어떻게 해야…… 쉬면 괜찮아지는 겁니까?”

“일단 약물 치료부터 꾸준히 받은 후에 경과를 봐가면서 다음 치료로 넘어가도록 하지요.”

“다음 치료라면…….”

“곪게 되는 경우가 있는데 그렇게 되면 수술을 해야 합니다.”

“지금 수술해 버리면 되지 않습니까?”

“허허허, 약물 치료가 낫지요. 수술을 하게 되면 그 후가 더 힘듭니다. 약물 치료가 가능할 때 빨리 병을 잡을 생각을 하셔야지요.”

“약은 얼마나 먹어야 합니까?”

“경과를 봐가면서 육 개월이 될 수도 있고, 길어지면 일 년까지도.”

“더 길어질 수도 있나요?”

“사, 오 년씩 걸리는 분도 계시긴 하지만 극히 드문 경우입니다.”

한 번도, 단 한 번도 생각해 보지 못했던 일이다. 그는 노래를 부르는 일 외에 다른 어떤 일은 해본 적도 없었다. 사람들의 지나친 관심에 지긋지긋해하면서도 버리지 못하고 버텨온 바닥이었다. 자의에 의해서도 아니고 다른 사람에게 밀려서도 아닌,

웃기지도 않은 병명으로 그는 지금 자기가 뒹굴던 바닥에서 내몰리는 참이었다. 연예계는 다른 어떤 곳보다 시간의 흐름에 민감하고 빠르게 움직이는 세상이었다. 한 두 달만 잠잠히 아무 움직임이 없으면 잊혀지는 게 당연한 순서였다. 일 년 만에 다 낫는다면? 그 후에 다시 일을 시작해도 지금만큼의 관심을 받으면서 노래를 부를 수 있을까? 자신이 없었다. 하루에도, 아니, 매순간 저 밑바닥에서부터 끝없이 막강한 실력을 가진 신인들이 치고 올라오고 있었다. 최악의 경우 사 년, 오 년이 걸린다면…… 이미 그는 이 바닥에서 사장된 후이다.

몇 번을 불러도 그는 꿈쩍하지 않고 있었다. 의사의 손이 그의 어깨를 흔들었다.

"윤지후 씨?"

"당분간 가족들에게는 아무 말씀 하지 말아주십시오."

"하지만 부인에게는 말씀을 드려야 치료를……."

"제가 하겠습니다. 꼭 제가 하겠습니다."

일 년 전쯤 목이 자주 붓고 속이 쓰리도록 아팠었다. 그러다가도 그냥 진통제 한 알에 아픈 것이 가라앉아 큰 병이라 생각하지 않았었다. 어느 날 잔기침에 피가 묻어 나오는 것을 본 영욱이 놀라서 병원에 끌로 갔었다. 그때는 단순히 위에 이상이 있을 거라 생각하고 종합 검진을 받아보라는 영욱의 말을 무시하고 위 검사만 받았다. 다행히 콘서트를 끝낸 후라 방송 출연을 자제했고 주로 오락 프로에만 나갔다. 그리고는 아프지도 않았고 다른 어떤 증상도 보이지 않아 아팠다는 사실 자체를 잊고 있었다. 그런데, 인파선염? 웃기지도 않는다. 내 몸 안에 그런 곳이 있다는 것도 몰랐는데.

병실로 돌아와, 무슨 일이냐고 묻는 어머니에게 아무 말도 할 수 없었다. 대책은 없고 마음은 조급했다. 앞으로 자신에게 닥칠 상황들을 인정할 수가 없었다. 그리고는 급하게 퇴원을 서둘렀다. 누군가에게 들키면 큰벌이라도 받는 잘못을 저지른 사람처럼 서둘러 병원을 나왔다.

혼자 있는 시간에 멍하니 앉아 있다 보면 눈물이 흐르고 있었다. 자신도 모르는 새에 울고 있었다.

'사랑하는데…… 이제 겨우 사랑이라는 걸 알아서 행복하게 해주려고 하는데. 행복하게 잘살고 싶은데. 사랑하는데.'

노래를 부르는 일 외에는 해본 일도, 할 수 있는 일도 없었다. 작곡을 한다고는 해도 언제까지 사람들이 자신의 곡을 원할지 알 수 없는 일이었다. 노래 부르는 사람들이 자신의 친구들이라 해도 곡을 받아 노래를 부르고 앨범을 낸다는 것이 엄청난 투자와 땀과 노력의 결실인 것을 누구보다도 스스로가 잘 알고 있었기에 언제까지 자신을 필요로 할지 아무것도 자신이 서질 않았다. 자신의 무능력함에 치가 떨렸다. 더 이상 노래를 부르지 못하게 된다는 사실은 무서웠다.

'앞으로 무엇을 어떻게 해야 하나.'

다은이 마음에 걸렸다. 자신의 자유를 믿고 맡긴 그녀가 걱정
이었다. 혼자였다면, 결혼하지 않았더라면 아무 문제가 없을지
도 모른다. 하지만 지금 그의 곁에는 사랑하는 아내가 있었다.
그녀에게 무엇이든 해주어야 한다는 생각이, 무엇을 남겨주어
야 하는지 그 생각들이 머리 속에 가득 들어찼다. 가수라는 직
업을 포기하고 무엇을 할 수 있을까? 도대체 그녀에게 무엇을
해줄 수 있을까?

　고민하던 그의 눈길이 던져 버린 약병에 머물렀다. 순간, 그
의 눈이 빛을 잃었다. 그리고 마음의 결정을 내렸다.

　'놓아주자. 그래, 놓아주자.'

　퇴원을 하고 나서 다은을 바라보면 무엇이든 더 잘해주고 싶
었다. 옆에 있을 수 있는 순간까지 다은이 원하는 건 무엇이든
다 해주고 싶었다. 하지만 그녀가 원하고 바라는 게 무엇인지
알 수 없었다. 그녀의 일을 잠시 쉬게 하고 둘이서 가지 못했던
신혼여행을 떠나고 싶었지만 그녀는 자신의 일을 사랑했다. 차
마, 잠시 동안이라도 쉬라는 말을 꺼내지 못했다. 그녀와의 추
억거리를 줄여야 한다는 걸 알았지만 아직도 한구석에 남아 있
는 이기적인 마음이 그녀를 떠나보내고 난 뒤 혼자 남을 자신을
위해 많은 추억들을 간직하게 하려 했다.

　요즘은 그녀를 위해 자주 노래한다.

　언젠가, 언젠가는 그가 그녀를 위해 해줄 수 있는 단 한 가지,

그녀를 위해 노래해 주는 이 일마저도 해줄 수 없는 날이 올 테니까. 어쩌면 마지막이 될지도 모르는 이번 앨범에 최선을 다하고 싶었지만 도저히 어떤 악상도 머리에 떠오르지 않았다. 노래를 부를 수 있는 기회가 주어지는 순간까지 노래를 부르고 싶었다. 노래를 부른다는 일이 어느 때보다도 절실했다. 하지만 무엇을 불러야 할지, 어떤 노래를 불러야 할지 몰랐다. 슬픈 곡을 부르기에는 자신의 감정이 여의치 않았고 경쾌한 곡을 부르기에는 그러고 있어야 할 자신이 너무 비참했다. 그렇다고 사랑을 노래하기에는 다은이 생각에 가슴이 미어졌다. 노래 때문에, 그 일을 하기 위해서 한동안 가족마저 등졌었다. 그 자신조차 이렇게 음악을 사랑하고 자신의 인생에 노래 부르는 것이 소중했는지 몰랐었다.

몸이 계속 아파오고 통증이 심해지자 아무 일도 손에 잡히지 않았다. 결국 그는 작곡을 포기하고 리메이크 앨범을 계획했다. 이제까지 음반으로 발표한 자신의 곡에 대한 권리를 모두 넘겨주는 조건으로 리메이크 앨범을 내주겠다는 노래세상과 단발계약을 맺었다. 다은이 좋아하는 노래, 조용한 노래 그런 곡들을 골라 그의 목소리에 맞게 편곡 작업에 들어갔다. 그는 다시 한 번 모든 일을 서둘러야 한다고 생각했다. 마음껏 노래 부를 수 없는 날이 오기 전에 모든 걸 마쳐야 했다.

곡이 떠오르지 않는다고 작업실에 틀어박혀 머리만 쥐어
뜯고 있던 그가 어느 날부터인가 앨범 녹음 작업 중이라고 했
다. 집에 못 들어오는 날이 점점 늘어갔다. 가을의 서늘한 바람
이 불어올 때까지 그는 여름이라는 한 계절을 녹음실에서만 보
냈다. 도중에 그의 생일이 끼어 있어 친구들을 불러 멋있게 잔
치를 해주고 싶었지만 그는 바쁘다는 핑계로 거절했다. 그리고
그날도 집에 들어오지 않았다. 또 한 번 둘만의 시작을 축하하
려던 초 하나는 케이크에 꽂혀 불꽃을 피우지도 못한 채 굳어버
렸다. 다은이 준비한 선물도 주인의 손에 풀어지지도 못한 채
뒷전으로 밀려나야 했다. 늦은 저녁에 소속사로 보내졌다는 팬

들이 보내준 생일 선물들도 영욱이 들고 왔다. 이미 그의 작업
실 한 편에는 낮에도 한차례 가져다 놓은 선물 보따리가 가득
쌓여 있었다.

“뭐야? 콘서트를 또 한다구?”

가을의 스산한 바람이 점점 차가워질 때쯤 지후는 콘서트를
시작한다고 했다. 콘서트를 준비한다는 말을 들은 적이 없기에
조금 의외라 싶었지만 그가 어떤 무대보다 좋아하는 자리가 아
니던가.

오래간만에 집에 들어와 있는 그와 마주 앉아 식사라도 하고
싶었지만 밥 생각이 없단다. 소파에 멀뚱히 기대앉아 벌써 몇
시간째 특별히 찾는 채널도 없이 리모콘의 성능만 시험 중이다.

“서울 공연만 할 거야.”

“새 앨범이 완성된 것도 아니면서.”

“녹음은 마쳤어. 콘서트 하면서 앨범 발표하고 판매는 그 후
에 할 거야.”

“이번에는 콘서트 일자가 나 쉬는 날하고 하루만이라도 겹치
면 좋을 텐데. 그치?”

“녹화시켜 둘게.”

“그런데 너 누가 너 잡아가니? 왜 그렇게 서둘러?”

“혹시 아냐? 잡아갈지.”

“조용히 잡혀는 가줄 거고?”

"다은아, 삼우건설에서 우리하고 광고 촬영했으면 하던데."

기대어 있던 몸을 벌떡 일으켜 다은에게 얼굴을 바짝 들이밀었다.

"광고?"

"응."

"한다고 했어?"

"응."

"전에는 그런 적 없었잖아."

"우리 결혼한 지도 벌써 일 년이니 방송에 한 번쯤 나와도 된다고 생각해."

"벌써라니? 겨우 일 년이야. 앞으로 십 년, 이십 년을 어떻게 살려고. 그래서 하고 싶어?"

"삼우건설이면 회사 이미지도 좋고."

"알았어."

방송에 나가는 걸 싫어해 쉽게 승낙하지 않을 줄 알았다. 왜 갑자기 그러는지 꼬치꼬치 따질 줄 알았는데, 쉽게 승낙하는 것에 속으로는 조금 놀랐지만 억지로 끌고 나가지 않을 수 있어서 다행이었다.

삼 일 동안의 콘서트 기간 동안 공연 시간과 녹화 시간이 맞물려 있어 도저히 시간을 뺄 수가 없었다. 가을 특집 방송 촬영으로 바빴지만 다은은 과감히 자신의 일을 다른 사람에게 미루고 콘서트 장으로 향했다.

콘서트 장에는 이미 많은 사람들이 입장해 있었다. 공연이 시작되고, 녹화된 비디오로 보던 모습과는 또 다른 윤지후가 그녀 앞에 등장했다. 공연장 안의 뜨거운 열기가 그대로 느껴졌고 무대 위에서 노래하는 그의 열정이 온몸을 휘둘렀다. 많은 사람들이 그의 노래에 몸을 맡기고 있었다. 그의 새 앨범에 수록된 노래들. 그가 좋아하는 조용한 노래로만 가득 실었다는 새 앨범에 든 노래들은 언젠가 그가 다은에게 어떤 노래를 좋아하냐는 질문에 답했던 노래들이 대부분이었다.

"여러분 앞에 가수라는 이름으로 모습을 보인 게 벌써 7년이네요. 세월이 참 빠르죠?"

땀에 젖은 몸을 이끌고 가쁜 숨을 몰아쉬며 그가 관객들을 향해 소리쳤다. 객석에서 아니오, 네라는 고함 소리가 한꺼번에 몰려들었다.

"그동안에도 다른 가수들의 노래를 즐겨 들었었어요. 그런데 이번에 쉬면서 예전 곡들을 다시 듣게 되었는데 왜 이렇게 좋은 노래들이 많죠? 할 수만 있다면 서른 곡이라도 앨범에 담고 싶었어요. 밀어 넣고 넣은 게 고작 열네 곡입니다."

관객들이 다시 '아ㅡ' 하는 고함을 질러댔다.

"앨범 자랑하려다가 말이 길어졌네요."

또 한 차례 관객들의 함성과 웃음소리가 공연장 안을 울렸다.

"제가 무슨 입담이 좋다고 말을 많이 하겠습니까. 모두 저의 노래를 들어주시러 오신 분들인데.”

　사람들의 환호 소리와 함께 무대가 한층 더 어두워졌다. 조용한 음악이 흐르고 그가 노래를 시작했다.

　나 혼자서 농담을 하고 나 혼자 웃지.
　우습지도 않은 우스갯소리 쓰잘데기없는 잡담을 늘어놓고서
　실없어진 나를 보고 있네.

　노래 가사처럼 기운 빠진 웃음을 보이고는 무대에 털썩 주저앉았다. 축 처진 어깨와 구부정해진 허리에서 어떻게 노래를 부를 기운이 나오는지 그는 굵은 땀방울을 뚝뚝 흘리며 객석의 어느 한 바닥에 시선을 고정시키고 있었다.

　나 일생을 살아오며 죽을 만큼 정말 자신없는 일.
　나 일생을 혼자지만 사랑했던 너와 헤어지는 일.
　횡설수설대는 내 말에 황당해하며
　모두들 나에게 되물었지만 내 맘을 어떻게 설명해.
　우는 이유를 대답할 수 없는 나를 보네.
　나 일생을 살아오며 죽을 만큼 정말 자신없는 일.
　나 일생을 혼자지만 사랑했던 너와 헤어지는 일.
　알아, 너의 마음을.
　너도 그만큼 정말 힘이 든단 걸 알아.

나 일생을 살아오며 죽을 만큼 정말 하기 싫은 일.
나 일생을 혼자지만 사랑했던 너와 헤어지는 일.
사랑했던 너와 헤어지는 일.

　잠시 노래가 끊기고 긴 한숨이 이어졌다. 관객들은 그와 숨을 쉬다 이젠 호흡을 멈추고 있었다. 다시 음악이 이어지고 그가 맞막 가사를 웅얼거리며 가슴을 움켜쥐고 고개를 푹 더 아래로 숙였다.

　나는 지금 미칠 것 같아.

　가슴을 움켜쥐고 있는 그의 고통이 사실인 것처럼 느껴졌다. 관객들은 더 조용히 숨을 죽이고 그의 다음 동작을 기다렸다. 갑자기 벌떡 일어난 그가 노래의 마지막 부분을 다시 한 번 부르고는 허리를 깊이 숙여 관객들에게 인사를 해 보였다. 웃는 얼굴로 객석의 이곳저곳에 인사를 건네는 그의 얼굴이 울고 있는 것처럼 보였다. 멀리서 보기에 땀인지 눈물인지 분간하기 힘들었지만 떨리는 목소리에서 그가 울고 있다고 느꼈다.
　'내가 잘못 생각한 걸까. 많이 힘들어하네.'
　그가 눈물을 흘린 것이 맞는지 결정을 내리기도 전에 그의 이전 앨범에 수록되어 있던 신나는 노래들이 계속 이어졌다. 그는 열정적인 목소리와 몸짓으로 무대를 이끌어가고 있었다. 언젠가 새벽에 느꼈던 감정이 다시 일어났다. 그리고 싶다. 그를, 그의 저런 역동적인 모습을 다시 그리고 싶다. 당장 쫓아 올라가서 힘껏 안아주고 싶다.

두 시간이라는 시간은 찰나처럼 훌쩍 지나가 버리고 그가 무대 위를 떠났다. 관객들의 환호가 끊이지 않았고 그가 다시 무대 위에 모습을 드러냈다. 아주 짙푸른 수건으로 땀을 닦으며 무대에 오른 그는 여전히 힘이 넘치는 모습이었다. 드럼 소리가 힘차게 울리고 준비된 앵콜곡이 이어졌다. 삼 일간의 콘서트 마지막 날이어서인지 연이어 두 곡을 더 불렀다. 깊이 머리 숙여 감사의 인사를 전한 그가 무대를 내려가려고 하자 관객들이 'donna'를 외쳤다.

객석에서 구경을 하던 다은은 처음에 사람들이 자신의 이름을 외치는 줄 알고 깜짝 놀랐다.

"다은아, 다은아, 다나, 다나!!"

그가 활짝 웃는 얼굴로 관객들을 향해 다시 한 번 구 십도로 허리를 굽혀 인사를 했다.

"잊지 않으셨네요. 그건 지난번 콘서트에서만 부르고 안 부르려고 했는데."

"해요!! 오빠, 사랑해요!!"

누군가의 고함 소리가 튀어 올랐다.

"자기 주제가 함부로 부르고 다닌다고 우리 다은이가 싫어할 텐데."

아내의 이름을 사랑스럽게 내뱉는 그에게 '꺄~ㄱ' 하는 질투의 함성 소리가 날아들었다. 뒤에서 연주를 하는 밴드와 눈길로 무언의 대화를 나누었다. 그들의 모습에 객석이 잠잠해지고 전주가 흘렀다.

"오빠, 언니 왔어요!!"

머리 뒤에서 나는 고함 소리에 놀라 돌아보았다. 다행히 그는 고함 소리를 듣지 못했는지 들려오는 음악 소리에 따라 박자를 맞추며 고개를 끄덕이고 있었다.

"오빠, 다은이 언니 왔다구요!!"

고함을 지르는 여학생이 손가락으로 다은을 가리켰다.

"그, 그만 해요."

계속 고함을 질러대는 여학생을 말렸다. 하지만 이젠 주위에 있던 사람들까지 합세해 '언니'를 외치기 시작했다. 그제야 그가 소리나는 쪽을 쳐다보았다. 무대 조명 때문에 객석이 잘 보이지 않는지 한 손을 이마에 대고 이리저리 살피고 있었다. 전주가 끝났는데도 그는 노래를 시작하지 않았다. 눈을 가늘게 뜨고 웅성거리는 방향을 찾았다. 지후는 한쪽에서 나는 사람들의 웅성거림에 사고가 일어난 줄 알고 전주를 멈추게 했다. 그리고 무대 위에서 그 무리 쪽으로 다가가 뭐라고 외치는 사람들을 뚫어지게 쳐다보았다.

"무슨 일이죠? 누가 다쳤어요?"

"다은 언니 왔어요!!"

　　사람들의 웅성임 틈으로 툭 불거져 나온 목소리에 조용하던 실내가 갑자기 소란스럽게 일렁이기 시작했다. 사람들의 시선이 일제히 그곳으로 집중되었다.

　　"다은이?"

　　그의 콘서트 취재를 나온 카메라가 재빨리 다은의 모습을 화면에 담았다. 그 틈에 다은은 사람들에게 밀려 무대 앞에까지 내려와 있었다. 다은을 확인한 지후는 마이크를 내려놓고 무대 앞으로 다가왔다. 그리고는 무대 위에서 쪼그리고 앉더니 다은에게 손을 내밀었다. 그와의 악수는 처음이다. 그녀를 보고 환하게 웃고 있었다. 땀에 젖은 모습으로 오래간만에 환하게 웃어주는 그의 얼굴을 보니 한동안 잠잠하던 그녀의 심장이 두근거렸다.

　　"바빠서 이번에도 못 온다고 했었잖아."

　　"그냥, 오늘은 일이 빨리 끝났어."

　　"올라가!! 올라가!!"

　　사람들의 고함 소리에 힘입어 그는 다은을 무대 위로 안아 올렸다. 다시 한 번 관객들의 함성 소리가 들렸다. 그가 놓아두었던 마이크를 다시 주워 들었다.

　　"제 아내입니다. 여러분께는 처음 소개시켜 드리네요."

　　수줍은 목소리로 아내를 소개했다. 사방에서 카메라 플래시가 터져 나왔다. 손을 꼭 잡고 서 있는 두 사람의 모습에 군데군데에서 박수 소리가 들렸다. '언니, 예뻐요' 라는 소리가 크게 들리자 지후는 기분이 좋은지 다은을 바라보며 다시 한 번 환한 웃음을 보였다. 그 웃음에 관객들은 또 함성을 질러댔다.

"다은이하고 처음 만난 날, 처음 만나게 된 곳이 방송국이었는데 일을 하다가 다은이가 다쳤어요."

누가 묻지도 않았는데 그는 짧게 호흡을 가다듬고는 두 사람이 처음 만났던 날에 대해 얘기하기 시작했다.

"이마가 찢어질 정도였는데 다친 줄도 모르고 있더라구요. 제가 얼른 쫓아가서 손수건을 대줬죠. 피가 난다니까 그제야 눈물을 주르륵 흘리더군요. 그런데 누군가 틀어주는 'Donna' 노래를 듣고는 내 주제가네. 고마워요, 하면서 바로 웃었어요. 그 웃는 모습에 반했잖아요. 정신을 잃을 정도였어요."

환호와 질투가 섞인 함성이 무대 위로 쏟아졌다.

"정말이야?"

마이크를 들고 있지 않은 그녀의 목소리는 그만 들을 수 있었다. 그도 마이크를 한 손으로 가리고 아래로 내렸다.

"내가 괜히 네 눈물을 닦아줬겠니? 너 그때 참 예뻤어."

그는 두 사람만 바라보고 있는 수많은 사람들을 잠시 잊은 채 다은의 뺨을 부드럽게 쓸어 내렸다. 괜스레 눈물이 나려고 했다. 그의 힘찬 손짓에 다시 전주가 흐른다. 지후는 사랑하는 아내의 손을 꼭 잡고 노래를 부르기 시작했다.

Oh, Donna, Oh, Donna, Oh, Donna, Oh, Donna.

I had a girl Donna was her name.

Since she left me I've never been the same.

'cause I love my girl.

객석 군데군데에서 danna를 함께 부르는 소리가 간간이 들려왔다. 쉬운 가사의 마지막 부분은 모두가 다 함께였다. 콘서트 장 안 가득히 다은의 이름이 울려 퍼졌다.

Donna, Where can you be? Where can you be?

Now that you're gone I'm left all alone.

All by myself to wander and roam.

'cause I love my girl.

Well, darling, now that you're gone

I don't know what I'll do

A-a-all time and my love for you

I had a girl Donna was her name

Since she left me I've never been the same.

'cause I love my girl.

Donna, Where can you be? Where can you be?

Oh, Donna, Oh, Donna, Oh, Donna, Oh, Donna.

콘서트를 마치고 며칠을 조용히 쉬는 것 같더니 다은이 쉬는 날로 광고 촬영 일자를 잡았다며 데리고 나가 이틀을 꼬박 밤새서 광고를 찍게 했다. 그렇게 이틀을 보내고 피곤한 몸을 이끌고 방송국에 나간 다은은 일을 하다 말고 구석에 누워 잠시 눈을 붙였다. 드라마 촬영이 한창 진행 중이었고 구경차 와 있던 다른 프로의 박 피디가 세트 뒤에 구겨져 자고 있는 다은을 발견했다.

"밤에 뭐 하길래 이렇게 구석에서 졸고 있는 거야?"

"몰라요."

떠지지 않는 눈을 비비고 일어나 앉았다.

"쉬는 날은 쉬어야지. 지혁이 요즘 할 일 없다고 가만 안 놔 둬?"

"네."

"어허, 이 사람 보게. 부끄러워하지도 않네."

"엉뚱한 상상 말아요, 박 피디님. 이틀 동안 광고 찍었다구요."

"광고?"

"네."

"하하하, 강지혁은 그런 거 안 하나 했더니 피해 다니기 힘들었나 보군."

또 어떤 날은 밥을 먹다 불쑥 녹화가 있다며 같이 방송국에 나가자고, 아니, 나가야 한다고 했다.

“녹화?”

“응. ‘좋은 아침입니다’ 알지?”

“거기 나하고 같이 나가자는 거야?”

“내일 녹화야.”

“내일?”

“응.”

“하고 싶어?”

“우리 한 번도 그런 프로에 나간 적 없었잖아. 결혼할 때도 그저 쉬쉬했었는데 이젠 한 번쯤 사는 모습 보여주는 것도 괜찮잖아.”

“알았어.”

이번에도 다은은 쉽게 고개를 끄덕여 주었다.

식사를 마치고 그는 작업실로 들어가고 다은은 오래간만에 다시 붓을 들었다. 얼마 전에 마친 그의 콘서트를 녹화해 둔 비디오를 보고 또 보고, 그의 동작 하나하나, 그가 했던 말과 숨소리 하나까지 외울 정도였다. 그날의 그 흥분 그대로를 가슴에 담고 붓을 잡았다.

한참 그림에 열중하고 있는데 눈앞에서 뭔가 왔다 갔다 하는 것이 느껴져 고개를 들었다. 지후가 비디오카메라로 다은을 찍고 있었다.

“뭐 하는 거야?”

“우리 사는 모습을 찍어달래.”

"뭐 별다른 게 있다고 그런 걸 찍어?"

"찍어달래잖아."

"사람들이 보고 싶어하는 건 너잖아. 난 왜 찍어?"

"시끄러. 그림이나 그려."

다음날 일찍 자신을 데리러 온 그를 따라 일을 하다 말고 녹화장으로 향했다. 장 피디가 요즘 내내 일은 안 하고 딴짓거리만 한다고 뒤에서 핀잔을 주었다. MC들이 할 질문들을 미리 쭉 훑어본 후 촬영장으로 들어갔다. 객석에는 스무 명 남짓한 주부 관객들이 자리를 하고 있었다. 처음으로 같이 방송에 나온 두 사람을 위해 무난한 내용으로 촬영을 시작되었다.

"그런데 왜 두 분은 아직 아기 소식이 없죠? 결혼하신 지도 곧 일 년이 되어가지 않나요?"

차분한 여자 MC의 갑작스러운 질문에 서로의 얼굴만 멀뚱히 쳐다보고 있었다. 대본에 그런 질문이 있었나? 멍한 표정으로 다은은 아무 대답을 하지 못하고 있었다. 두 사람이 대답을 하지 않고 있는 시간이 길게 잡혔다. 여자 MC는 얼른 질문을 돌렸다.

"부인께서 일이 있어서 그런가요?"

"겨우 일 년인걸요. 둘이서 좀 더 재미있게 살다가 생각해 보죠."

"죄송한 말씀이지만 부인 나이가 적지 않잖아요. 안 그런

가요?”

“하하하, 누가 요즘 나이 때문에 아기 빨리 낳고 그러나요?”

지후는 그냥 웃음으로 넘기려고 했고 다행히 여자 MC도 더 이상 깊이 파고드는 질문은 하지 않았다. 곧바로 콘서트 얘기로 화제를 돌리고 그때의 화면을 보여주었다. 다은의 손을 잡고 노래를 하는 그의 눈에 눈물이 비쳤다. 그때는 자신도 눈물을 글썽거리고 있어 몰랐는데 분명 지후는 울고 있었다.

“리메이크 앨범이 오늘 나왔죠?”

“네.”

화면을 보고 있던 지후는 그때의 감정이 새삼 느껴져 메였던 목을 잠시 추스르느라 뒤늦게 대답했다.

“우리가 급하게 구했잖아요. 자켓 그림이 흥미롭던데 부인이 그리신 거라면서요.”

다은은 몰랐었다. 남자 MC가 내민 CD를 보고 놀란 눈으로 지후의 얼굴만 바라보았다. CD 자켓의 그림은 일전에 다은이 그의 콘서트 비디오를 보고 새벽에 그렸던 그림 중의 하나였다.

“어? 부인 표정 보세요. 모르셨나 봐요.”

“몰랐어요. 작업실에 걸어두고 싶다길래 그냥 그런가 보다 했었죠.”

“이거 또 감동 아닙니까?”

방청석에 자리한 주부들이 특유의 ‘우~’ 소리와 함께 부러움의 박수를 보냈다.

잠시 뒤, 집에서 촬영한 셀프 카메라를 틀었다. 토닥거리는 두 사람의 모습과 목소리가 여지없이 나와 녹화장 안을 웃음바다로 만들었다.

"정말 알콩달콩하게, 재미있게 사시네요."

"여러분, 강지혁, 강다은 부부였습니다. 늘 행복하시구요. 오늘 어렵게 시간 내주셔서 감사합니다."

해야 할 일이 남아 있었지만 장 피디에게 양해를 구했다. 덕분에 간식거리를 잔뜩 사다 넣어야 했다. 집으로 돌아오는 차 안에서 그의 새 앨범을 들었다.

"고마워."

"내가 너에게 해줄 수 있는 건 이런 것뿐이라구."

"이런 선물 받는 여자 세상에 몇이나 되겠니? 가수랑 결혼했다고 다 이런 선물 받는 건 아니잖아. 정말 고마워."

운전대를 잡고 있는 그의 손을 감쌌다. 지후는 슬며시 손을 빼내서 그 위로 다시 다은의 손을 감싸 안았다.

며칠을 일없이 지내던 그는 또다시 바쁜 일정을 짜기 시작했다. 갑작스럽게, 그렇다, 너무도 갑작스럽게 공연 일정을 많이 잡았다. 하루에 거의 세 시간도 푹 잘 틈이 없을 정도로 그를 원하는 자리가 있으면 전국 어디든 다녔고 해외 공연도 마다하지 않았다. 평소에는 잘 찍지도 않던 광고를 몇 개나 찍어대며 피곤한 몸을 이끌고 무리하게 촬영을 다녔다.

다은은 벌써 열흘 가까이 지후를 만나지 못했다. 그가 일을 하고 있는 중이라는 것을 알기에 전화도 하지 못했다. 한밤중 그가 쉬고 있을 거라는 걸 아는 시간에는 그의 휴식을 방해할까 봐 더 더욱 전화를 걸지 못했다. 그렇게 일이 아니면 죽을 듯 두

달 가까이 집 밖으로만 다니던 그가 광고 촬영 중 쓰러졌다는
연락을 받았다. 영욱에게서 전화를 받고는 방송국의 일을 모두
제쳐 두고 병원으로 달려갔다.

"다은이한테 전화하지 말라고 했잖아!"

잔뜩 신경질이 묻은 목소리가 문밖으로 새어 나왔다. 문을 열
려던 다은의 손이 뚝 움직임을 멈추었다.

"전화 안 한다고 몰라, 내일이면 온통 기삿거리가 되어 있을
텐데?"

"……."

"다은 씨가 너 쓰러진 거 남들처럼 신문 보고 알면 그놈의 속
이 편하냐?"

"그럼, 형 같으면 쓰러져서 병원에 누워 있는 꼴 형수한테 보
여주고 싶어?"

"그런 걸 아는 놈이 왜 이렇게 무리를 하는 건데? 너 두 달 동
안 방송하고 공연한 거, 예전에는 일 년 동안에도 이만큼 활동
안 했었어. 네 마음대로 일정 잡을 거면 나하고 일은 왜 해?"

영욱과 싸우는 소리를 듣다 끝이 안 날 것 같은 두 사람의 말
싸움에 끼어들기로 결정하고 문을 열었다.

"제수씨, 왔어요?"

"네."

지후는 오랜만에 만나는 다은에게 인사도 건네지 않고 창쪽
으로 고개를 획 돌려 버렸다.

"이것저것 검사를 많이 하긴 했는데 일주일 정도 푹 쉬면 괜찮아질 거예요. 전에도 그랬었잖아요."

"네, 영욱 씨도 피곤하겠어요. 너무 수고하시네요. 저런 사람 따라 다니느라."

"하하하. 역시 저 힘든 거 알아주는 건 제수씨뿐입니다. 임마, 넌 밉지만 내가 제수씨 때문에 너랑 같이 일하고 있는 거야."

"시끄러."

오랜만에 만난 두 사람이니 얘기나 나누라며 영욱이 나가고 병실 안에는 침묵과 소독약 냄새만 가득하다. 돌아누운 지후의 어깨는 축 처져 있었다.

"아직도 일정이 다 안 끝난 거야?"

"……."

"윤, 지, 후."

"쓰러지고 나서 형이 다 취소해 버렸어."

퉁퉁 부어 있는 목소리다.

"나 좀 보고 얘기해. 창밖에 예쁜 여자라도 있어?"

"……."

"그럼, 병원에서 계속 쉴래?"

돌아누운 등은 꿈쩍도 하지 않고 있었다. 여전히 무시다.

"대답해. 안정만 취해서 되는 거면 병원보다 집이 더 낫지 않겠어? 내가 옆에 계속 못 있어주니까 목동으로 들어가던지. 아니면 내가 회사를 당분간 쉴게."

“싫어.”

“왜, 뭐가 싫어? 목동에 가 있기 싫다는 거야?”

“……”

“말 한마디 지지 않는 네가 웬일이니?”

“……나가, 혼자 있고 싶어.”

“웃기고 있네. 아픈 주제에 아직도 폼 잡을 기운이 남았어?”

“우리 헤어지자.”

갑작스러운 말에도 다은은 전혀 동요하지 않았다. 혹시라도 절대 헤어질 수 없다고 매달리는 다은의 모습을 기대했다. 하지만 다은에게서는 어떤 감정의 변화도 찾을 수가 없었다. 다은의 움직임이 조금도 느껴지지 않자 돌아누운 지후의 어깨가 눈에 띄게 긴장으로 굳어졌다. 이제껏 그가 하자는 대로 모두 따라주었던 그녀였다. 이번에도 ‘그러고 싶어?’ 하고 되물으며 ‘알았어’라고 대답할 것만 같았다. 자신이 한 말이지만 후회한다. 아니다, 후회는 없다. 해서는 안 된다. 그렇게 하자고 이미 마음의 결정을 내렸다. 마음을 모질게 먹어야 한다고 속으로 다짐했다.

“그러고 싶어?”

예상했던 질문이 흘러나오자 가슴이 쿵쾅거렸다.

“응.”

눈가에 고인 눈물을 한줄기 떨어뜨리고 마른침을 삼켰다. 떨리는 목소리를 숨겨야 했다.

“왜?”

"강다은."

한 번도 '왜?' 라고 되물은 적은 없었는데, 그렇게 물어주는 그녀가 너무 고마웠다. 얼굴에 고마움의 미소가 퍼지려는 걸 억누르고 둘둘 말린 환자복 소매로 눈물을 닦아냈다. 눈물 자국을 들키지 않으려 눈두덩을 비벼대며 힘겹게 다은을 돌아다보았다.

울고 있었던 모양이다. 괜히 눈을 비비며 아닌 척 눈물을 닦고 있었다. 붉게 충혈된 눈에 겨우 매달려 있는 눈물방울들을 붙잡느라 어지간히도 애를 쓰고 있었다. 다은은 그런 그의 모습이 사랑스러웠다.

"너란 여자 이제 지겹단 말이야. 자유? 개나 줘버리라 그래. 자기 일에 매달려서 남편이 어떻게 사는지 신경도 쓰지 않는 여자 짜증스러워. 이제 지겹다구."

창백한 안색을 하고도 끝까지 투정을 부리는 그에게 한 걸음 가까이 다가섰다.

"윤지후, 너 내가 그렇게도 좋으니?"

다은의 뜬금없는 물음에 그의 창백했던 얼굴이 눈에 띄게 붉어졌다. 자신의 그런 얼굴을 느꼈는지 괜히 화난 얼굴을 지어보였지만 다은은 그의 그런 표정을 모르는 척했다.

"이제 너의 사랑을 알겠어. 뭐, 전부터 알고 있었지만 이제 확신을 가지게 된 거지. 바보야, 사랑하면 그냥 사랑한다고 말해."

"미쳤군. 무슨 소리야. 난 너한테 방금 헤어지자고 한 사람이야, 헤어지자는 말 몰라? 이혼이야, 이혼."

이혼을 먼저 말하는 게 무슨 큰 유세라도 되는 듯 언성을 높이고 있었다.

"너, 나 없이 살 수 있어? 진짜 그럴 수 있어?"

"너 없이 살고 싶어서 이혼하자 그런 거야. 그 잘난 척, 도도한 척 구는 꼴 더 이상 보기 싫어."

"날 그렇게 많이 사랑하니?"

"점점 바보 같은 소리만 하고 있네."

"지후야, 그러지 마. 그렇게까지 널 힘들게 할 필요가 뭐 있어."

"내가 뭐가 힘들어? 네가 옆에 있다는 거 외에는 힘든 거 없어. 괜히 나 쓰러졌다고 걱정하는 척하는가 본데 안 어울린다, 강다은."

"나, 너 아픈 거 알아."

"무슨 뚱딴지 같은 소리야?"

목이 아픈데도 바락바락 소리를 지르는 꼴이 안쓰러울 정도다.

"우린 부부야. 몰랐지? 하긴 나도 별로 그렇게 생각되지 않았으니까. 어리광 잘 부리는 애 하나 데리고 산다고 생각했었으니, 뭐."

"강, 다, 은."

"너 이렇게 몸 상해가면서 노래 부르고 다니면 안 된다는 거 알고 있었어. 너 앞으로 노래 못할 수도 있다는 거 알고 있어.”

“…….”

그의 눈이 무섭게 빛을 냈다. 여지껏 한 번도 보지 못한 굳은 인상으로 다은을 노려보고 있었다. 서슬 퍼런 눈동자가 그의 자존심을 지키려 애쓰고 있었다.

“그래도 아는 척하지 않고 너 이렇게 미친 듯 노래 부르러 다니는 걸 내버려 둔 건, 날 잔인한 사람이라 생각할지 몰라도 널 위해서야.”

“날 위해서?”

헛웃음을 웃던 그의 입가가 싸늘하게 굳었다. 잔인한 웃음을 그 끝에 걸어놓고 잠시 다은을 노려보다 다시 눈을 내리깔았다.

“앞으로는 노래 못 부르게 되니까 이 목소리로 돈 벌 수 있을 때까지 벌어오게 내버려 둔 건 아니고?”

“…….”

“한 푼이라도 더 벌어와야 하잖아.”

“그렇게 끝까지 나한테 까불고 싶어? 아님, 실망시켜서 내가 정말 이혼해 주길 바라는 거야?”

어디를 쳐다보는지는 모르지만 고개를 숙인 채 아래로 시선을 둔 그의 눈에서 굵은 눈물방울 하나가 ‘툭’ 소리를 내며 이불 위로 떨어졌다.

“너 노래 못 부르게 되어도 난 상관없어. 너 이렇게 쉬지도 않고 음반 녹음하고 방송 나가고 해외 공연까지 다니는 거, 그거 쳐다보는 나도 그렇게 맘 편하지만은 않았어.”

다은은 지후가 누워 있는 침대 한쪽에 살짝 엉덩이를 걸쳤다.

“목소리 잃기 전까지 너 무대에서 노래하고 싶어하는 맘 나 알아. 그런 거 맞지? 죽어도 그렇게 하고 싶었던 것 맞지? 내가 널 잘못 알고 있었던 거 아니지?”

“헛소리하지 마. 네가 날 얼마나 안다고.”

“목소리를 잃게 되더라도 너 노래 부르고 싶었지? 그 예쁜 목소리가 살아 있는 동안은 그러고 싶었던 거지?”

“…….”

“너 목이 점점 붓는 거 내가 몰랐을 거라고 생각하니? 나 너한테 그렇게 무관심한 사람 아니었잖아.”

“나가.”

“너 좋아하는 노래 부를 수 있을 때까지 부르도록 놔두는 게 내가 해줄 수 있는 최선의 방법이라고 생각했어.”

“제발 잘난 척하지 마. 네가 뭘 안다고 떠드는 거야. 뭐든 이해하고 포용하는 척, 마음 넓은 척하지 말란 말이야!”

“좋아, 그럼 얘기해 봐. 헤어질 결심을 했으면서 왜 내 벌거벗은 사진이 오르내리고 할 때는 가만히 있었어?”

그때는 그 문제를 해결해야 한다는 생각에만 급급해 아픈 거고, 이혼이고 생각할 겨를이 없었다. 물론, 생각하고 있었다고 하도 그걸 핑계 삼아 이혼이라는 말은 꺼내지 않았을 거다. 다은을 사람들에게 손가락질당하는 힘든 상황에 절대 혼자 내버려 두지는 못한다.

"너야말로 이해심 많고 착한 남자인 척 사람들에게 기억시키고 싶었던 거 아냐?"

"그래, 그런 거니까 끝내자고. 난 지금 너 나쁜 년 만들 거야. 서방님 쓰러지자 혼자 편하려고 이혼하려는 파렴치한 만들려고 하는 거라고."

"불쌍하네. 하루에 열두 번도 더 변하는 네 마음, 너도 어쩌지 못하겠지? 이 변덕쟁이야, 지금도 헤어져야 하나 말아야 하나 고민하지?"

여우다. 세상 걱정 하나 없는 사람처럼 항상 웃고 반듯하게 행동하면서 속에는 꼬리 아홉 개 달린 여우가 들어앉았다. 도대체 저런 자신만만한 배짱을 어디에 숨겨놨었을까. 이래도 웃고, 저래도 흥, 하자면 하자는 대로 시키면 시키는 대로 말 잘 듣는 곰인 줄 알았더니 독한 여우다. 강다은, 곰의 탈을 쓴 여우다.

"광고 촬영에 토크쇼 출연, 나 좋아하는 노래로 음반 만들고, 그런 거 뭐, 나하고 너 사이에 추억거리라도 만들어보자 이런 거였니? 삼류영화를 찍어라."

자신이 소중하게 생각하고 작업한 일들을 비꼬고 있었다. 약이 올랐다. 알면서 모른 척 생글거리며 따라다니던 얼굴에 마구 키스를 퍼붓고 싶었다. 숨도 못 쉬게 키스를 퍼부어서 저 종알대는 입을 확 막아버리고 싶었다.

"많은 시간을 같이 하지 못했지만 그래도 너랑 일 년을 같이 살았어."

"제기랄, 그 시간을 후회해. 후회한다구."

"결혼하지 않았다면, 나라는 사람 만나서 살지 않았다면 너 혼자 훌훌 털어버리면 되었을 것을 내가 짐이 됐지?"

"그래, 네가 문제야. 네가 문제라구."

"맞아. 나라는 짐이 좀 무거워야 말이지."

저렇게 말대꾸를 잘하는 사람이었던가? 슬슬 사람 속을 긁어 대는 말투에 자신도 모르게 벌떡 일어나 앉고 말았다. 하지만 뭐라 할 말이 없었다. 준비했던 말은 많은 것 같은데 막상 그 말 들이 하나도 머리 속에 떠오르지 않았다. 차라리 아무 준비도 없이 있었더라면 말을 지어내기가 더 쉬웠을지도 모를 일이다.

"너 아픈 거 알고 있으면서도 아무에게 말하지 못한 건, 너 나 한테 숨기고 가족들에게까지 숨겨가면서 그렇게도 음악을 하고 싶어하는데. 그래서 이번 광고 촬영이며 방송 출연 같은 것 다 따라 나갔던 거야. 치료받으러 가자고 말하고 싶었지만 내가 너 아픈 거 알면 너 떠나 버릴 거 같아서, 나한테 숨기고 싶어하는 데 내가 아는 체 나서면 너 가버릴까 봐, 아무 말도 없이 너 사 라져 버릴까 봐 이제껏 아무 말 안 한 거야. 너 가버리는 거 싫 어."

"……"

"난 네 곁에 있고 싶어. 만약 내가 너 아픈 거 아는 척하고 치 료받으러 가자고 호들갑이라도 떨었다면 아마 넌 더 일찍 날 떼어놓으려고 했을 거 아냐?"

"그게 날 위한 거였다면 널 위한 건? 널 위한 건 뭐야. 제길, 왜 이렇게 어리석게 굴어?"

"날 위한 거? 간단해. 그냥 이렇게 사는 거. 넌 내 신랑이잖아. 나 좋아해 주는 멀쩡한 남편 놔두고 이혼녀가 되고 싶지 않아. 그거면 돼. 다른 건 아무것도 필요 없어."

"너, 내 직업이 뭔 줄 알아? 내가 뭘 해서 밥벌이를 하는 줄 아냔 말이야. 난 가수야. 가수가 노래를 못하게 된다는 건, 그건 이제 밥줄이 끊겼다는 거야. 난 이제 쓸모없는 인간이 되는 거라고."

"밥벌이? 노래 부르는 게, 음악이 너에겐 겨우 밥벌이였었니? 그랬다면 정말 실망이야, 윤지후."

"그래, 나 그런 놈이니까 마음껏 욕하고 제발 좀 가버려."

다은은 벌떡 일어나 가방에서 통장을 꺼내서는 침대 위로 내던졌다.

"그래서 너 요즘 이딴 짓 하고 돌아다닌 거야? 나 위자료 많이 챙겨주고 싶어서 이러고 다닌 거야? 네 마누라 된 거 절대 후회하지 않게 해준다더니 고작 이거야?"

"부족하니?"

"부족해. 그 돈에 너의 사랑까지 원해."

사랑한다는 말을 저렇게 씩씩하게 하는 그녀를 정말 사랑했다.

"사랑이라구?"

"내가 널 사랑하는 걸 몰랐다면 거짓말쟁이거나 아님 너 정말 바보야."

"웃기지 마."

"사랑해. 너 요즘 유일하게 나한테 하는 예쁜 짓이 나 좋아하는 노래 불러주는 건데. 그 잘난 목소리로 부르는 노래를 못 듣게 된다면 누구보다 내가 제일 슬플 거야. 당사자인 넌 더 힘들겠지. 하지만 너라는 사람은 언제나 존재하잖아. 그게 가장 중요한 거 아냐? 난 널 잃기 싫어."

"그만 해라."

"이러지 마. 널 이해 못하는 말처럼 들릴지 몰라도 지후야, 노래는 못하더라도 음악은 계속할 수 있잖아. 그걸로는 위로가 안 될까?"

"위로? 위로라구? 차라리 날 동정한다고 하지 그래?"

"나한테 동정받고 싶어?"

속을 뒤집어놓을 만큼 짓궂은 목소리였다.

"그럼 차라리 죽어버리겠어."

그는 어금니를 꽉 문 채 단어 하나하나를 씹어뱉었다.

"적어도 내가 아는 넌 이렇지 않았어. 날 믿고 맡겨도 될 만한 남자였다구. 이렇게 쉽게 포기하는 사람이었어? 음악 하는 거, 그 일 사랑했잖아. 치료부터 해. 그래야 일 년이고 이 년 뒤에 다시 시작해 볼 거 아냐."

"그동안에는? 빈둥빈둥 놀라고? 네가 벌어다 주는 돈으로 살림이나 해? 그래서 차라리 다 끝내고 싶은 거야. 알아? 네가 지금 내 심정 알기나 해?"

"쓸데없는 자존심, 부부 사이에 그게 무슨 대수야?"

"네 말대로 일, 이 년 지나고 사, 오 년 지나서 다시 노래한다고 나서면? 누가 나 알아주는데? 서너 달만 조용히 지내도 잊혀지는 게 여기 섭리야."

"……."

지후의 눈이 젖어드는 것을 보았다. 젖어든 눈에서 그 방울들이 흐를까 지후는 여전히 안간힘을 쓰고 있었다.

"내가, 내가 할 줄 아는 건 그거밖에 없어. 난 그걸 하기 위해 한동안 부모도 버렸던 사람이야. 누나에게서 인간 말종 취급을 받으면서도 절대 난 그걸 포기하지 않았었어. 그런데, 그런데 어떻게……."

목소리가 잠겨 더 이상 말을 잇지 못했다.

"욕심이야. 모든 걸 놓치지 않으려는 욕심이 널 힘들게 하는 거야. 나중 일은 그때 가서 생각해. 지금은 무엇보다 네가 중요해."

"아니, 난 더 이상 아무것도 너에게 해줄 수 없어."

"……."

"내가 할 수 있는 거라곤 그거 음악뿐이야. 노래 부르는 것뿐이라구. 근데 이젠 그것마저 할 수가 없어. 난 모든 걸 잃은 거야."

지후는 거의 절규하고 있었다. 그런 그를 안아주었다. 이제라도 자신의 품에서 쉴 수 있도록 꼭 안아주었다. 처음이었다, 그를 안아주는 게. 그동안 좋아하고 있으면서 사랑하고 있다는 걸 알면서도 선뜻 한번 안아주지도 못했었다. 새삼 자신이 참 무심했었다는 생각이 들었다.

그는 늘 자신의 감정을 솔직히 표현해 주었는데, 다은은 아직 한 번도 그에게 어떤 감정의 표현도 제대로 해주지 않고 있었다.

그저 막연히 알아주려니 생각했다. 지쳐 있는 그에게 더 이상 아무 말도 하지 않았다. 천천히 그를 눕혀주었다. 그는 여전히 다은에게 등을 보였다. 그의 기운 잃은 등을 하염없이 바라보고 앉아 있었다. 한참이 지난 후에 고른 숨소리가 들렸다. 캄캄한 창을 통해 그의 잠든 모습을 확인했다.

병실 앞 의자에 앉아 있던 영욱이 밖으로 나오는 다은을 보고는 벌떡 일어섰다. 아파서 누워 있는 사람뿐 아니라 두 사람도 지쳐 있었다. 자동판매기에서 커피 두 잔을 빼와 한 잔을 다은에게 내밀고 나란히 앉았다. 사실 지금은 커피보다 술이 더 마시고 싶었다. 시원하게 한 잔 들이키고 잠시 눈을 붙였으면 좋겠다.

"어떻게 알게 된 거예요?"

지후와 애기하는 소리가 병실 밖으로 새어져 나왔던 모양이다. 종이컵에 든 커피는 벌써 많이 식어 있었다. 다은은 한입에 커피를 다 털어 넣었다. 아무 맛도 느껴지지 않았다.

"숨기려면 좀 더 잘 숨기던지, 참 단순하게 약병을 비누세트 쌓아둔 곳에 숨겼더라구요. 나름대로 머리 쓴 거겠지만."

여름이라 매일매일 샤워를 해서 비누 소비가 많았었다. 새 비누를 꺼내려다 약병을 찾아냈을 때를 생각하면 아직도 피식 헛웃음이 새어 나온다.

"딱 안 좋은 기분이 들잖아요. 병원에 전화를 했죠. 가족이라고 하면 쉽게 가르쳐 줄 줄 알았는데 의사가 안 된대요. 당장 병원에 쫓아갔죠. 용케 알아낸 기자일 거라 생각했었대요. 본인이 당분간은 아무에게도 알리고 싶어하지 않더라면서 우선은 약물 치료를 하면서 지켜보자고 하더군요."

"그랬군요."

"꾸준히 치료받으면 될 걸 혼자 끙끙대면서 바보같이 병을 키운 거죠."

원망하는 말투였다. 곧 말하겠지, 하겠지 하며 기다렸지만 결국 쓰러질 때까지 그는 입을 다물고 있었다.

"왜 영욱 씨에게는 말하면서 저에겐 숨긴 거죠? 결국 전 이름뿐인 아내였던 건가요?"

"아니에요. 절대 그렇지 않아요, 다은 씨. 절대 그런 게 아니라는 거 다은 씨가 더 잘 알잖아요."

영욱은 당황한 얼굴로 두 손을 크게 내젓고는 고개를 좌우로 마구 흔들어댔다.

“저도 우연히 알게 된 거예요. 언젠가 제가 방송국으로 찾아 간 날 기억하죠?”

“네.”

소리세상과의 계약 건을 알고 자신을 찾아왔던 날을 어렵잖 게 기억해 냈다.

“열쇠를 받아 들고 아파트로 가니까 문이 안 잠겼더라구요.”

“제가 분명히 잠그고 나왔는데.”

“모르겠어요. 어디 다녀왔던가 보죠. 작업실에도 없고 방에도 없었어요. 그냥 화장실 문을 열었는데 거기 주저앉아서 울고 있 더군요.”

“울어요?”

“각혈을 하고 있었어요.”

“아…….”

“일 년 전쯤에도 그런 일이 있었죠. 그때는 위에 이상이 있는 줄 알고 위 검사만 했더랬어요. 그때 미리 정밀 검사를 받았더 라면 이렇게 심해지지는 않았을 텐데.”

“처음엔 목이 붓는 걸 보고 그냥 ‘살이 좀 쪘구나’라고만 생 각했어요. 본인도 그런 거라고 웃더라구요. 저 참, 바보죠?”

그 앞에서는 참고 흘리지 못했던 눈물을 영욱 앞에서 보이고 야 말았다.

“지혁이, 아니, 지후가 울면서 그러대요. 불쌍한 우리 다은이 어떻게 하냐고. 이제 겨우 사랑이라는 거 알았는데, 사랑하는데 어떻게 하냐면서 울더라구요."

"그러면서 아니라고 버티기는."

볼에 흘러내리는 눈물을 닦아냈다. 이쪽을 닦으면 저쪽 볼에서 흘러내리고 저쪽 볼을 닦으면 또 이쪽 볼에서 눈물이 흐른다. 보다 못한 영욱이 간호사에게 휴지를 얻어왔다.

"행복하게 해주고 싶은데 그런 상태로 계속 옆에 있으면 자신이 짐만 될 거라고 사내놈이 엉엉 소리 내서 울대요. 그냥 같이 부둥켜안고 울었습니다."

"그때라도 말해 주지 그랬어요."

"지후가 아주 완강했어요. 그 녀석 고집 잘 아시잖아요. 뭔가 해줄 수 있을 때 조금이라도 더 해주겠다고 하더군요. 나중에 헤어지자고 말할 때 미련 안 생기게 다 해줄 거라고 했어요. 그리고 정신을 차리더니 하나하나 계획한 대로 일을 하더군요. 소리세상에 유주혁 사장 나쁜 놈이에요. 정말 더럽게도 지후 뜻대로 계약을 했더라구요."

"지후가 원하는 대로 됐다면 잘된 거 아닌가요?"

"엄청나게 좋은 조건으로 계약을 하긴 했죠. 하지만 리메이크 앨범은 내주지 않겠다고 했었나 봐요. 그래서 지후가 말했대요. 자신의 마지막 앨범이라고. 다시 노래 부르기 힘들 거라고 다 털어놨대요. 자신이 이제껏 발표한 모든 곡의 사용권을 소리세상에 넘기고 리메이크 앨범을 냈어요. 거기다 자켓 앨범은 다은 씨 그림이고. 정말 완벽한 상품 아닙니까?"

"그렇게까지 했어야 했을까요?"

"다은 씨에게 주는 선물이랬어요. 그 뒤로 추억할 수 있는 모든 일을 다 벌였습니다. 광고도, 방송에 함께 나간 것도 제게 녹화를 부탁하더군요. 나중에 그렇게라도 다은 씨 보고 싶다고."

"정말 바보네요. 그러면 제가 더 못 헤어질 건데."

"둘이서 함께할 수 있을 때 다 해보고 싶었는지도 모르죠. 지금은 아무리 이 나라 사람들이 다 알아주는 인기 가수지만 조금단 세월이 흐르고 사람들 앞에 나오지 않으면 잊혀질 테니까요."

"인기에 초연한 것 같아도 그게 두려운가 봐요."

"사람들의 관심을 받고 살던 사람들은 그게 부담스러우면서도 그 관심에 힘을 얻고 살아갑니다. 스토커들이 무섭게 달려들어도 괜히 쉬쉬하겠어요? 심하다 싶어도 그 사람들, 다 관심이 있기 때문에 그런 짓도 하는 거죠. 인영이도 다은 씨한테 집적거리지 않았다면 저 녀석 끝까지 신고 같은 거 하지도 않았을 거예요."

영욱이 비어 있는 종이컵을 비비 틀어댔다.

"지후도 아프면서 다신 한 번 깨달은 거죠. 그게 무서웠을지도 몰라요."

"한동안은 힘들 거예요. 사랑만 받던 사람이니까."

"거기다 다은 씨를 놓아줘야 한다는 생각에 더 힘들어했죠."

"나랑 헤어질 생각을 한다는 게 도무지 이해가 안 돼요. 더 의

지할 사람이 필요한 때 아닌가요?"

"자존심이죠. 자신은 무능력하게 빈둥거리고 놀고 다은 씨는
나가서 일을 하고."

"참 어리석죠. 이제껏 벌어놓은 돈으로도 우리 둘이 몇 년은
놀고 먹을 텐데."

"다은 씨에게 기대기 싫은 거죠. 한 집안의 가장이고 남자라
이겁니다. 난 지후의 마음 이해가 돼요. 자기가 기둥이 되어야
하는데 약한 모습을 보이기 싫었던 겁니다. 자기 여자한테 강하
게 보이고 싶은 게 다 세상 남자들의 최고 자존심 아니겠어요?"

다은의 손에 있던 종이컵을 가져다가 구겨진 종이컵을 담고
두 개를 함께 뭉쳐 같이 비틀어댄다. 지후를 이해한다고 하면서
도 행여 다은이 그의 뜻을 받아들이지 않을까 속으로는 걱정이
가득했다.

"다은 씨는 끝까지 자신의 일을 지키면서 독립해서 잘살아야
한댔어요. 다은 씨가 독립해서 사는 데 불편이 없게 해야 된다
면서 돈을 모았죠."

"정말 얄밉게 사랑스럽죠?"

눈물에 젖어 발갛게 달아오른 다은의 얼굴이 웃고 있었다.

"하하, 지후가 다은 씨의 독립 선언을 엎어버렸다면서요."

"독립 선언은 무슨…… 아니에요."

"버리지 않을 거죠?"

영욱이 조심스럽게 물었다. 처음부터 저렇게 물어보고 싶었

는지도 모른다.

"무슨 말씀이세요? 절대 그런 일은 없을 거예요. 말 안 들으면 패서라도 내 옆에 둘 거예요."

영욱이 그제야 환하게 웃어 보였다. 벌떡 자리를 털고 일어난 그는 손에 든 종이컵을 쓰레기통에 버리고 두 손바닥을 마주쳐 탈탈 털어냈다.

"지금 저놈을 이길 수 있는 사람은 다은 씨뿐이에요."

영욱은 헝클어진 일정을 정리해야 된다며 병원을 떠났다. 다은은 병실로 돌아와 지후가 깨기를 기다렸다. 그동안 의사가 그의 상태를 보기 위해 두 번이나 다녀갔고 링거 병도 새것으로 갈았다.

그동안 무리한 탓에 병실에 누가 왔다 가는지도 모른 채 죽은 듯이 잠만 자고 있었다. 문득문득 드는 불안한 마음에 다은은 몇 번이나 그가 숨을 쉬는지 확인해 보았다. 그는 새벽녘이 되어서야 눈을 떴다. 눈을 떠서는 두리번두리번 무언가를 찾는 것 같더니 옆에 앉아 있는 다은을 확인하고는 대뜸 퉁명스럽게 한마디 던지고 다시 등을 돌렸다.

"아직도 안 갔어?"

"네 등짝만 보고 있는 것도 이제 지겨워."

"누가 있으래?"

"내가 가면 행복하니?"

"……"

"윤지후, 내가 너에게 이렇게 뭘 간절히 바란 적 있었어?"

그가 아주 허탈한 웃음을 짓고는 천천히 다은에게로 고개를 돌렸다.

"하하하, 맞아. 너 잘난 여자잖아. 너 혼자서도 잘하는데 나한테 뭘 바라고 그럴 필요 있었어? 그래서 내가 얼마나 힘들었는지 너 알아?"

"힘들었다고?"

"너에게 뭘 해주고 싶어도 뭘 원하는지 알 수가 없었어. 넌 아무것도 필요 없었어. 뭘 해줘야 네가 기뻐할지 알 수가 없었다구."

그에게 다가가 손을 잡으려 했다. 하지만 그는 그런 기회마저도 빼앗아 버렸다. 그의 손을 잡으려던 다은의 손이 허공에서 힘없이 아래로 툭 늘어졌다.

"왜 진작 그런 말을 해주지 않았어? 우리 사이에 하고 싶은 말 다 하자고 하지 않았었니? 말했더라면, 네 마음을 진작 알았다면 난 아마 너무도 많은 사랑을 요구했을 텐데."

"사랑? 웃기지 마. 야, 강다은, 제발 그만 하자."

깊은 한숨에 섞여 그의 탄식과도 같은 말이 흘러나왔다.

"너랑 말싸움 지긋지긋해. 시간 낭비야. 이런 싸움을 또 하잔 말이야?"

"나도 싸우고 싶은 마음 없어. 이 싸움을 끝낼 수 있는 사람은 너야."

“늦었어. 이제 네가 뭘 원해도 난 해줄 능력이 안 돼. 앞으로 무슨 일을 하고 살아야 할지 생각하면 난 앞이 막막해. 알아들어? 난 이제 너의 남편으로서 아무것도 해줄 수가 없다구. 무능력하게 구질구질한 모습으로 네 옆에 남기 싫어.”

“이제껏 해오던 만큼만 해. 네 가족들과 네 노래를 좋아해 주는 팬들에게 인정받기 위해 노력한 만큼만 하면 돼.”

“그렇게 살기 싫어. 어떻게든 되겠지, 그런 무모한 기대 같은 거 하게 하지 마. 제발 나가라. 혼자 있고 싶어.”

“너 정말 나 사랑하는구나. 그렇지?”

“젠장, 답답하게 구네. 야, 강다은.”

그가 눈살을 찌푸린다. 목의 통증을 조금이라도 재워보려고 마른침을 꿀꺽 삼켰다.

“사랑하는 거 맞지?”

“제발 정신 차리고 내 말 좀 들어봐.”

“남편으로서 네가 해야 할 일은 다 한다며? 지금이 딱 그렇게 해야 할 때야. 어디서 건방지게 날 이혼녀 딱지 붙게 만들어? 언제나 같이 있어주는 거, 어떤 어려운 일이 있어도 함께 있어주는 거, 그게 지금 네가 해야 할 일이라고.”

“힘들어. 나 진짜 힘들거든? 좀 가라.”

그의 눈동자가 흔들리고 있었다. 이제 이 어처구니없는 말싸움을 끝낼 틈이 생겼다. 똑같은 말이 오갈 게 뻔한 이 싸움에서 둘 다 지쳐 엉뚱한 결론을 내버리기 전에 끝장을 봐야 한다.

"넌 함께 나누는 법을 몰라. 난 너 믿어. 사 년, 오 년? 아니,
십 년 뒤에라도 너만 다시 하고 싶다고 하면 다시 시작할 수 있
어."

"네 고집도 참."

"그러니까 같이 살아졌지."

슬쩍 그에게 다시 다가갔다. 한 손을 그의 어깨에 올렸다. 아
무 미동도 없었다. 다른 한 손으로 그의 손을 마주 잡았다. 이번
에는 밀어내지 않는다. 헝클어진 그의 머리를 끌어안았다. 가슴
언저리에서 그가 깊이 내쉬는 숨에 따뜻한 바람이 느껴졌다.

"내가 여태껏 한 번도 사랑이라는 말을 안 한 건 이미 넌 내
사람으로 되어 있었기 때문이야. 너도 그런 거 아니었어? 우리
가 사랑해서 결혼한 사람들과 다른 게 뭐가 있었냐? 그 사람들
보다 더 많이 사랑했고, 그들보다 더 행복했으면 행복했지 덜하
지 않았어. 서로의 일도 열심히 했고 서로 잘 도와주었고, 무슨
일이든 함께 의논했었잖아."

그가 아주 작은 동작으로 고개를 끄덕였다. 머리에 뭔가 잔뜩
발라놓은 데다 땀까지 젖어 진득해진 그의 머리카락을 쓰다듬
었다.

"든든한 네 울타리 안에서 내 독립은 분명했어. 앞으로도 그
래 줄 거지?"

지후는 다은의 허리를 꽉 끌어안았다. 다은은 손가락 빗을 만
들어 그의 헝클어진 머리카락을 빗어주었다.

"바보 같은 널 어떻게 하냐? 이 좋은 기회를 차버리는 너의 어리석음에 두 손 두 발 다 들었다. 너 진짜, 바보 같은 거 알아?"

"그렇게 바보 같고, 적당히 어리석고, 무모하니까 네 제안 받아들였지. 그게 보통 맨 정신으로 돼?"

"가려워."

"뭐?"

"그만 쓰다듬어. 머리 못 감아서 가려워."

그의 양 귀를 움켜잡고 고개를 들어 얼굴을 마주 보게 만들었다. 지후는 아픈 척 이맛살을 찡그리고 다은의 얼굴은 장난스럽게 구겨져 있었다.

"이봐요, 예쁜이. 얼른 기운만 차려요. 내가 시원하게 감겨줄 테니까."

그의 머리를 다시 헝클어뜨렸다. 지후는 정말 가려운지 머리를 벅벅 긁어댔다.

"기다려. 기운만 차리면 내가 마음껏 사랑해 줄 테니까. 내가 무슨 성인군자라고 그걸 참았나 몰라. 하룻밤에 열두 번이라도 더 너 안을 테니까, 각오나 하셔."

"이 사람이 얼른 몸 추스를 생각은 안 하고 엄한 생각부터 하네?"

환자복 사이로 보이는 그의 가슴을 손가락으로 콕콕 찔렀다. 욕심을 비우고 자신을 찾은 그는 엄살을 부리기 시작했다. 콕콕 찔린 가슴을 부여잡고 침대에 드러누웠다.

"그런데 말이야."

다은이 침대에 엉덩이를 살짝 걸치고 앉아 그의 아랫배를 살살 문질렀다. 지후는 헉 하고 짧은 숨을 들이마시고는 다시 벌떡 일어나 앉았다. 그 움직임에 걸려 있던 링거 병이 살짝 흔들렸다.

"뭐야, 너. 나 아픈 사람이야."

"알아. 그런데 말이야. 정말 궁금해서 묻는 건데 너, 정말 나 하나 먹여 살릴 자신 없는 거야?"

다은의 장난스러운 물음에 지후는 킥킥거리며 웃고 말았다. 그의 손이 쭉 뻗어와 다은을 끌어당겨 안고는 침대에 비스듬히 누웠다. 그의 가슴에 얼굴을 묻고 그의 빠르게 움직이는 심장 소리를 들었다.

"사실, 자신없어. 미안해. 난 노래 외에는 다른 일은 아무것도 해본 적이 없어."

"이것 봐요, 강지혁 씨. 당신은 노래 실력보다 작곡 실력이 더 나은 사람이야. 사람들이 노래 잘한다 잘한다 하니까 정말 잘하는 줄 알았나 보네?"

살짝 고개를 들어 쳐다본 지후의 얼굴이 심통맞게 부어 있었다. 하지만 입가에 걸린 미소가 다시는 헤어진다느니 하는 이별을 말하지 않을 거라는 다짐을 보여주었다.

"음악은 할 수 있잖아. 그거면 충분하지 않니? 느긋하게 생각해. 조급하게 그러지 마. 노래 부를 기회는 꼭 올 거야. 네가 좋아하는 그 노래 다시 부를 수 있을 날이 올 거야.”

“힘들 거야. 나 너무 많이 아파. 너무 많이 아파.”

이제야 아프다는 말을 한다. 몇 개월의 시간을 혼자 참고 있다 이제야 겨우 아프다는 말을 하고 있었다. 다은은 그를 꼭 안고 부은 목에 입술을 갖다 댔다. 열이 나고 있었다. 그나마 조금 차가운 손등으로 부은 목에 열을 식혀보려 했다. 그 손을 지후가 꼭 잡아주었다.

“만약 내가 혼자였다면, 너 아니었으면 더 빨리 무너졌겠지? 아마 술로 매일을 보냈을지도 몰라. 정말 무서웠거든. 너라도 챙겨야지 하는 생각에 그래도 이만큼 버틴 거야.”

“그래서 한 짓이 고작 위자료 잔뜩 주고 놓아주는 거였어?”

“넌 실수한 거야. 내가 놓아줄 때 가지 않은 걸 평생 후회할지도 모르지. 그 돈으로 혼자 신나게 살 수 있었는데 하면서 후회할 거라고.”

“아예 돈에 환장한 사람 취급 하는구나?”

“그런 거 아냐. 너 혼자 사는 데 그만큼은 있어야 할 것 같았어.”

“그러고 보니 그러네. 다른 남자 만나가면서 혼자 연애나 하고 살걸. 기분 내키면 시집도 한 번 더 가고.”

“웃기지 마. 세상이 너 강지혁이 마누라였던 거 다 아는데 쉽게 시집이 가지냐? 내가 할 일 없이 너 방송에 끌고 다닌 줄 알아?”

“놓아줄 생각이 있었던 거야, 없었던 거야?”

그가 자신을 놓아주는 것에 대해 힘들어했다는 걸 알고 기분이 좋으면서도 괜히 앙탈을 부려보았다. 고개를 바짝 쳐들고 물어보는 다은의 얼굴을 그가 다시 가슴에 묻었다.

“있었어. 난, 그래야 한다고 생각했어.”

점점 그의 목소리가 잦아들었다. 힘겹게 내쉬는 숨결에 열기가 함께 느껴졌다. 힘들어하는 그를 보면서 다은은 몸을 일으켜 앉았다. 지후의 손이 다은을 놓아주지 않고 있다.

“내가 왜 너의 사랑을 몰라? 그게 꼭 말을 해야 아는 건가? 나한테 대하는 태도, 말투에서 다 느껴지는데. 나라고 왜 너랑 평생을 같이 살고 싶지 않았겠어. 하지만…….”

“더 이상의 ‘하지만’ 은 필요없어. 이제 그만 해. 너 열나. 나하고 평생 같이 살고 싶으면 건강하게 이제 더 이상 아프지 마.”

“다은아.”

“그렇게 이름만 부르지 말고 오래간만에 예쁜 짓 좀 해봐. 그 고운 목소리로 지금 내가 가장 듣고 싶어하는 말 한마디만 해 줘. 그럼 지금보다 더 많이 너 예뻐해 줄게.”

“사랑해.”

싱긋 웃는 얼굴로 그를 꼭 안아주었다.

“이젠 자주자주 안아줄게. 이렇게 예쁜 널 왜 그동안 내가 안 안아줬지?”

“또 애 취급이다.”

“그럼 애기 짓을 하지 말던지.”

“너 정말 무서운 사람이야. 알아?”

“무섭지. 내 것에 대한 소유욕이 무섭도록 강하다고 했잖아. 잊었어?”

다은의 장난스러우면서도 차분한 미소가 지후의 마음을 한결 편하게 해주었다. 조금만 마음을 여유롭게 가지고 기대니 이렇게 좋은걸. 혼자서 어떻게 해보려고 끙끙거리던 자신이 이제야 한심스럽게 느껴졌다. 서로가 서로에게 기대면서 살아간다는 것, 이젠 그 방법을 조금은 알 것도 같다.

“솔직히 말해 봐. 너 나한테 ‘헤어지자’ 고 말할 때 내가 ‘알았다’ 고 대답할까 봐 속으로는 쫄았지?”

“여자가 쫄았지가 뭐야?”

“말 돌리기는.”

그의 머리를 마구 헝클어트리며 다시 한 번 꼭 안아주었다.

집안 어른들이 그의 쓰러진 소식을 신문을 보고 알기 전에 아침 일찍 먼저 전화를 드렸다. 당장 부모님들이 달려오시고 비슷한 시간에 기자들도 떼거리로 몰려왔다. 담당 의사는 병실 문 앞에 ‘절대 안정’ 이라는 팻말을 붙여 외부 사람들을 차단해 주었다. 지후나 그의 가족들을 만나지 못한 기자들은 담당 의사에게 달려가 질문을 퍼부어댔다. 여전히 무뚝뚝한 담당 의사는 환자의 사생활 보호는 의사의 당연한 의무라며 입을 굳게 다물었다.

그 한 주는 가수 강지혁의 기사로 TV와 신문이 떠들썩했다. 때로는 곧 죽을 것같이 내보내지는 부풀려진 보도와 가수로서의 인생이 이미 끝난 듯 벌써 그를 기억 속에서 지우려고 하는 사람들이 지후의 마음을 더 아프게 했다.

"정말 제기랄이다."

TV에서 하는 자신에 대한 방송을 보고 그가 처음으로 꺼낸 말이었다.

"참, 내가 사직서 냈다는 말 했었어?"

"너까지 제기랄이고 싶어? 너, 이럴까 봐 내가 떠나려고 했던 거야."

"나도 이젠 네가 벌어다 놓은 돈으로 살림만 하면서 살고 싶어서 그런다. 왜 내가 놀고 먹는 게 싫어?"

"다은아."

"윤지후, 많이 소심해졌네. 후후."

"이런, 이젠 아예 갖고 놀아라."

"놀라긴. 아무튼 넌 약 올리면 반응이 빨라서 재미있다니까. 걱정 마. 잠시 휴직계만 낸 거야."

"선배가 나 잡아먹으려고 하지?"

"감히 누가 우리 예쁜이를 건드려?"

잠시 처음 그녀를 만났던 때가 떠올라 혼자 빙긋 웃었다. 조금만 신경을 건드리면 발끈해서 달려들던 다은을 잊지 않고 있다. 그때의 그는 참 냉정한 사람이었는데, 지금은 그 냉정함을 다은이 유지하고 있었고 조그만 일에도 발끈하고 덤비는 쪽은 오히려 그였다.

약물 치료 후, 붓기는 많이 가라앉았지만 결국 곪는 쪽으로 염증이 진행되었다. 곪은 부위가 양쪽 두 군데가 있고 부위도 커서 수술을 하기로 결정했다. 수술 일정이 잡혔다는 연락을 받고 처음 입원한 날 남편과 잠시 들렀던 지수가 혼자서 병원을 찾았다. 다은은 임파선에 좋다며 그의 팬이 보내준 더덕을 달여 오는 길이었다.

"수고하네."

"안 들어가고 왜 여기 계세요?"

"자는 거 같아서 안 깨웠어."

"자주 연락 못 드려서 죄송해요."

"인사치레는 됐어. 아니, 정신없는 거 아는데 됐어."

결혼하고 몇 번 얼굴을 마주한 적은 없지만 처음으로 지수가 웃는 모습을 보였다. 다은보다 겨우 한 살 많은데 참 많이 성숙한 분위기를 풍겼다.

"수술 날짜 잡혔다구."

"네, 3일 뒤예요."

"고맙다는 말을 하고 싶었어. 지후 붙잡아줘서 고마워. 많이 힘들었다고 들었어."

"제 사람인걸요."

"알아. 가끔 그게 신기하고 이상하기도 하지만 이젠 인정해."

"제가 그렇게 못마땅했었어요?"

"또박또박 말대꾸하면서 덤비는데 예뻐할 구석은 없었지."

다은이 웃어 보이자 지수도 마주 웃어주었다. 어쩌면 한 발자국도 지지 않으려는 두 사람은 서로 닮은꼴일지도 모른다.

"나도 지후 노래 좋아해."

"……."

"음악 하는 건 여전히 마음에 안 들지만 노래 잘하는 건 사실이잖아. 실컷 반대하고 욕하고 싸우다가 이제 와서 네 노래 좋아한다고 말하기도 그렇고."

"그래도 누나가 좋아한다는 말을 들으면 기뻐할 거예요."

"새삼스럽게 그럴 필요도 없고. 풀어질 때 되면 풀어지겠지."

"싸우고 했던 건 이제 옛날 일이잖아요. 아무렇지도 않게 대하면 지후 씨도 그럴 거예요."

"그래도 몇 년이나 쌓인 앙금이 있는데 쉽게야 풀어지겠어? 차차 괜찮아지겠지. 계속 수고해. 갈래."

"지후 안 만나고 가세요?"

"됐어. 오늘은 지후 만나러 온 거 아니었는걸."

"저 만나러 오신 거였어요?"

"아픈 사람이야 누워 있으면 그만인 거고. 고생한다길래 그냥 한 번은 와야 할 거 같았어."

"고마워요, 일부러 와주셔서."

“할 일 없이 집에서 노는 사람이잖아. 자주 오지도 못해서 미
안해. 내 형편이 그래.”

“마음 써주시는 거 알았잖아요. 감사해요.”

“지후가 왜 그렇게 맘을 뺏겼는지 알 것 같아. 인정하기 싫지
만 참 좋은 사람이야.”

“하하하.”

다은의 호탕한 웃음소리에 지수는 잠시 놀란 표정을 짓더니
정말 못 말린다는 표정으로 고개를 가로젓고는 소리없이 웃어
주었다.

수술을 받기 하루 전날은 두 사람이 결혼한 지 일 년이 되는
날이었다. 바깥으로 나가고 싶다는 지후를 데리고 나가기 위해
담당 의사에게 나가도 좋다는 허락을 받고 오는 길이었다. 내일
이 수술 날이었고 날씨도 점점 추워져서 다은은 의사의 허락을
꼭 받고 싶었다. 혹시 바깥의 찬 공기가 조금이라도 몸에 안 좋
다는 말을 들으면 나가지 않을 작정이었었다. 괜히 감기라도 걸
리면 몸이 더 안 좋아질 수도 있는 문제였다.

밖에 나가 찬 바람을 쐬고 싶어 안달이 난 지후에게 의사가
나가도 좋다는 허락을 했다고 하면 뛸 듯이 기뻐할 모습이 눈에
선했다. 지후의 그런 모습을 상상하면서 입가에 미소를 머금고
걷는데 병실 앞에 누군가 서성이고 있었다. 문의 손잡이를 잡았
다 놓았다를 반복하며 머리를 긁적이고 안절부절못하는 모습이

었다.

"누구……."

다은의 목소리에 문 앞에 서 있던 사람이 획 돌아서는데 바람 소리가 들릴 정도였다.

"어, 조인영 씨?"

짧게 커트친 머리에 몸은 전보다 더 말라 있었다.

"다, 다은 씨, 저기 난 그저……."

"오랜만이에요. 지후 만나러 온 거예요?"

"나, 난 그냥 어떤지 궁금해서."

그녀는 무언가에 쫓기는 사람처럼 초조해하고 있었다. 그녀의 눈길을 따라 좇았다. 복도 끝으로 두 명의 남자가 이쪽을 지켜보고 서 있었다.

"경찰이에요."

"경찰? 아, 네."

수배령 때문에 잡힌 건지, 아니면 제 발로 찾아갔는지 모르지만 경찰들은 인영에게서 잠시도 눈을 떼지 않고 있었다.

"들어가 보시겠어요?"

"그래도 괜찮을까요?"

"지후 만나러 온 거잖아요. 여기까지 왔는데 만나봐야죠."

"저기 제가, 그러니까 전에 제가……."

"생일 선물 보낸 거 말이죠? 받긴 잘 받았는데 쓰레기통에 버렸거든요. 괜찮죠?"

"아, 네."

다은이 아무렇지도 않게 대하자 더 당황하는 모습이었다. 무엇이든 물으면 술술 대답해 줄 것 같았다. 은근슬쩍 그녀를 떠보았다.

"기사도 잘 읽었구요. 나 닮은 사람 용케도 구했더라구요."

인영의 얼굴이 벌겋게 달아올랐다. 결국 인터넷에 떠돈 기사도 그녀의 소행이었다. 씁쓸한 기분이 들었지만 이제 와서 달리 뭐라 화내기에는 시간적으로 너무 지나 있었다.

"지후야, 손님 오셨다."

문을 활짝 열어 젖히고는 큰 소리로 그를 불렀다. 그렇게라도 해야 갑작스럽게 인영과 마주한 긴장이 풀릴 것 같았다.

"누가 와? 나 아무하고도 면회 안 한다고 했잖아."

수술 전날이라 많이 불안해하고 있었다. 아마 그래서 더 밖에 나가고 싶어했는지도 모를 일이다. 그런데다 나가는 것까지 일일이 의사의 허락까지 받아야 하냐며 한참 투덜거리고 있던 차에 누군가 왔다는 말을 듣고 신경이 더 날카로워졌다. 덜컥 내지르는 고함에 센소리까지 섞여 나왔다. 그 고함 소리에 들어오려던 인영이 놀라 문 앞에 어정쩡하게 멈춰 버렸다.

"넌 손님이 오셨다는데 왜 고함을 질러?"

"누가 이 꼴로 있는 거 누구한테 보이고 싶대?"

바락바락 고함을 지르던 그의 목소리는 다은의 손에 이끌려 들어온 인영을 보고는 뚝 멈춰 버렸다. 인영임을 재차 확인하고는 사나운 눈으로 다은을 노려보았다.

"어쩌라는 거야?"

이제껏 고함 지르던 목소리는 순식간에 푹 가라앉았다. 더 이상 상종할 이유도 필요도 없다는 투였다.

"네가 걱정이 되어서 왔다잖아."

"그래서 어쩌라고."

"너 이렇게 팔팔하게 괜찮은 모습 보여주라고."

"확인했으면 나가라고 해."

"윤지후."

"괘, 괜찮아요. 그냥 한번 보고 싶었어요."

인영의 떨림이 눈에 띄게 심해졌다. 시선은 어디로 둘지 몰랐고 마주 쥔 손에는 식은땀으로 축축히 젖어들었다.

"내가 죽고 싶어도 당신이 우리 다은이한테 해코지할까 봐 그게 걱정되어서 죽지를 못해. 그래서 이렇게 살려고 바동거리는 거야. 알아?"

"야, 지후 너."

"넌 그렇게 끔찍한 꼴 당하고도 저 여자를 상대하고 싶어?"

"그거뿐이었잖아. 인영 씨도 자기가 잘못한 거 이젠 알 거야. 그렇죠?"

인영에게 동의를 구하기 위해 쳐다보았지만 그녀는 고개를 떨군 채 눈물만 흘리고 있었다.

"안 나갈 거야?"

“야, 너.”

“빨리 가라고 해라. 저 여자 아직 수배 중이다. 확 신고해 버린다.”

두 사람이 꼼짝도 안 하고 서 있자 지후는 다은을 한번 흘깃 노려보고는 인영을 지나쳐 병실 밖으로 나갔다. 나가면서 잠시 인영을 돌아보더니 다시 다은을 째려보고는 있는 힘껏 문을 닫았다. 그 소리에 인영의 어깨가 다시 움찔 줄어들었다.

“미안해요. 내일이 수술이라 지후가 신경이 날카로워져서 그래요. 간단한 수술이라고 했는데도 신경이 쓰이나 봐요.”

“전, 지혁 씨 본명이 윤지후인 것도 몰랐었어요.”

“네?”

인영의 작게 울먹이는 소리가 잘 들리지 않아 다시 한 번 되물었다.

“윤지후라는 이름, 결혼식 때 처음 들었어요. 그러면서 내가 그 남자를 좋아한다고 쫓아다녔었다니. 저, 정말 웃기죠?”

“그거야 워낙 지후가 자기 이름을 안 써서 그런거구요.”

“사람 좋아하는 성격인 줄 알았어요. 한번 등 돌리면 다시는 그 사람을 안 돌아보는 그런 사람인 줄 몰랐죠. 다은 씨가 정말 대단해 보여요. 저 성질을 어떻게 다 받아주는지.”

“다 안 받아줘요. 내가 성질 더 부리죠.”

웃어보자고 씩씩하게 한 소리지만 민망하게도 인영은 여전히 풀 죽은 모습이었다.

“미안했어요, 그런 짓 해서.”

“…….”

다은으로서도 별로 기억하고 싶지 않은 일이었다. 아무렇지 않게 대할 때 더 이상 그때 얘기는 하지 않았으면 하는 마음이 었다.

“두 사람 행복하지 않을 거라 생각했어요. 내가 그런 짓 안 해도 절대 안 행복할 거라고. TV에서 보이는 모습도 다 가식일 거라고 생각했어요. 근데 아니네요. 두 사람 너무 좋아 보여요. 아옹다옹하는 모습마저 너무 행복해 보여요. 강지혁 씨 저런 모습 난 5년 동안 한 번도 못 봤었거든요. 늘 붙어 다녔었는데도 너무 다른 모습이네요.”

“저도 처음에는 무대 위에 서 있던 강지혁의 모습이 자꾸 떠올라서 혼란스러웠어요. 그 말을 하니까 지후가 그러더군요. 자긴 강다은의 남편 윤지후라고. 다른 생각 하지 말고 자기의 지금 그 모습만 쳐다보라구. 그래서 그래 주기로 했죠. 그러니까 살기가 훨씬 편해지더라구요.”

“여기 오는 거 많이 망설였어요. 사실 오면서도 다른 뜻이 있었거든요. 내가 바라던 모습을 볼 수 있을 거라 생각했었어요.”

“인영 씨가 바라는 모습?”

“네.”

“우리 둘이 헤어지기라도 했을 줄 알았어요?”

“어차피 사랑없는 결혼이었으니까 그렇게 끝나 있을 거라고 생각했죠.”

“사랑은…… 참 이상한 거예요. 올 수 있을까 싶었는데 벌써 와 있더라구요.”

“네, 이젠 제 눈에도 보여요. 지혁 씨가 다은 씨 얼마나 좋아하는지, 아니, 사랑하는지 이젠 보여요.”

“그럼, 이제 다시는 그런 일 없을 거죠?”

여전히 고개를 숙이고는 그에 대한 대답이 없다. 한참 훌쩍거리던 인영의 입에서 의외의 말이 흘러나왔다.

“그렇다고 제가 가졌던 감정이 사랑이 아니라고는 생각지 말아주세요. 전 정말 지혁 씨 사랑했어요.”

뭔가 한 대 크게 얻어맞은 기분이었다. 결국, 아직도 지후에 대한 감정을 접지 못하고 있다는 말인가.

“아직도, 지후…… 사랑, 한다는 말인가요?”

또다시 인영의 볼에 쉴 새 없이 눈물이 쏟아져 내렸다. 이해해 보려고 했지만 이젠 도저히 병적인 집착으로밖에 보이지 않았다. 등줄기에 싸한 한기가 쓸고 지나갔다. 인영의 내린 깔린 눈을 보면서 머리카락이 잘린 채 눈을 감고 있던 인형이 떠올랐다. 하지만 바깥에 경찰이 있다는 것에 위안을 가지는 중이었다. 미안했었다, 는 말에 안심하고 마음을 편하게 가지려고 했지만 여전히 자신의 감정을 인정해 달라는 말에 가슴이 떨리고 막연한 불안감이 깃들었다. 얼른 그녀를 돌려보내고 싶었다.

“밖에 다른 분들이 기다리니까, 저기…….”

“제 감정은 그냥 제 감정일 뿐이겠죠. 단지 두 분에게 사과드리고 싶었어요.”

“아, 네. 고, 고마워요. 그, 그럼 지후 데리러 가야겠어요. 바깥바람 쐬고 싶다고 해서 의사 선생님 허락 받고 오는 길이었거든요.”

“저 때문에 기분 많이 상한 거 같아요.”

“그렇겠죠 뭐.”

갑자기 들리는 노크 소리에 흠칫 놀라면서도 반가워 반사적으로 문을 열었다. 노크를 한 사람이 누구든 간에 꼭 껴안아주고 싶은 심정이었다. 문 앞에 서 있는 사람은 복도에 서 있던 경찰 중 한 명이었다. 경찰이라기보다는 옆집 아저씨 같은 후덕한 인상이었다.

“조인영 씨, 그만 가시죠.”

짧고 강압적인 말 한마디가, 그가 경찰이라는 생각을 번득 들게 만들었다. 인영은 더 할 말이 남은 사람처럼 머뭇거리고 있었다. 마음은 어서 가라고 밀어내고 문을 닫아버리고 싶었지만 차마 손발이 제대로 움직여 주지 않았다.

“행복하세요.”

미안하다는 말만큼이나 믿음이 가지 않는 말이었다. 정말 행복하라는 말인지, 아니면 더 두고 보자는 말인지 그녀의 마음속 깊은 곳까지는 짐작이 가지 않았다.

“그래요. 고마워요, 와줘서.”

마지막으로 인영이 보여준 웃음에 소름이 돋고 한기가 일었
다. 경찰 두 명이 양쪽에서 그녀를 부축해 복도를 돌아 사라지
는 모습을 끝까지 보고서야 문을 닫을 수 있었다. 침대에 털썩
주저앉아 떨리는 몸을 진정시켰다. 끝까지 아무 일도 없듯 담담
히 그녀를 상대한 자신이 기특했다. 속으로만 떨고 있던 긴장이
밖으로까지 뚫고 나왔다. 손발이 저리고 떨려왔다. 어떤 악담을
할지, 아니면 다른 무슨 짓이라도 할 것 같아 웃는 얼굴 뒤로 내
내 긴장을 풀지 않고 있었다. 그녀가 나감과 동시에 자신의 온
몸에 기운도 같이 빠져나가 버린 것 같았다.

큰 한숨을 내쉬고 병실의 천장을 올려다보는 다은의 입가에
희미하게나마 웃음이 걸렸다. 앞으로의 일이 어떻게 진행될지
모르지만 몇 년 동안 묵혔던 체증이 확 풀려 나가는 기분이었
다.

겨우 한숨을 돌리고 기운을 차려 지후에게 입힐 카디건을 챙
기고 있을 때 병실 문이 벌컥 열렸다. 순간적으로 혹시, 하는 생
각에 후닥닥 돌아보았다. 아직도 표정을 구기고 있는 지후가 버
티고 서 있었다. 어처구니없는 반응을 보인 자시에게 씁쓸한 기
분이 들어 멋쩍게 웃고 말았다. 지후는 놀란 다은의 모습을 보
고 뭐라고 버럭 소리라도 지를 태세였다.

"의사 선생님이 나가도 된다고 하셨어. 카디건 입고 얇은 목
수건만 하나 두르자."

얼른 그에게 옷을 챙겨 입히고 얇은 목도리도 목을 감쌌다.

갑갑하다고 투덜거리는 그에게 이걸 꼭 하고 나간다는 조건으로 의사가 허락했다며 괜한 엄포를 놓았다.

바람은 많이 차가워져 있었지만 아직도 한낮의 태양빛만은 쬐고 있어도 좋을 만큼 따뜻했다. 하늘이 더없이 높고 맑았다. 작년처럼 간단하게 도시락이라도 싸서 단풍놀이라도 갔으면 딱 좋겠다.

"인영 씨 말이야."

"됐어."

얘기가 본론에 들어가기도 전에 싹둑 잘라 버렸다.

"그래도……."

"너만 괜찮다면 나도 괜찮아."

아무리 조심스럽게 말을 꺼내보려고 해도 지후는 인영에 대한 더 이상의 어떤 대화도 허락지 않았다. 물론, 괜찮지는 않았다. 그렇다고 이러쿵저러쿵 다시 얘기를 꺼내서 그를 걱정시키고 싶은 생각도 없었다. 여전히 그를 사랑한다는 인영의 마음. 인영의 말대로 자기 감정만으로 묻어둔다면 더 이상 걱정하거나 걸고넘어져야 할 이유가 없었다.

"그래, 알았어."

두 사람은 다정히 손을 잡고 잘 손질된 병원 뒷마당을 걸었다. 그곳에 서 있는 나무들도 모두 색색으로 옷을 갈아입고 있었다.

"우리 참 좋은 계절에 결혼했다, 그치?"

“응.”

“퇴원하면 뭐부터 하고 싶어?”

“여행 가야지.”

“따뜻한 데로 갈까?”

“응.”

“어디가 좋을까?”

“너 가고 싶은 데 아무 데나.”

목을 아끼라는 의사의 말에 뒤늦게 말 잘 듣는 환자인 척하는 지후는 되도록 짧게 대답하고 있었다. 허리를 숙여 벌써 노랗게 익어 떨어진 은행잎 하나를 주워 들었다.

“이 녀석도 성격 한번 되게 급하네.”

손가락 두 개로 또로록 또로록 말아 돌렸다. 은행잎이 둥근 공처럼 보인다.

“또 뭐 하고 싶어?”

“꽃게탕.”

“그건 매워서 당분간 못 먹을 거야. 대신에 내가 큰 게 사다가 삶아줄게.”

“응.”

“우리 놀이공원도 다시 한 번 갈까?”

“거긴 싫어.”

“왜?”

“놀이기구 타면 고함 질러야 되는데.”

“난 안 지르잖아. 너도 이제 그거 배워.”

“여자가 겁이 없어.”

노랗고 붉게 물들어가려는 나무 사이에 그림처럼 어울리게 놓여 있는 벤치에 앉으려 했지만 지후는 계속 걷고 싶어했다. 길 끝까지 가서는 걸었던 길을 다시 되돌아왔다.

“벌써 일 년이네.”

“내가 살아온 시간 중에 가장 행복한 때였어.”

“앞으로는 더 그럴 거야.”

“당연하지.”

“가끔, 웃겨.”

“뭐가?”

제법 매서운 바람이 불어 힘겹게 붙어 있는 마른 나뭇잎들을 떨어뜨리고는 어설픈 낙엽 비를 뿌렸다. 발밑으로 밟히는 나뭇잎들이 바람에게 바삭바삭 잔소리를 해댄다.

“사랑이라는 거, 해보니까 별거 아니라는 생각이 들어서.”

“별거 아니라구?”

“너, 정말 내 자유 인정해 주면서 스캔들 무마시키고 그냥 그렇게 살고 싶다는 생각뿐이었니?”

“그런 게 어디 있어? 자꾸만 욕심이 늘어가는데.”

“욕심?”

“자꾸 보고 싶고, 그러다 만져 보고도 싶고, 안아보고도 싶고 그런 거지. 전에도 말했지만 편하고 좋았어. 너라는 사람에 대해서 알지도 못하면서 어깨에 손을 얹는 것도 손을 잡는 것도 다 좋았어. 그런 걸 첫눈에 반한 거라고 한다면."

"한다면?"

잡고 있는 손에 힘을 주어 앞서 걷는 그의 걸음을 멈추게 했다. 그가 활짝 웃는 얼굴로 돌아보며 두 손을 번쩍 들어 보였다.

"반박할 의사 없어."

"후후, 그러게. 널 사랑하게 될 줄 누가 알았겠니?"

"하하하, 아야."

소리 내어 웃다 찬 공기를 들이마신 모양이다. 목을 움켜쥐고는 마른침을 삼키며 호흡을 가다듬었다. 갑자기 밀려온 통증에 그는 식은땀을 흘리고 있었다.

"얼른 들어가자."

"오늘, 어떻게 해드려요?"

그의 말이 무슨 뜻인지 몰라 멀뚱히 보고 있었다. 지후는 다은의 손을 끌어 다시 걷기 시작했다. 제 성질 급한 건 모르고 바닥에 떨어진 낙엽들이 바스락바스락 끝없이 투덜거린다. 다은은 피아노 건반 누르듯 낙엽들을 한 발 한 발 꼭꼭 눌러 밟으며 걸었다. 그들의 잔소리가 똑똑 끊어진다. 깨금발을 하고 걷는 리듬에 마주 잡은 지후의 손도 박자에 맞춰 흔들거렸다.

"외출까지 하려고?"

"기억 안 나? 네가 나한테 작업 걸던 말이잖아."

그제야 생각난 듯 다은은 크게 웃어 젖혔다. 벌써 아주 오래전 일인 것같이 기억이 까마득했다.

"작업이라니? 네가 생각을 앙똥하게 한 거지."

"퇴원하면 정말 마음껏 사랑해 줄게."

"응?"

"이제껏 그러지 못했거든. 곧 놓아줘야 할 거라고 생각했기에 마음껏 안아주지 못했었어. 이젠 널 품에서 놓지 않을 거야."

"제발, 그래 주라. 그래서 너 같은 아들 하나만 낳자. 너 마음 고생 좀 하게."

"너 닮은 딸을 낳아야지. 아주 씩씩할 거야. 세상 남자들 다 쥐고 흔들걸?"

"큰 목소리로 고함 빽빽 질러가면서?"

자꾸만 콩콩 뛰어 앞서가던 다은이 한 발자국 뒤처져 오던 그를 기다렸다 품에 안았다. 이제껏 표현하지 못했던 사랑을 모두 보여주기라도 하려는 듯 요즘 그녀는 자주 그를 안아주고 입맞춤을 해준다.

수술실로 가기 위해 이동 침대에 누워 다은을 올려다보았다. 두 눈에 걱정을 가득 담고 있는 그녀가 오늘따라 멀리 있는 사람처럼 느껴졌다. 의사가 위험한 수술은 아니라고 누차 얘기를 했지만 막상 수술대에 눕는 입장에서는 그게 아니었다. 아침에 일어나서 혹시 마취에서 못 깨어나면 어쩌지, 하는 말을 했다가 다은에게 한바탕 잔소리를 들은 터였다. 그렇다고 불안한 마음이 쉽게 가시지는 않았다.

"잠시만요."

수술실 앞에서 그가 침대를 끌고 들어가려는 간호사들을 붙잡았다. 수술실에 들어가기 위해 잡고 있던 손을 놓으려던 다은의 손을 꼭 쥐었다.

"나, 가기 전에 할 말 있어."

"해."

"너 머리 잘라도 돼."

"응."

고민 끝에 아주 대단한 걸 허락하는 듯한 그의 모습에 피식 웃고 말았다. 뒤에서 지켜보고 있는 엄마를 돌아보았다. 엄마도 한심스러운 표정으로 웃고 있었다.

"내가 잘라보니까 편하고 참 좋네. 그런데 너무 짧게는 하지 마. 마취에서 깨어서 너 보면 너무 낯설어 보일 거 같으니까."

"그럴게."

"그리고 만약, 만약에 말이야. 수술이 잘못되면……."

"또 쓸데없이 혼자 앞서 가지? 의사 선생님이 이거 쉬운 수술이라고 했잖아."

"그러니까 만약이라고 했잖아."

"만약이라도 싫어."

"그렇게 되면 말 못할까 봐 미리 말할게."

"안 듣고 싶어."

“들어야 해. 다은아, 사랑해. 정말 많이 사랑해.”

“당연하지. 내가 너 진짜 많이 사랑하잖아. 다 잘될 거니까 걱정 마.”

다은이 조심스럽게 고개 숙여 그의 볼에 짧은 입맞춤을 해주었다. 곧 수술실 문이 열리고 그를 태운 이동 침대가 안으로 들어서자 자동문이 닫혔다.

부부라는 이름으로 맞았던 첫 봄을 바쁘다는 핑계에 도둑 맞았다. 그 아름다운 봄날이 다시 찾아왔을 때 다은은 아주 짧은 커트에 마른 낙엽이 지니고 있던 갈색으로 염색을 하고 있었다.

"진짜 마음에 안 들어. 왜 그렇게 짧게 자른 거야?"

그가 수술실에서 나와 짧은 머리를 보면 낯설을 것 같다는 말에 자르지 않고 있었다. 그 후에 자르려고 했지만 그의 병이 수술을 했다고 끝나는 게 아니었다. 그의 몸에 맞는 약을 처방하기 위해 며칠마다 한 알씩 각기 다른 약을 먹어 몸에 맞지 않는 약을 골라내야 했다. 그 약에 적응하는 기간만도 이 주 가까이 걸렸다. 다행히 병원에서 처방한 약은 모두 그에게 잘 맞았다. 하지만 그건 단순히 지루한 싸움의 시작일 뿐이었다. 병원에서 처방한 약을 받아 나왔지만 하루하루 그 많은 양을 다 챙겨 먹기에도 벅찼다. 그리고 이, 삼 주마다 한 번씩 병원에 가서 병이 얼마나 호전되었는지 체크해야 했다. 사람을 지치게 하는 병이었다.

오 개월이 지나서야 그는 가까운 곳으로 여행을 해도 좋다는 허락을 받았다. 그리고 그 허락을 받아온 다음날 다은은 머리를 짧게 커트했다. 그때는 어른들도 같이 계셔서 인상만 찌푸릴 뿐 별말이 없더니 시댁에서 며칠을 쉬고 집에 돌아와서부터는 마음에 들지 않는다고 계속 투덜거린다.

"이미 허락했었던 거야. 그만 해."

"누가 그렇게 짧게 자르래?"

짐을 쌀 때부터 투덜거리던 게 아직까지다. 처음부터 장거리 여행은 힘들 것 같아 가까운 휴양지로 행선지를 정했다.

"빨리 좀 움직이기나 해, 그 가방 좀 들고."

"나 아직 환자야. 네가 챙겨."

"너 퇴원한 게 언젠데. 언제까지 환자 할 거야?"

"아직 약 먹는 중이잖아. 해보니까 편하네 뭐. 네가 뭐든지 다 해주고."

"여행 가서도 그러면 거기다 버리고 올 거야."

“너, 나 없이 살 수 있어?”

“어쭈, 어디서 많이 듣던 대사다. 자꾸 까불면 진짜 버리고 올 거야.”

“하늘 같은 서방님한테 ‘까불면’이라니. 할아버지한테 다 이를 거야. 이런 건 녹음시켜야 되는데 아깝다.”

정말 안타까운 일이라는 듯 주먹을 손바닥에 탁 쳐 보인다.

“할아버지 앞세워서 자꾸 협박할 거야?”

“내 말은 안 듣는데 별수없잖아.”

큰 여행 가방을 나눠 들고 내려와 트렁크에 짐을 싣고 차에 올랐다. 차 안은 봄의 햇살을 가득 받아 따뜻하게 데워져 있었다.

“강다은, 삐쳤냐?”

“내가 언제 너처럼 삐치고 어리광 부리더냐?”

다은은 지후가 장난 걸어오는 걸 무시하고 운전에 집중했다. 마주 들어오는 강렬한 햇빛에 눈이 부셔 햇빛 가리개를 내렸다. 환하게 웃고 찍은 두 사람의 야외 촬영 사진이 붙어 있다. 옆에 있던 지후가 그 사진을 톡톡 두들긴다.

“내가 노래 불러줄까?”

“응.”

이젠 그도 다은의 기분을 풀어줄 방법을 잘 알고 있었다. 그가 노래 불러준다는 말에 다은은 금세 웃는 얼굴을 보였다.

“뭐 듣고 싶어?”

“다은이 주제가.”

“네, 이 시대의 명곡이죠.”

자신에게 자화자찬의 박수를 보내고 목을 가다듬고는 조용히 노래를 부른다. 여전히 그의 목소리는 곱고 아름답다. 참 노래 잘한다.

“오, 다은아. 오, 다은아. 오, 다은아. 오, 다은아~”

“강다은으로 불러달라니까. 내가 오다은이야?”

“그럼 노래의 맛이 안 나잖아. 가만히 좀 있어. 부르는 사람 맘이야. 오, 다은아. 오, 다은아. 오, 다은아. 오, 다은아~ 내게는요, 다은이라는 이름의 사랑하는 아내가 있어요. 한 번은 내가 그녀를 떠나려고 한 적이 있어요. 왜냐구요, 그녀를 사랑하기 때문이죠~”

“윤지후가 바보라서 그래요.”

“다은아, 날 안 버려줘서 고마워.”

“당연히 고마워야지.”

“자꾸 그러면 안 부른다.”

“아냐, 아냐. 안 그럴게.”

“그대가 날 떠났으면 혼자서 힘든 시간 보내느라 난 아마 지쳤을 거예요. 그대를 사랑하기 때문에 보내려고 했던 마음을 알아줘요. 아~ 아, 당신을 사랑해요. 내게는요, 다은이라는 이름의 사랑하는 아내가 있어요. 그러면서 그녀를 떠나려고 했던 난 나쁜 놈이랍니다~”

“나쁜 놈 될 뻔했지.”

“오, 다은아. 오, 다은아. 오, 다은아. 오, 다은아. 나는요, 다
은이라는 이름의 내 아내를 너무도 사랑해요~”

학창시절 외국 로맨스 소설을 읽고 모방한 글들을 써서는 옆 자리 친구 몇몇에게만 보여주던 때가 있었습니다.

한참의 세월이 지나서 인터넷이라는 꿈같은 공간을 발견하고 새롭게 알게 된 국내 로맨스 소설들을 읽으면서 다시 글을 쓰게 되었고 익명성에 힘입어 낯선 이들에게 내보였습니다. 그리고 받은 과분한 사랑에 아주 어린 시절, 소원으로만 간직했던 책을 내는 꿈을 이루게 되었습니다.

세상에는 정말 많은 사람들이 색다른 사랑법으로 서로를 만납니다. 정말 소설보다 더한 얘기들이 많습니다. 그런 수많은 사랑법을 더 많이 찾아보고 싶습니다. 허구적인 글이지만 너무 비현실적이지 않고 '이럴 수도 있을 거야' 하고 같이 공감할 수 있는 글을 쓰고 싶습니다.

　　더 나은 글과 더 좋은 모습으로 또다시 이런 좋은 기회를 얻고 싶습니다.

　　제가 쓴 글을 읽은 뒤 모든 분들이 마냥 기분이 좋았으면 합니다. 이 땅 어딘가에는 분명 그런 사랑을 하는 사람도 있을 거라는 생각에 같이 고개를 끄덕이고 마지막 장을 덮을 때 웃을 수 있었으면 좋겠습니다.

　　더불어, 종이책을 내고자 결심하는 단계에서부터 계속 힘을 북돋아 준 테스와 티파니의 모든 분들, 그리고 바쁜 시간을 쪼개 글 수정을 도와준 바람꽃, 잘할 수 있을 거라고 무조건 내 편이 되어준 비연에게 고맙다는 말을 전합니다.

자유빈 드림

임미성

197X년 11월(양력) 사수자리
1996년부터 약 3년간 천리안문단에서 시와 수필
연재
2002년부터 〈로맨스월드〉에서 소설 연재를 시작해
현재 〈로망띠끄〉, 〈연필 깎는 여우〉에서 활동 중

〈사랑입니까〉〈우화(雨花)〉〈땡잡은 여자〉 장편
완결, 〈메탈이브〉〈내 마음의 소행성〉 단편 완
결, 〈연애유통기한〉〈앤(Anne)〉〈白鶴別曲
(백학별곡)〉 등 연재 중

출간작으로는 〈사랑입니까〉〈우화(雨花)〉와
전자북 〈땡잡은 여자〉가 있다.

『땡잡은 여자』

자신의 위치는 여기까지다. 자신은 그에게 있어 한낱 고용인일 뿐이다.
넥타이가 필요하면 불러다가 넥타이를 골라달라 하고,
나갈 때 위신을 세워주기 위한 도구로 돈을 써야 하는 사람일 뿐이다.
여자도 아닌 사람일 뿐이다. 그에게 자신을 여자로 봐달라고 하는 건 역시 무리인 듯했다.
더욱이 그에게 애정을 가져 달라고 하는 건 있을 수도 없는 일이었다.

'그를 사랑하는 거니?'

● 임미성 지음 값 9,000원

김준경

와이즈 북토피아에서 전자책으로 '잠자는 숲속의 아
내'로 데뷔.
현재 비슷한 분위기의 아내 시리즈를 준비하고 있다.

『잠자는 숲속의 아내』

세나는 마침내 차가운 아스팔트에 주저앉았다.

"넌 내 아내야. 나하고 가야 해."

"그냥 내버려 두세요. 난… 서훈 씨랑 있을래요. 서훈 씨랑 있고 싶어요."

"세나야, 난……."

"그냥 가세요. 죄송해요. Juste…… Laisse moi, allez a elle…… allez! allez a` votre amie……."

5년 동안 깊은 침묵에 빠져 있던 아내가 깨어난다!

● 김준경 지음 값 9,000원

도서출판 **청어람**

부천시 원미구 심곡1동 350-1 남성빌딩 3층 우420-011

E-mail : eoram99@chol.com

☎ 032-656-4452 FAX 032-656-4453